講談社文庫

新装版

頼子のために

法月綸太郎

講談社

目次

頼子のために

第一部　西村悠史の手記

こんなひどい嵐の日には
子供たちを外に出したりはしなかった。
しかし子供たちは運び出され、
私には何も言えないのだ。

「亡き子をしのぶ歌」

一九八九年八月二十二日
頼子《よりこ》が死んだ。

頼子は私たちのひとり娘だった。優しくて賢い娘だった。健康で明るい少女だった。

顔だちは妻の若い頃に生き写しで、ただ紅茶色の瞳だけは私の血を引いていた。とりたててスポーツをやっていたわけではないが、バランスのとれた肢体は、最近とみに女性らしさを増しつつあった。

負けん気の強いところや、感受性の鋭いところなどは母親譲りだったろうか。小さい頃から人一倍しっかりした娘で、人を困らせるようなことは絶対にしなかった。自分自身を見つめることの大切さを、早くから知っている娘でもあった。

ときどき飼猫のブライアンを抱きながら縁側に坐って、何時間も外をながめていることがあった。何をしているか尋ねると、頼子は決まって、「鳥を見ているの」と答えた。それから休日の午後には、必ずアップルパイを焼いていた。

私の書斎からしばしば無断で本を持ち出していったのも頼子のしわざだった。そのくせ自分の部屋にひとが入ると、とたんに不機嫌になったものだ。学校では華道部に入っていた。そのせいか突然、家中が季節の花の一輪ざしでいっぱいになることも珍しくなかった。

われながらよくできた娘だと思っていた。私たち夫婦は娘の成長を楽しみに見守っていた。

だが、まだ十七になったばかりだというのに、頼子は私たちの手の届かない場所に去ってしまった。突然に、何の前ぶれもなく。死体安置室に横たえられたおまえの頬の冷たさは、ペンを握るこの手の中に、今もまだ生々しく残っている。これは、鉛のように蒼《あお》ざめた容赦ない冷たさだ。

頼子は二度と私たちの許《もと》に帰ってこない。家中がコスモスの花瓶だらけになることも、もうあるまい。おまえの紅茶色の瞳は、永久にその輝きを失ってしまった。

なぜなのだ？

なぜ私の家族ばかりが、このようなむごい目に遭《あ》わなければならないのか。私には納得できない。あまりにも不合理だ。不公平だ。どうしてこんな筋の通らない仕打ちがゆるされるのか？　いったい私たちが何をしたというのだ。

十四年前のあの事故以来ずっと、大きな不幸は免疫を作るものだと信じていた。もう二度とあんな災厄が繰り返される道理はない、そう信じていたからこそ、やっと立ち直ることができたのだ。

十四年前の事故で、妻の海絵《うみえ》は脊髄《せきずい》に治癒《ちゆ》不能の重傷を負った。その負傷によって、妻は下半身の全ての機能を永久に失った。失われたものはそれだけではなかった。私たちは、お腹の中にいた八ヵ月の長男も同時に失った。

誰の責に帰すという事故ではなかった。幼い頼子が無事だったことが、せめてもの救いであった。頼子も事故の現場に居合せたのだ。

その日から、頼子が家族の最後の拠《よ》り所となった。妻の体では、もう新しい子供は望むべくもなかった。私たちはたったひとりの娘に全ての情愛を注いだ。頼子だけはあらゆる災いからまぬがれ、幸福をつかむ資格を持っていると自分たちに言い聞かせて。そうでなければ、私たちが味わった絶望は意味のないものになってしまう。

頼子は幸福な人生を生きるはずだったのだ。そう信じなければ、私たちはやっていけなかった。頼子の幸せ、それ以上のものを私たちは求めなかった。頼子が満ち足りて生きることが、私たちの生きがいであった。それのどこが悪いというのか？

私は今でも確信している。頼子は誰よりも幸せになる権利を持っていたと。それは私と妻と、生まれる前に形を失った息子の分だった。それを頼子の手から奪い取る資格など、誰にもないはずだ。

十四年間、私たちはこのことを信じ続けた。信じ続けたからこそ、立ち直ることができたのだ。

だが、今日突然に私たちは裏切られた。最も卑劣な裏切りだ。

頼子は死んだ。

まだ十七になったばかりだというのに。

殺されたのだ。


夕べ頼子は帰宅しなかった。無断で外泊したことなど一度もなかったので、私は気が気ではなかった。しかし海絵にはそのことを黙っていた。ベッドから離れられない妻に、余計な心配をさせるにはしのびなかったからだ。幸い海絵は不審がったりしなかった。夜、頼子が母親の部屋に顔を見せないのも時々あることだった。

妻におやすみを言った後、朝まで眠らずに頼子の帰りを待った。父親として娘を信頼してはいたが、何かのまちがいがあったかもしれない。不安は刻一刻と大きくなり、何度も警察に届けようとしてその度に思いとどまった。とにかく朝まで待とうと自分に言い聞かせた。十七といえばもう大人だ、自分で自分の面倒ぐらい見られる。そういう娘に育てたつもりだ。だが、夜が明けても頼子は戻らなかった。

電話のベルで起こされた。いつの間にか少しうとうとしていたらしかった。八時過ぎだった。電話に出ると相手は警察の者ですがと言った。感情を殺すことに慣れきった人間の声であるように思われた。

「お嬢さんは今、お宅にいらっしゃいますか?」

「いいえ」不吉な予感がようやく私に追いついた。

「どちらにいらっしゃるか、ご存じですか?」

「いいえ。実は昨夜から居所がわからないのです」

「やはりそうでしたか。いえ、実は先ほど、斉明《さいめい》女学院の近くの公園で若い女性の変死体が発見されまして、それが申し上げにくいことですが、どうやらおたくのお嬢さん、頼子さんらしいのです」

返す言葉を失った。受話器をとり落とさぬよう、震える指に力をこめるのが精一杯であった。

「そういうわけなので、家族の方に遺体の身元確認のため署までご足労願いたいのですが」

「――わかりました」私はやっとそう答えた。行先を聞いて受話器を戻した。

しばらく呆然とその場に立ちつくしていた。耳の奥で奇妙なうなり声がこだましていた。頼子が死んだなんて。私はめまいを覚えた。熱に浮かされて絶壁から身を投げたような気分だった。

私がしっかりしていなければならないと自分を励ました。一日中そうしているわけにはいかない。それにこの目で確かめるまでは、何かのまちがいという可能性もある。まちがいであってくれと祈った。だが、心のどこかで祈りがいのないような気がしていた。

このことをすぐに妻に告げる勇気はなかった。もっと自分が落ち着いている時に話そうと決めた。

海絵の付添いとして雇っている森村さんの番号にかけて、すぐ家に来てくれるように頼んだ。事情を話すと、彼女は「まあ」と言ったきり絶句した。妻には娘のことを黙っておくようにと、私は何度も彼女に念を押した。

海絵には、ちょっと用ができたとだけ言って家を出た。自分の車を出す気にはならなかった。少し歩いてタクシーを拾い、そのまま緑北署の正面につけさせた。

陰気な感じの若い刑事が、私を死体安置室まで案内した。薄暗くて寒々とした部屋だった。安置台は部屋の中央にぽつんと置かれていた。白布の下に横たわった体は、紛れもなく頼子であった。何かを訴えたがっているような死顔であった。娘とわかって取り乱さなかったのが不思議なほどだ。

上の部屋で、中原という中年の刑事に事情を聞かされた。

娘を発見したのは、斉明女学院高等部（頼子もここの生徒だった）のバレー部員だったそうだ。今日は夏休みの練習日で、七時頃早朝ランニングで公園を通りがかった際に、遊歩道の脇の繁みに人が倒れていることに気づいたという。たまたまその顔ぶれの中に頼子の同級生がいたため、身元が早く判明したのだ。

「遺体の頸部《けいぶ》には、扼殺《やくさつ》の痕が歴然としていました」と刑事が言った。「他殺です」

私は身を堅くした。そう言われるまで、娘が殺されたという可能性を全く考えていなかったことに初めて気づいた。治まりかけていためまいが、再び私を襲った。

「他に外傷は見られませんでした。死亡時刻は今のところ、昨夜の十二時以前としか言えません。幸い遺体には乱暴された様子はありませんでしたよ」

幸い、だと？　娘を殺された父親に向かって、何が幸いだと胸の内で毒づいた。そんなこちらの気持ちなど察するふうもなく、刑事は説明を続けた。

「お嬢さんの遺体は、これから司法解剖に付されます。それがすんだら死亡時刻などもっと詳しいことが明らかになるでしょう。今はこんなところですが、何かわかり次第、すぐにお知らせします」

昨日の頼子の行動について訊《き》かれた。夕方まで家にいたが、六時頃友達の家に行くと言って外出した後、どうしていたかわからないと答えた。友達の名は聞いていない。いつもとちがった態度ではなかったと思う。今まで親に無断で外泊したことなどないと付け加えた。

その後もいろいろな手続きに時間をとられて、帰りはずいぶん遅くなった。

森村さんは、何かの役に立てるかもしれないから今夜は泊まっていくと言い張った。心遣いはうれしかったが、今日のところは妻と二人だけになりたかった。礼を言って引き取ってもらった。彼女は明朝また来ると言って帰った。

妻の部屋に入ると不安な目が私を迎えた。うすうす事態を察しているようだった。海絵は勘が鋭い。

「あなた、頼子に何があったの？」

ベッドに近づき、妻の両手を堅く握りしめると思いがけなく涙があふれて、言葉が出なくなった。

海絵の頬を胸に押しつけた。そのまま強く抱きしめた。

「死んだ。殺された」それだけしか言えなかった。

「そんなことが、あなた――」

二人とも、もうそれ以上何も言えなくなった。

私は妻を抱いたまま泣いた。十四年前のようにいつまでも涙があふれ、止まらなかった。

妻が寝入った後、私は頼子の部屋に入った。朝までここで過ごすことにした。誰もいないはずの部屋で何かが動く気配がした。ブライアンであった。ベッドの下から這い出して私の膝に身をすり寄せると、ひもじそうな声で鳴いた。頼子がいないせいで餌《えさ》がもらえなかったのだ。たぶん昨夜から何も口にしていないのだろう。私もそうだったが、空腹感はなかった。

キャットフードの缶を開けてブライアンに与えると、うれしそうに食べた。頼子が死んだことなど知らないのだ。頼子は、おまえの飼主はもうこの世にいないんだぞと何度も猫に言い聞かせた。最後には通じたようだった。頼子の椅子に身を伏せ、ブライアンは哀しげに鳴いた。飼主の温もりがまだ残っているとでも言いたげだった。私はふと思いたってペンを取り、これを書き始めた。頼子を殺した犯人が憎い。

八月二十三日

森村さんと矢島邦子《くにこ》さんが、私たちを元気づけに来てくれた。邦子さんは妻の担当編集者だ。おかげで海絵も少しは気が紛れたようだ。二人の思いやりと尽力にはいくら感謝しても足りない。

特に邦子さんは、意気阻喪して何ひとつ手につかなかった私に代わって、葬儀の手配から何から一切を処理してくれた。彼女は、私たちとは高校時代からの長いつき合いなので、いちいち口に出して言わなくてもこちらの考えを察してくれる。それがありがたかった。そう言えば、十四年前の事故の後も彼女には世話になっている。体が不自由になった妻に童話を書くことを勧めたのも邦子さんだった。昔から面倒をかけっ放しだったわけだ。

森村さんも滞っていた家事をてきぱきと片付けてくれた。二人がいなかったら、私たちはどうなっていたことか。本当に感謝している。

午後には研究室の高田君が電話をくれた。気を落とさないでください。ぼくならいつでも教授のお力になりますと彼が言った。ありがとう。厚意に甘えさせてもらうよと答えた。私の周囲にいるのは皆いい人間ばかりだとしみじみ思った。

夕方、中原刑事が私を訪れた。昨日、緑北署の二階で話した男である。捜査の進捗《しんちょく》状況を伝えにきたのだ。私はひとりで彼と応対した。娘を殺した犯人について知ることが、今の私を支える唯一の関心事だったが、身内の者にそれを悟られたくなかった。

挨拶もそこそこに中原はさっそく本題に入った。

「まず遺体の解剖の結果ですが、死亡推定時刻は二十一日の午後九時から十一時までの間です。胃の内容物は皆無で、被害者、いえお嬢さんが夕食をとらなかったことを示しています。死因は頸部圧迫による窒息死ですが、残念ながら皮膚から照合可能な指紋は採取できません。手の跡は、普通の成人男子程度の大きさでした。

お嬢さんの死体が発見されたのは繁みの中でしたが、凶行の現場ではないようです。恐らく犯人は遊歩道上で頼子さんを襲い殺害した後に、死体を隠すつもりで繁みの中に放り込んだのでしょう。あいにく晴天続きで路面も固く、凶行の場所を特定することはできませんでした。犯人の遺留品も発見できず、物証に乏しいと言わざるを得ません。

今は付近での訊き込みに全力を注いでいますが、何せ時刻が遅いだけに目撃者を見つけるのもむずかしいようです」

私がため息をつくと、まるでそれを予期していたかのように中原は急に口調を改めた。

「ところで、五ヵ月ほど前に同じ公園で、県立高校の女生徒さんが何者かに乱暴されたうえ、首を絞められて殺されるという事件があったことをご存じですか？」

「ええ。場所が娘の学校のすぐ近くですし、娘と同じ年のお嬢さんが被害者だったのでひどく心配した覚えがあります」

「実はその後でも、女子中学生があの公園で暴漢に襲われそうになった事件があったのです。いずれも犯人はわかっていませんが、われわれは同一の変質者の犯行と見ています。今回の事件も、場所といい、手口といい、同じ犯人によるものと見てまちがいないでしょう」

全身の神経をあまねく茨《いばら》となし、その刺《とげ》を逆撫《さかな》でにするような戦慄が走り抜けた。

私は内心の狼狽《ろうばい》をそのまま口にしていた。

「しかし、確か娘には乱暴された形跡はなかったと――」

「その通りです。たぶん犯人は抵抗する頼子さんをおとなしくさせるつもりで思わず殺してしまった後、急に怖《お》じ気づいて暴行に及ばず逃げたのだと思います」

「そんなひどい話が——」

中原はわずかに首を振ったように見えた。

「仮に彼女が抵抗しなかったとしても、やはり前の事件の被害者のように殺されていたでしょう。非常に危険なタイプの常習犯罪者です。そんな奴を野放しにしていたのは、明らかに我々の手落ちでした。特別捜査班を設置して変質者リストの再チェックに取りかかっています。手がかりは少ないですが、今度こそ犯人を捕えてみせますよ」

だが、私は中原の言葉を鵜《う》呑《の》みにすることはできなかった。頭のおかしいどこかの変質者が何の意味もなく頼子を手にかけただと？　冗談ではない。これは社会面の隅に載っているような名前だけの他人ではなく、私の娘の身に起こったできごとなのだ。人の子の親として、そんな馬鹿げた話を信じるわけにはいかない。それでは頼子が浮かばれない。

しかしあからさまに異を唱えることははばかられた。少しためらってから、遠回しに尋ねてみた。

「それにしても、なぜ頼子はそんな時刻にひとりで公園を歩いていたのでしょうか。六時に家を出た後、それまでどこで何をしていたのでしょうか？」

「――なにか気晴らしに、夜の散歩でもしていたんでしょうな」

中原の答には私を傷つける刺が含まれていた。年頃の娘に夜の外出を許した父親の軽率さを暗に非難しているのだった。私の内心の不同意を読み取ってそれに反発したのだろう。捜査の難航が予想され、彼も苛立《いらだ》っていたにちがいない。私もかっとなりかけたが、努めて怒りを抑えた。争っても何の益にもならないと思ったからだ。

彼が帰った後、私はまた頼子の部屋に閉じこもりひとり暗澹《あんたん》たる物思いにふけった。

あれは私の落度だったのだろうか。中原がほのめかした通り、頼子の死の原因はやはり私自身の軽率さに由来するのだろうか？　あるいは私があの夜、帰りの遅い娘を心配してすぐに何らかの手を打っていれば、頼子は死なずにすんだというのか？

臆病な私は妻に、この問いを発することができなかった。もし海絵がイエスと答えたなら、私は殺人犯を憎む資格さえ失い、頼子を死に追いやった張本人として有罪の宣告を受けねばなるまい。

だが、どうも私にはそうでないような気がしてならないのだ。

いや、何も私は責任逃れの弁明を試みようとしているわけではない。自分自身の落度を全面的に否定するつもりはないし、中原の非難を甘受する覚悟もしている。

しかし、私にとって切実な問題はもっと別のところにあるのだ。

というのも、今日の中原刑事の態度にどこか釈然としない、煮えきらないものを感じたからだ。彼の述べた見解にも何かしっくりしないところがある。これは決して自分の良心をごまかそうとする父親の繰り言ではない。今の私は、そんな自己欺瞞《ぎまん》を必要としていない。

私に必要なものはただひとつ、頼子の死の真相だけである。

断言してもいい、中原は何かを隠している。

八月二十四日
何ということだ！　私は思ってもみないものを発見した。今ではそれを後悔しているほどだ。しかし頼子を殺した男を見つけるためには、どうしてもこの事実から目を背《そむ》けることはできない。
頼子は妊娠四ヵ月の体だった。

この信じがたい事実を知るに至ったきっかけは、ごくささいなものだった。どうして急に娘の遺品を整理しようという気が起きたのか、自分でもよくわからないが、私は娘の部屋を当てもなく引っかき回していたのだ。自虐的な行為であった。私は何度も思い出に押しつぶされそうになりながらも、自分の手を止めることができなかった。

机の抽斗《ひきだし》の奥から出てきたのは、思いもよらないものだった。私は目を疑った。それは病院の診察券だった。

村上産婦人科医院
電話（〇四四）八五二—＊＊＊＊

とあった。丁寧なボールペンの字でまちがいなく西村頼子と娘の名が記されていた。初診日は今月の十八日、頼子が殺される三日前の日付だった。

頭が混乱し始めた。なぜ頼子はこんなものを持っていたのだろう？

いくら考えても仕方がないので、思いきってその番号にかけてみることにした。しかし、何度ダイヤルしても誰も応えなかった。

その理由に思い当るのに、ずいぶん時間を要した。今日は木曜日だ。そして日、木曜及び祝日が休診日であることは、診察券の裏面に明記されていた。誰も出ないのが当然なのだ。

受話器を戻して頭を抱えた。やはり頼子が産婦人科の診察券を持っていた理由は、ひとつしか考えられない。想像するだに吐気を催すような可能性だが、すぐにでもその当否を確かめないと気がすまなかった。しかしどうやって？　その時、昨日の中原刑事の煮えきらない態度を思い出した。

警察は頼子の死体を解剖している。したがって中原は、私の抱えている疑問に対する確実な答を知っているはずなのだ。それに気づくと、私は迷わず緑北署に電話をかけ、彼を呼び出した。幸い彼は署にいたので、つかまえることができた。

「どうしました、西村さん」と刑事が言った。

私は単刀直入に尋ねることにした。

「娘は妊娠していたのではありませんか？」

彼が長いため息をつく音が聞こえた。

「――四ヵ月でした」ようやく認めた。私の勘は正しかったのだ。「でも、どうしてそれを？」

「頼子の部屋から産婦人科の診察券が出てきました。しかし、なぜこんな大事なことを隠していたんですか？　説明してください」

中原はすぐには答えなかった。かわりに押し殺した感じの咳払いが耳に届いた。それから彼が話し出すのを聞いた。

「解剖の結果、我々は被害者が妊娠していたことを知りました。しかし昨日も申し上げた通り、頼子さんが見ず知らずの変質者の通り魔的な犯行の犠牲になったことがわかった以上、今回の事件と彼女の妊娠の間に関連のないことは最初から明らかでした。

そこで被害者の年齢なども考え合わせて、彼女の名誉のためにも妊娠という事実は一切公表せず、伏せておくことに決めたのです」

「でも私は頼子の父親です。当然知る権利があったはずです」

「確かにおっしゃる通りですが、むしろ知らずにいる権利もあったんじゃないですか？　この事実を伝えれば、あなた方によりいっそうつらい心痛を与えるのが目に見えていましたから。捜査に支障をきたさない以上、いっそのこと真実を知らせるべきでないと判断したのです。こちらとしては、被害者の家族に対する精一杯の思いやりのつもりでした」

「しかし、それにしても——」

「いや、いずれにせよ、わかってしまったことは仕方がありません。このことで気を悪くされたのなら、お詫《わ》びします。

ただしこれだけは言わせてください。お嬢さんを妊娠させた男を捜し出して、とっちめてやろうなどという気は起こさないことです。そんなことをすればかえってあなたがみじめになるだけだし、それでお嬢さんが浮かばれるわけでもありません。このことはすぐに忘れてしまいなさい。そしてわれわれが殺人犯を捕えるのを待っていればいいんです」

それだけ言うと、刑事は強引に電話を切った。

体中が凍りついたようにこわばっていた。自分が目に見えない鋳型《いがた》にはめ込まれたようだった。私は受話器を握りしめたまま、恐る恐る今の会話の内容を反芻《はんすう》した。

信じられなかった。こちらから突きつけた質問だというのに矛盾しているようだが、これはあまりにも残酷な答ではないか。中原もひとつだけ正しいことを言った。よりいっそうつらい心痛を与えるのが目に見えていたと。いや、そんな迂遠《うえん》な言い方では足りない。私にとっては、到底耐えがたい打撃だ。ある意味では、娘の死ということ以上に私を揺るがす致命的な痛手であった。

私は頼子の体の変化に全く気づいていなかった。それがすでに、四ヵ月とは。毎日顔を突き合わせていながら、自分の娘のことを少しも理解していなかったのだ。これでは父親失格ではないか。

頼子はまだ十七だった。確かに体は立派な女性であったが、娘に限ってそんなふしだらな真似はするまいと思い込んでいた。頼子と同じ年代の今の娘たちの性意識がどれだけ進んだものであったとしても、自分の娘だけはそんな風潮には毒されていないと信じていたのだ。今でもセックスは頼子にそぐわないものであるような気がしてならない。

しかし、これは厳然たる事実なのだ。今日まで私が知らなかった娘の別の一面が、不意にその姿を顕《あら》わにしたのだ。私もまた世間並みに間の抜けた頭の古い父親のひとりにすぎなかったのか。だが、それにしても、あの頼子が、私の娘が——。いったい私には、何もかもわけのわからないことばかりだ。

相手の男はどんな奴なのだ？　頼子はそいつに自分から身をまかせたのか？　いつ、どこで？　お腹の子をどうするつもりだったのだろう？　どうして私たちにひとことも打ち明けてくれなかったのか？　頼子は私たちを信じていなかったのか？　それとも私は、頼子に裏切られたのだろうか？

だが、これらの問いは全て手遅れだ。致命的に手遅れだ。年端《としは》も行かぬ娘の死後に、その妊娠を知らされる父親ほど哀れな存在もあるまい。しかもそれはどこの誰ともわからぬ男の子供なのだ。

どうして簡単に忘れることができるものか。中原が言ったように水に流してしまうつもりなど全くなかった。

むしろ警察の性急すぎる捜査方針の決定が気に食わなかった。頭から変質者の犯行と決めつけて、頼子の身辺調査にすら手をつけていない。娘の年齢ならば、妊娠の事実だけでも立派な殺人の要因になると考えるのが常識ではないか？　ことに相手の男が不明な場合は、まずその男を見つけ出すのが先決だろう。ところが中原の言動を見ると、まるで警察ぐるみで娘の妊娠をひた隠しにしているようなふしがある。

これは私の憶測にすぎないが、ひょっとすると何者かが捜査陣に何らかの圧力をかけているのではないか。例えば娘の学校が予期せぬスキャンダルを恐れて、事前に予防線を張っているのでは？

斉明女学院といえば全国でも指折りの私立名門校で、しかもその理事長は保守党の有力代議士の実妹なのだ。兄の後援会は県内に隠然たる勢力を持ち、県政にも口を出すという噂だ。私の思いすごしであればいいのだが、しかし今の世の中なら、絶対にあり得ない話とは言いきれない。この点には一応留意しておく必要がある。警察は当てにできない。

海絵には頼子の妊娠について知らせないことにする。私はこれ以上妻を苦しめたくない。いつか全てが片付いて、真実を告げる日が来るかもしれないが、それまでは当分私ひとりの胸にしまっておくことにしよう。海絵に隠しごとをするのはつらいのだが、こればかりは仕方がない。妻を愛すればこその嘘なのだ。妻もきっと私の嘘をゆるしてくれるだろう。そう思いつつも、午後中ずっと、哀しみをたたえた海絵の瞳を正面から見ることができなかった。

「何か気がかりなことでもあるの、あなた」と尋ねられた時など、もう少しで打ち明けてしまうところであった。これからは気をつけなければならない。

明日は例の産婦人科医に会ってみるつもりだ。娘の死に関する何らかの糸口を見つけられるかもしれない。孤独な探索になるだろう。だが覚悟はできている。

昨日からブライアンの姿を見ない。どこかに行ってしまったようだ。娘につながる思い出をひとつ失ったような気がして、寂しい。

八月二十五日

朝のうちに電話をして、問題の産婦人科医と会う約束をとりつけた。

医者は頼子が殺されたことを知らなかった。恐縮しきった声で「ニュースには疎《うと》いもので」と洩らした後に、丁寧な悔やみの言葉を言い添えた。実直そうな彼の応答に、私は何となく胸をなでおろしたい気持ちになった。

十一時に森村さんが来たので、早目に外出することにした。昼食はとらずにコーヒーだけもらって家を出た。もちろん行先は黙っておいた。

車で二十分ほど走って目的の病院を見つけた。鷺沼《さぎぬま》駅のすぐ近くだったが、あまり立ち寄ったことのない場所なので、『村上産婦人科』と書かれた看板の前を一度は気づかずに通り過ぎていた。

病院のそばに車を駐めて、しばらくその辺を当てもなく歩いてみた。ここでは住居表示が川崎市になっている。街並みの雰囲気は私のところと大差ないが、細部のちがいがかえって違和感を募らせた。同じ沿線の隣りの町なのに、まるで見ず知らずの土地に来たような気がした。頼子がわざわざこの街の医者を選んだのは、そのせいだったのかもしれない。

村上医師は人なつこそうな目をした五十代半ばの男だった。きっちりと後ろになでつけた灰色の髪と白衣の下の品のよいネクタイの垂らし方は、私に好印象を与えた。

それに産婦人科医としてかなり成功しているようだった。緑北署の中原刑事などより、はるかに信頼できる人物である。

「来院された時は四ヵ月の末頃でした」と彼が言った。

「警察でもそう言われました」

「——解剖されたのですね。お気の毒に」

村上医師の話によると、八月十八日の午後、頼子はひとりで病院を訪れた。ひどく思いつめた様子だったという。頼子はすでに三ヵ月以上生理がないと彼に打ち明けた。診察してみるとまちがいなく妊娠していた。そう告げると、頼子はなぜかほっとしたような表情を見せたらしい。

出産の意思の有無を尋ねると、できれば産みたいと答えたが、子供の父親については頑《かたく》なに口を閉ざしたままであった。いずれにしても未成年者だったので、両親とよく相談したうえでもう一度来院するようにと言い含めて帰したそうだ。

「——その時すぐに家に連絡してもらえたら、あるいは娘を救うことができたかもしれない」やりきれない思いが、そのまま私の口をついて出た。

「その通りです。私も自分の非は認めます。ただ現実問題として、たとえ未成年者であっても患者さん本人の意思を尊重すべきだという暗黙の了解がありますし、それにお嬢さんの場合は出産したいという考えを持っていたので、私があえて出しゃばった真似をする理由が見当たらなかったのです」

村上の言う通りだった。彼にそこまで求めるのは酷である。私は内心で自分を戒《いまし》めた。それこそ一種の責任転嫁に他ならない。

「それで、正確な日時はいつ頃だったのですか？　つまりその、あれが行なわれたのは」

「受胎の時期ですか」

私はうなずいた。

「問診したところ、五月の中旬に覚えがあると言っていました。はっきりとは答えてくれませんでしたが、生理周期から見て十八日前後でしょう」

気を遣ったさりげない口ぶりであった。彼の親切に甘え、もうひとつ訊いてみた。

「子供の父親について何かわかりませんか」

「──ちょっと思い当りませんね」

「血液型とか」

「残念ですが、胎児の血液型まではわかりかねます。警察にお訊きになった方がいいでしょう。たぶん解剖の際に検査しているはずです」それだけではそっけなさすぎると思ったのか、村上はカルテを見直してから付け加えた。「——お腹のお子さんの発育の経過はすこぶる良好でした」

それ以上得ることもなさそうに思われたので、私は村上に礼を言って帰ろうとした。腰を上げかけた時、彼は何か思い出したようにはっとするしぐさを見せた。

「そう言えば、お嬢さんに診断書を作ってくれと頼まれました」

「診断書？　妊娠四ヵ月のですか」

「ええ。その場で一枚書いて渡しました。使い途《みち》は教えてくれませんでしたが」

帰る途中、公衆電話から警察にかけた。

お腹の中の子供の供養のためにどうしても必要だからと嘘をついて、非協力的な中原を何とか説き伏せ、血液型を訊き出した。B型の男の子だった。

さらに何げないふりを装って、娘が医者の診断書を身に着けていなかったか尋ねた。そんなものは見当たらなかったという答が返ってきた。不審がられないうちに、こちらから電話を切った。

帰宅してから、念入りに頼子の部屋を調べた。今度は目的のある探索だったが、医者が言ったような診断書は見つからなかった。私は確信を深めた。

午後遅くなって、やっと頼子が警察からわが家へ帰ってきた。長い間ひとりぼっちでさぞかし寂しかったことだろう。でも今夜は久しぶりに家族三人水入らずで過ごせる。私は妻のために頼子を病室に運んだ。頼子は鉛の箱のように重かった。最後の対面に海絵はまた涙を見せた。ブライアンがいなくなってしまったのが心残りであった。

とても妊娠四ヵ月末だった体とは信じられなかった。まるでだまされているような感じだった。何もかもが悪い夢の中のできごとのようだ。しかしこの悪夢から覚めることはない。

私と海絵のたったひとりの娘。その紅茶色の瞳。かわいそうな頼子。死んだ娘。私たちが誰よりも愛していた娘が死んで、今ここにある。箱の中にじっとしてある。頼子。私の娘。私の知っていた頼子。私の知らなかった頼子。棺の中の冷たい体は、一体どちらの頼子なのか？

一連の命題と推論。ひとつの確信。ひとつの決意。

頼子がわざわざ診断書を作らせた理由はひとつしか考えられない。妊娠四ヵ月の体であることの客観的な証拠として誰かの眼前に突きつけ、その事実を認めさせるためだ。そして診断書がどこにも見当たらない以上、現実にそれは誰かの眼前に差し出されたのだ。つまり本人と医者以外にもうひとり、頼子の妊娠を知っていた人間が存在していたことになる。その人物こそ、頼子を妊娠させた張本人にちがいない。

これは短絡的な思考だろうか？　私はそうは思わない。前後の事情から考えれば、これが最も自然な結論である。だいいちそれ以外の可能性を検討しても、今の私には何ら得るところはないのだ。

頼子は村上医師に相手の男のことを何ひとつ語っていない。ひょっとすると、男との関係がこじれていたから話したくなかったのではないか？　もしそうだったとすれば、頼子がそいつに診断書を突きつけて、責任を取れと迫ったとしても不思議はない。頼子は小さい頃から、せっぱ詰まると思いきった行動に出る娘だった。

あの日の午後、頼子が外出したのはそのためだったのだ――まる三日間ひとりで迷った末に、頼子はようやく相手にぶつかる覚悟を決めたのだろう。誰にも内緒で男に会いに行き、自分がそいつの子供を身ごもっていることを告げた。

それが命取りになったのだと思う。その男は娘の体を汚しただけでなく、妊娠という事実の重圧に怯《おび》えて命まで奪い去ったのだ。凌辱者にして殺人者。

頼子を殺したのは通りすがりの変質者などではない。犯人は一度は頼子と「関係」

を持った特定の男なのだ。

　頼子、明日はおまえのお葬式だ。私はおまえというかたちにも別れを告げなければならない。だがおまえの生活に関わりを持った人間の臭跡は消えない。私はその男を見つけ出してみせる。警察など当てにはしない。この手でそいつに罪の償いをさせてやる。

八月二十六日

　頼子の葬儀を終えた。ごく身内のひっそりしたものだった。

　告別式には頼子の学校の友達がたくさん来てくれた。会葬者の中には、親戚や私の大学の同僚などに混じって中原刑事の姿もあった。私自身は喪主として型通りの礼を述べた他、誰ともあまり口を利かなかったが、娘のクラス担任とは少しだけ言葉を交わした。永井という女教師だった。学校での頼子の様子や仲のよかった友達の名を聞いたが、「男」の話は一切出なかった。

　海絵はベッドから離れられないので、娘の葬式にすら立ち会えない。残念だが仕方のないことだ。かえって余計な心痛に煩《わずら》わされないだけ、妻にとってはいいことなのかもしれない。海絵の悲しみはできるだけ深めたくない。それで森村さんもほんの短い時間、顔を出しただけだった。

混乱した私の感情とは裏腹に、式は滞りなく進んだ。忙しく動いていたのは、世話役を引き受けてくれた邦子さんと高田君だった。高田君は本当にいい青年だ。頼子にも高田君のような兄弟がいればよかったのにと今さらながら思う。ひきかえ私はショック状態の患者のようにただじっと坐っているより能がなかった。親戚の者が何かと気を遣って慰めの言葉をかけてくれたようだが、放っておいてもらう方がよかった。私の心は、錯綜する感情の嵐に蹂躙《じゅうりん》されていた。中でもとりわけ激しく私を駆り立てる鋭利な刃、悲しみと怒りを吸収してどんどん膨張していく復讐の誓いの虜《とりこ》となっていたのだ。

娘の出棺を見送りながら、心の底から叫び出したい衝動に何度も突き動かされた。頼子、おまえの仇《かたき》は必ず討ってやると。

だがこの誓いは全てが終る瞬間まで、私ひとりの胸に秘めておかねばならない。決して誰にも悟られてはならなかった。血を吐くような必死の思いで、私は自分を抑えつけた。

いま私の心は決まっている。どんなことがあっても、頼子を殺した犯人に罪の償いをさせるのだ。私に恐れはない。この決意を揺るがすものはない。

唯一の正当な償いは死あるのみ。私はきっとその男を殺す。

行動を起こすためには方針が必要だ。私はたったひとりで、秘密裏に標的を特定しなければならない。だからこそ行き当りばったりの無思慮な行動は絶対に慎まねばならないのだ。そのためには激情から身を離し、冷静な思考の場を確保しなければならない。

若い頃に『野獣死すべし』という本を読んだことがある。桂冠《けいかん》詩人C・D・ルイスが、ニコラス・ブレイクの変名で書いた推理小説で、最愛のひとり息子を轢《ひ》き逃げされた父親がその犯人を独力で捜し出し、自らの手で復讐を果たそうとする筋だった。

今の私の境遇は、この本に描かれた父親のそれとごく近い。仮構の物語にはちがいないが、私は自分をこの小説の主人公に重ね合わせ、彼の思考をなぞらずにはいられない。奇妙なことだが、この物語には今の私を勇気づけ、過酷な現実に立ち向かわせる力の源泉が潜んでいるような気がするのだ。

小説の中の父親は、轢き逃げ現場での目撃者捜しに挫折した後、純粋な思索によって事故当時の状況と犯人の心理を再現し、彼の属性を論理的に絞り込んでいく。私も彼に倣《なら》い、憎むべき犯人について知り得た事実を紙の上に箇条書きにしてみよう。進むべき道はその中からおのずと浮かび上がってくるにちがいない。こんな具合に――

(1) 犯人は血液型がB型ないしAB型の男である。

これは当然だ。頼子の血液型はO型だった。O型の母体がB型の子供を身ごもった場合、その父親の血液型は二種類に限られる。B型かAB型でなければならない。

(2) 彼は今年の五月十八日前後に頼子と肉体的交渉を持った。

これもまた、私にとっては自明の事実だ。父親としてはその行為がただ一度のあやまちであったと信じたい。日付をもう少し特定することはできないだろうか？　私は自分の手帳の五月のページを開いて、頼子の帰宅時刻がいつもより遅くなった日がなかったか思い出すことにした。

五月十五日(月)

十六日(火)　自宅で高田と学会資料の検討
十七日(水)　教授会
十八日(木)
十九日(金)
二十日(土)
二十一日(日)　学会出席（於静岡）

十五、十六、十八日には別段異状はなかった。十七日は教授会の後、同僚と飲みに行って私の方が遅くなったが、頼子はずっと家にいたはずだ。七時頃外から電話した時、娘と話した記憶もある。問題は十九、二十日の夜だ。私は静岡で開かれた学会に参加するためその両日家を空けていた。戻ったのは二十一日の午後だった。

この二日が怪しい。頼子はこの間かなり自由にふるまえたはずだ。森村さんが泊りがけで来ていたとはいえ、彼女は妻に付きっきりで娘にまでは目が届かない。とすれば、頼子にとっては願ってもないチャンスの到来だったことになる。

これでつじつまは合う。交渉のあった日は五月十九日ないし二十日にまちがいない。次に進もう。

(3)　行為は両者の合意の下で行なわれた可能性が高い。したがって彼が頼子に対して強い影響力を持っていたことが想像される。

かなり私の推測が混じっているが、決していい加減な当て推量ではない。頼子が暴力的な欲望の被害に遭《あ》ったのでないことはまずまちがいないと思う。診断書の役割を考えれば、相手が頼子にとって見ず知らずの暴漢だったという可能性はない。それに強姦による心身両面のダメージを見逃すほど私はうかつではないつもりだし、頼子が村上医師に出産の意思があると告げたことからもそれは明らかだ。

娘の方から行為を求めたとは考えられないが、最終的に頼子が相手を拒否しなかったことは認めざるを得ない。そうすると彼が娘と同世代の人間であるとは考えにくくなる。性格的に見ても、頼子が十代の若僧に身を委《ゆだ》ねるとは思えない。相手はずっと年上の男だと考える方が的を射ている。若い娘がしばしば陥る罠《わな》に頼子も足をすくわれたのだ。

年上の男で頼子が体を許すほど親しくつき合っていた人物となると、容疑者の範囲はかなり限定されてくるのではないか。

(4)　彼は頼子の妊娠によって何らかの非常に重大な不利益を被るはずだった。

これも疑う余地のない事実だが、問題はその不利益がいかなる性質のものだったかという点にある。前項の推定を敷衍《ふえん》すれば、社会的地位の失墜という線が有望だ。頼子はまだ十七歳だったのだから。

(5)　彼はかっとすると自分を抑えられなくなる傾向がある。

前後の状況から推して犯行が発作的なものだったことは明らかだ。扼殺という手口もそのことを裏書きしている。頼子の妊娠は、犯人に対しても激しいショックを与えたと見てまちがいないようだ。

もっとも、それだからといって犯人に同情の余地が全くないことに変わりはない。自己保身のために何ら抵抗もしない娘を手にかけるような男は、そもそも同情の対象に値しないのである。

(6)　彼は公園周辺に土地鑑がある。

今のところ確信は持てないが、犯行現場はあの公園内ではなかったというのが私の考えだ。中原刑事は凶行の場所が特定できないとこぼしていた。それに十七の娘が年上の男に重大な秘密を打ち明ける場所として、わざわざ夜の公園の遊歩道を選んだりするだろうか？

恐らく頼子は別の場所で殺されたのだ。そして犯人は夜のうちに頼子を公園に運んで、例の繁みの中に放置していったにちがいない。言うまでもなく自分の犯跡をくらまし、通り魔事件の被害者に偽装するためだ。しかもあの辺りは夜が更けると完全に人通りが絶えるので、誰かに目撃される危険も低いという利点がある。

このことから逆に、犯人が公園の地形に明るいことが容易に想像できる。あるいは公園周辺の住民かもしれない。

もう少し想像をたくましくしてみよう。二十一日の夜、頼子が犯人の自宅を訪れ、そこで殺害されたと仮定する。ところであの日、頼子は家を出る時、自転車を置いていった。目的地が公園の近くだとしても、歩いていくには遠すぎる距離である。ということは頼子はバスを利用したにちがいない。

だが、なぜ頼子は自転車に乗っていかなかったのか？　冬の一番寒い時期を除いて、頼子は毎日自転車で学校に通っていた。わざわざバスに乗る必要はない。二十一日は晴れていて雨の心配はなかったし、頼子の自転車に壊れている箇所などなかった。

では、頼子があえて自転車を置いていったのはなぜなのか？　考えられる理由がひとつだけある。

頼子が訪れた家は、急な坂の上にあったのだ。女の子がペダルを踏むにはきつすぎる勾配の上り坂が途中にあったと考えれば、頼子が自転車を置いていったことも十分うなずける。

結論。犯人はバスの路線から近い、高台の住人である。

——と、ここまで書いて一度ペンを措《お》きかけた後に、私は最も重要な問題点をうっかり見過ごしていたことに気がついた。まったく、自分のうかつさを呪いたくなる。

(7)　なぜ警察は頼子の妊娠という事実を無視した捜査を行なっているのか？

これは今日初めて現われた疑問ではない。それどころか、ここから生じた警察への不信感こそ私の孤独な追跡の出発点なのだ。

私は一昨々日の文章の中で、この当然の疑問に対するひとつの有力な仮説を試みている。すなわち――

(8) 生徒のスキャンダルによって学校のイメージに傷がつくことを恐れた斉明女学院の経営者が警察に政治的圧力を加えて不祥事の発覚を妨げているからである。

この仮説は非常に示唆的なものだ。そこでこれを前提にもっと大胆な推理を導き出してみよう。

学校側の恐れているスキャンダルの実質が、頼子の妊娠以上のスキャンダルだったとは考えられないだろうか？　端的に言えば、私の捜し求める男が学校関係者の中にいる可能性だ。たとえばそれが頼子の学校の教師だったとすれば？

(9) 彼は斉明女学院高等部の教師である??

途方もない考えだろうか？　いや、そうとばかりは言いきれない。名門女子校の教師が教え子と関係し、妊娠させたうえにそれを殺害したとなると、もはやその教師ひとりの責任問題ですむはずがない。したがって学校側が事件のもみ消しのために警察に圧力をかけても不思議はない。現に彼らはそれだけの力を備えているのだ。しかも好都合なことに、名もない変質者という、罪をなすりつけるには絶好の身代りまで用意されているのだから。

さらにこの結論はここまでに展開した犯人に関する手がかりのうち、第三項、第四項を完全に満たしている。また公園が学校の目と鼻の先にあることから、第六項にも当てはまることになる。私の結論が的外れのものでないことを示しているのだ。

それにもう一点。頼子は決して派手に遊び回るタイプの娘ではなかったし、中学以来の女子校通いだった。当然、異性と知り合う機会は限られてくる。体をまかせるほど親密な関係が生じる対象として、もっとも可能性の高いのが学校の教師ではないか！

これで決まった。第九項の疑問符は外すことにしよう。やっと光明が見え始めた。明日はもっと進展があることを祈る。

八月二十七日

報復の矢はその的を定めた！　頼子を殺した犯人のしっぽをつかむことに成功したのだ。私は決して信心深い人間ではないが、今は自分が頼子の魂に導かれているという確信を抱かずにはいられない。

今朝、私は電話を二本かけた。今井望《のぞみ》と河野理恵。昨日クラス担任から訊き出した名前である。二人とも頼子の同級生で大の親友だったという。

友達の口から娘の思い出話を聞かせてほしいと頼んだ。二人とも快く承諾してくれたが、私の真の狙いは別のところにあった。午後三時に学校のそばの甘味処で会う約束をした。

二人は制服姿で、連れだって店に現われた。その顔には見覚えがあった。昨日の告別式でとりわけ真っ赤に目を泣きはらしていた娘たちだった。

私は二人の話に耳を傾けた。思いやりのある話ぶりだった。あふれる涙が何度も彼女たちの言葉を途切れさせた。優しい娘たちだった。頼子の死を心の底から悲しんでいて、私まで目頭が熱くなった。だが同時に私はこの二人に対して自分を恥じた。私は彼女たちを欺《あざむ》いて、頼子の秘密を探り出そうとしていたのだから。哀れな父親の姿を演じながら、慎重にタイミングを計って尋ねた。

「頼子にもひとりぐらい、人並みに心をときめかせた異性がいてもおかしくはないでしょうね？」

「ええ」今井望がうなずいた。「頼子は柊《ひいらぎ》先生と仲がよくて、私たちよく頼子をひやかしたものです」

「柊先生？」私は努めて平静を保とうとしていた。

「去年のクラス担任だった先生です」河野理恵が答を引き継いだ。「英語の柊伸之《のぶゆき》先生。頼子は一年の時もクラス委員だったから、先生とはよく一緒でした」

「柊先生は皆の憧れの的でした。でも頼子が相手じゃ誰もかなうわけがないってあきらめてました」

「先生の方もお気に入りだったみたいですよ」

それ以上立ち入った質問は控えて、話題を変えた。こちらの本当の狙いを二人に悟られたくなかったからだ。その名前を訊き出しただけで、十分に目的は果たした。

私たちはその後も小一時間ばかり思い出話を続けた。それも尽きると、二人に長い時間つき合ってもらったことの礼を言った。私たちの方こそ、いい思い出になりましたと二人が答えた。私は彼女たちを見送りながら、頼子がこんなにいい友達を持っていたことをうれしく思っていた。

だが、彼女たちは頼子の死の真相に全く気づいていない。

アルバムの中から去年、頼子のクラス全員で撮った写真を見つけた。担任教師の顔は頼子のすぐ隣りにあった。三十歳ぐらいの好男子だったが、私はその男の顔に虫酸《むしず》の走るような嫌悪感を抱かずにはいられなかった。

この男に的を絞る前に、もうひとつだけ確かめておかねばならないことがあった。血液型だ。他の条件を全て満たしていても、血液型が合わなければ話にならない。問題はどうやってそれを調べるかだ。今の段階ではできるだけ表立った行動は避けたいが、かといって私個人の力で相手にこちらの真意を知られず、その血液型を知る手段などあるだろうか？

しばらく考えた末に、有望な手口を思いついた。

去年の秋、娘の学校では全校規模で集団献血が実施されたはずだ。というのは、頼子もそれに参加して痛い思いをしたと言っていたのを思い出したからだ。そういう時は生徒ばかりでなく、教師たちも献血に協力するものではないか？

さっそく番号を調べて、柊の家に電話をかけた。

「もしもし、柊ですが」くぐもった声が出た瞬間、疼《うず》くような震えが私の背筋を突き上げた。

「こちら赤十字血液センターの者ですが」私の声はうわずり気味だったと思う。「昨年秋に斉明女学院で行なった集団献血の際にあなたも血液を提供されましたね？」

「ええ」

思った通りだ。私は音を立てずに息を吐いた。

「実は明後日、Rhマイナス AB型の血液を持つ患者さんが手術を受けることになっているのですが、現在当センターではこの型の輸血用血液が不足しており、至急――」

「待ってください。一体それは何のことです」

「ですから献血の依頼です。こちらの記録ではあなたの血液型はRhマイナスAB型となっていますが」

「そんな馬鹿な。私はB型なんですよ」

「本当ですか？」私はあえぐように言った。

「当たり前です。何かのまちがいでしょう」

「そうですね。どうやら書類の記載ミスのようです。申しわけありません」声を覚えられないうちに電話を切った。

手が汗まみれだった。口の中は乾いて、心臓の動悸が激しくなっていた。だが私の中にはもっと激しく、強く脈打つものがあった。
とうとう見つけた。柊仲之、もうすぐおまえは思い知るだろう。死をもって己の罪の深さを。

八月二十八日
一夜明けて昨日の興奮が鎮まると、あれほど強固だった私の確信がいかにも脆弱《ぜいじゃく》な思いつきの域を出ないような気がしてきた。確かに柊仲之という男は私の描いた犯人像に見合う条件を全て備えている。だがそれはあくまでも必要条件であるにすぎない。十分条件ではないのだ。
私は決して怖じ気づいたのではない。今この瞬間も、頼子を殺した犯人に対する憎悪は募っていくばかりだ。しかし復讐という行為はあまりにも多くの代償を私に要求する。罪を証明できない人間を殺すことは絶対にゆるされない。私は血に飢えた殺人狂とはちがうのだ。柊が必要条件ばかりでなく、十分条件をも満たす人物であると確信する時まで、私には何もできない。
とはいえ、頼子が死んでもう一週間になる。いたずらに時が過ぎていく前で、手をこまねいているわけにはいかない。頭の中で自問自答を繰り返すばかりでは仕方がない。まず行動を起こすことが肝心なのだ。そう結論して、柊仲之という男を今日一日じっくり観察してみようと決めた。

柊の住所は、昨日電話するついでに調べておいた。昨日は触れなかったが、学校の近くのメゾン緑北の二階に住んでいる。つまり公園も目と鼻の先にあるということだ。

「出かけてくるよ」と私は海絵に声をかけた。「今日は帰りが遅くなるかもしれないから、森村さんにそう伝えておいてくれないか」

もの問いたげな妻の視線が気になったが、私はそのまま病室を出た。時間を無駄にしたくなかったからだ。もう八時半だった。

車を置いて、バスに乗った。二十一日の頼子の足取りを再確認するためである。目当ての停留所で降りてまた歩く。急いで坂を上ったせいで少し息を切らしたが、メゾン緑北はすぐに見つかった。私の予想通り、学校を見下ろす高台の中腹に位置し、「あざみ台前」のバス停から近い。最近この辺りでも増えている独居者向けアパートのような造りの建物だった。少なくとも柊は独身である。

柊の部屋を探している時、ちょうどドアを開けて出てきた彼本人とあやうく鉢合せになるところだったが、何とかやりすごした。もっとも向こうは私の顔を知らないはずだ。対面するのは初めてだった。

　彼はジョギングにでも出かけるような格好で、スポーツバッグを抱えている。ドアに鍵をかける音を背中越しに聞いた。急いだかいがあったと思った。どうやら柊は運動部の顧問をしているらしいと見当がついた。これから生徒の練習の監督に行くところにちがいない。

　後をつけるのは楽な仕事だった。道がずっと下り坂なので、斉明女学院まで歩いて十分とかからなかった。彼を追って校門まで入ることはさすがに控えたが、問題はなかった。柊は陸上部の顧問だ。校庭のフェンスの外からでも彼の姿を見失うことはなかった。

　練習は十二時に終った。柊は校舎の方へ引き上げていった。校門へ先回りして彼が出てくるのを待ったが、いつまでたっても姿を見せない。何か用事でもあるのだろう。紺サージの門衛が私に目をつけ始めたので、通りの向い側にある小さな喫茶店に退却することにした。

　店の窓越しに校門を見張ることにした。考える時間ができたので、コーヒーを飲みながら改めて今朝の問題を検討することにしたが、予想以上の難題でなかなかうまい考えは浮かばなかった。

柊は三時過ぎになって姿を見せた。驚いたことに、彼はまっすぐ私のいる店に入ってきた。尾行を気づかれたのかと思ったが、そうではなかった。

柊がウェイトレスと交わした短いやり取りから、練習の後はいつもこの店に寄っていくことがわかった。彼はバッグから教育雑誌を取り出すと、熱心に目を通し始めた。私はずっと横目で彼を観察し続けていた。

この場で自分の正体を明かして彼を問いつめたいという誘惑に一度ならず駆り立てられたが、何とかそれを斥《しりぞ》けることができた。仮にそうしたところで彼が素直に口を割るはずがない。手の内をさらして相手に警戒されたら、かえって厄介になるだけだ。

今の私は柊の口を割らせるほどの確たる証拠を握っているわけではない。あるいは不意討ちをかけてしっぽを出させるにしても、何か相手にショックを与えるだけの威力を持った武器が必要だ。ちょうど頼子が診断書を突きつけたように。

診断書――！　朝から頭を悩ませていた問題に対する答がその時、突然ひらめいた。消えた頼子の診断書を実際に柊が見ていることを証明すれば、十分条件の問題は解決するのではないだろうか？　そして間接的にだが、それを証明する方法はある。これこそ天啓というべき考えだった。

隣りの席にいる男が今しも自分を追いつめる巧妙な計画を練りつつあるとも知らず、柊はコップの水を飲み干して席を立った。コーヒー代をウェイトレスに渡しながら「また明日」と声をかけ、店を出ていった。しばらく待ってから、私も彼を追った。

柊はそれから書店とスーパーに立ち寄り、メゾン緑北に戻ったのは五時半頃だった。その時気がついたのだが、このアパートは建物が新しいわりには住人の入っていない部屋が多いようだ。下の郵便受けに名前のない箱が目立っていた。

私は今日の成果に満足し、帰宅することにした。途中で不動産屋を三軒ほど回り、必要な情報を集めた。計画は急速に具体化しつつある。

電話を一本かけておく必要があった。幸い村上医師は私のことを覚えていてくれた。彼は私の勝手な頼みを快く承知した。明日の午前中にうかがいますと言って電話を切った。それとほぼ同時にベルが鳴り出した。

中原刑事であった。

捜査が難航していることを弁解の混じった口調で私に報告したが、ほとんど聞いていなかった。

「長期戦になる覚悟をしてください」と彼が言った。「しかし警察の威信にかけてもこの犯人は必ず挙げてみせます」

私は何とも答えずに受話器を叩きつけた。

彼に対して憐れみさえ感じている自分に驚いた。


森村さんを帰した後、海絵が私を病室に呼んだ。

「最近、理由も言わずに外出することが多くなった気がするの。今日だってそう。あなた、頼子のことで何か私に隠しているんじゃなくて？」

私は答えることができなかった。

「お願い、何とか答えて。近頃あなたの顔を見るのがつらくって。幽霊みたいな暗い顔つきで、目だけをギラギラ光らせているのよ。まるで何かに取り憑《つ》かれた獣のようだわ」

海絵が私の目をじっとのぞき込んだ。私はその視線に耐えきれず目をそらした。

「まさか、あなたは頼子のために――」

「考えすぎだよ」私はあわてて妻をさえぎった。海絵の勘の鋭さにはいつも驚かされる。

「これ以上自分を追いつめないで、あなた。頼子のことはもうあきらめるしかないわ。仕方ないの。私たちにはどうすることもできない、あの子の運命だったのよ」こみ上げてきたものが海絵の言葉を途切れさせた。「――それよりも、あなたがまるでちがう人のようになってしまうことの方が悲しいわ」

「大丈夫だ」私は妻の手を握りしめた。「頼子のことは残念だ。でも私にはまだおまえがいる。何が起こっても、私は私だ。何も心配しなくていい」

「あなた――」

「おまえの気持ちはよくわかっているよ。私と同じぐらい頼子のことを考えている。おまえは私の中に自分自身を見ているんだ。でも考えすぎるのは体に毒だ。一日じゅう頼子のことばかり考えていたら、おまえまでおかしくなってしまう。気を紛らわせた方がいい。そろそろ童話の仕事に戻ってはどうだろう。ずっと書いていないことは知っているよ」

「ええ、そうするわ。だからあなたも――」

私はうなずいた。そして罪悪感を抱きながら部屋を出た――それがつい今しがたのできごとだった。

昨日までは考えもしなかった新たな問題が私を悩ませようとしていた。妻のことである。

これまで私は娘と自分自身のことしか考えていなかった。頼子の復讐を成就することで頭がいっぱいで、それ以外のことについては白紙も同然の状態だった。考える必要すら認めていなかった。私は頼子の復讐を終えた後すぐに、しかるべき形で自分に始末をつける覚悟だったからだ。生き延びることなど夢想だにせず、それで全て帳尻が合うと漠然と考えていた。

だが、それでは残された妻はどうなる？　私を失っても海絵はひとりで生きていけるだろうか？　いや、体の不自由な妻にとってそれはあまりにも悲惨すぎる余生となるにちがいない。全ての負債を海絵ひとりの肩に押しつけるに等しい。

これほど重大な問題を平気で見過ごしていた自分の無神経さに腹が立った。すでに私は道の半ばまで来ているというのに。ここまで来て今さら引き返すことができるとは思えないが、目の前にはとてつもない障害がそびえ立っている。しかも憎悪の歯車は容赦なく回転し、私が立ち止まることを許さない。

何という残酷な試練！

だが私は遅くとも一両日中に、この問題に決着をつけねばならないのだ。

八月二十九日

昨夜、頼子の夢を見た。

頼子が水疱瘡でひどい熱を出した時の夢だ。三つになりたての頃だからあの事故よりも前のできごとである。なかなか熱が引かなくて、一時は命も危ぶまれたほどだった。私も海絵も三日間ほとんど一睡もせず、付きっきりで看病した。無事回復した時にはうれしさのあまり、二人で部屋中を踊り回った。当の頼子はきょとんとした目で、私たちを不思議そうにながめていた。目が覚めた時、夜明けを呪わずにはいられなかった。

夕べの妻の言葉が胸に重いしこりとなって残っていたが、私は計画遂行の準備を整えることだけに注意を集中して一日を過ごした。そういう意味では活動的な一日だった。行動することで、一時的にせよ煩悶《はんもん》から遠ざかりたかったのだ。

今朝は車で出かけた。妻を心配させないために大学に行く用事があると断わったが、それもまるきり嘘というわけではなかった。

手始めに柊のアパートに寄った。彼が昨日と同じ格好で学校の方に歩いていく姿を見届けて、村上産婦人科医院へと車を走らせた。

開診時刻は過ぎていたが、まだひとりも患者が来ていなかったので、すぐに村上医師と会うことができた。

「約束のものです」と言いながら、彼は私に一通の封筒を渡した。

「お手数をかけてすみません」

「いえ、結構です。ところであれから新聞を読んだのですが、お嬢さんが通り魔の犠牲になったと決めつけているのは早計にすぎると思うのですが」

「あれは警察の見解です」

「なるほど」

村上医師は腕を組んでじっと私を見すえた。

「なぜそんなものが必要なのか、理由は言ってもらえないのでしょうな」

「——申しわけありません」

「では、訊かない方がいいのでしょう。そういえばお嬢さんも診断書の使い途は教えてくれなかった」

彼は私から目を外し、机の上を爪でこつこつと叩き始めた。まだ何か言いたげな横顔であったが、私は心を閉ざし、質問を拒む態度をはっきりさせた。

せっかくの親切を裏切るようで後ろめたい気がしたが、村上医師を必要以上に私の計画に巻き込むわけにはいかない。仕方がなかった。

重ねて礼を言ってから病院を後にした。封筒の中身は頼子の診断書だった。村上医師に改めて作らせたものだが、それには特別な仕上げが施されていた。文面はもとより、日付、通し番号にいたるまで八月十八日の午後、彼が頼子に渡した診断書とそっくり同じものだった。

この第二の診断書こそが私の計画を支える基本モチーフなのだ。それは柊伸之を裁く踏み絵の役割を果たす。

それから緑山の大学に向かった。研究室に顔を出すのは十日ぶりだった。ほめられた話ではない。もっとも私の連続不在期間はすぐにも更新される公算が強い。恐らく永久に更新され続けるだろう。その時に備えて、残務処理を兼ねた部屋の整理をしておきたかった。

到底三時間あまりで片付く仕事ではなかったが、それでも見苦しくはない程度に収拾をつけることはできた。やりかけた研究の後始末ぐらいなら、この先高田君がやってくれるだろう。そう思って、いくつかの要点を走り書きした彼宛ての手紙を抽斗に残しておいた。研究者としては失格だなと私は思った。その点について心残りはなかった。帰りには妻の目をごまかすため、車の後部席に何冊かの資料を積み込まねばならなかった。

今度は斉明女学院に車を回した。少し早かったかと思ったが、そうでもなかった。

今日の柊は昨日より一時間ほど早く校門から出てきた。彼が喫茶店に入り本を広げるのを確認したうえで、学校に車を入れた。幸い門衛は昨日とは別の男であった。

夏休みの職員室は、当直の教師がひとり詰めているだけで閑散としていた。そこがつけ目だった。

娘のことでお騒がせして申しわけありませんでした。こちらの先生方には娘が本当にお世話になりました。ひとり娘がこの学校の生徒だったことは私たち夫婦にとっての誇りでした——挨拶と称して心にもない文句を並べ立てた。応対する教師の方は初めこそ迷惑げな様子だったが、娘の思い出のために少額だが学校に寄付をしたいと切り出すとその表情も明るく一変した。

彼が席を外した機会に私は柊の机を捜し当て、彼の担任クラスの名簿に目を通した。一—C、阿部光代、伊藤あゆみ、大森恵美子、木村真紀、……

大森恵美子という名が気に入った。保護者名、大森達雄。年も私と二つしかちがわない。ちょうどよさそうだった。

当直教師が戻ってきた時に、私はもう帰り仕度を始めていた。どうもありがとうございます。担任の永井先生と同級生の皆さんによろしく伝えてください——。

柊はまだ喫茶店にいた。私は車の中から彼を監視した。彼の一挙一動をこの目に焼き付けておきたかった。監視を続ければ続けるほど、柊に対する復讐心は具体性を増していくのだ。

三十分ばかりすると彼は店を出た。私は道路の反対側から距離を置いて、微速で彼を追った。ちょうどその時、柊仲之という男の一面を明らかにする興味深い場面を目撃した。

柊は交差点の横断歩道を渡ろうとしていた。舗道から二歩ばかり踏み出した彼の脇腹をかすめるようにして、シビックが急停車した。彼はあやうく飛びすさって難を逃れた。見ている私さえ冷汗をかくほど際どいタイミングだった。

歩行者用信号は青だったので、非はシビックの方にあった。柊は真っ赤になって怒った。スポーツバッグをボンネットにたたきつけると、運転席に向かって怒鳴り始めた。ドライバーは気の弱そうな男で、ただ言いなりになっていた。柊はフロントガラスをこぶしで殴りつけ、一方的にシビックの男をなじった。

信号が変わり、再び車が流れ始めた。柊はまだ文句を言い続けていたが、後ろの車がクラクションを鳴らし出したので仕方なくバッグを取り上げ、元いた舗道に戻った。戻り際にシビックのタイヤを二、三度蹴りつけているのが目に入った。

第五項。彼はかっとすると自分を抑えられなくなる傾向がある。柊伸之の首にかかった縄はまたひと回りその輪を狭めた。

メゾン緑北まで彼を尾行した後、ふと思いついてアクセルを踏み、閉店間際の東急百貨店に駆け込んだ。私は玩具売場で手錠を二組買った。おもちゃといっても馬鹿にならない。大人ひとりの体の自由を奪うことぐらい造作もない。

家に帰るとすぐ海絵のところに行った。

「ただいま。遅くなってすまない」

「お帰りなさい。それ、講義の資料なの？」

「ああ、長いこと仕事から離れていたからね。もうすぐ夏休みも終る。そろそろ私も出直さなければと思って」

妻の顔に微かな安堵の表情が浮かんで、すぐに消えた。まだ半信半疑なのだった。

「あなた、明日は家にいられない？　邦子さんが来るの」

「明日ならいいよ。出かける予定はないから」

「そう、よかったわ」

妻はじっと、まるで不自由な手を差し伸べるように私を見つめた。私は海絵の頬に手を当てた。

「えっ？　いま何とおっしゃったの」

「いや、何も言わないよ」と私は答えた。

本当は言ったのだ。海絵、おまえを愛していると。


八月はもう終ろうとしている。そして九月からは新学期が始まる。柊仲之は今や限りなく黒に近い灰色の存在となり、いくつかの幸運も重なって私の計画もすでに秒読みの段階に入っていた。必要な準備もほとんど整えた。この瞬間にも、柊に新学期を迎えさせてはいけないという頼子の声が私に届いているような気がする。その声に導かれて、私はとうとうここまでたどり着いたのだ。

後は私が決断を下すだけだ。妥協も逡巡もゆるされない。

二つにひとつ。簡単なことではないか。

頼子か、海絵か。

八月三十日
そう、やはりこれしかない。私はこの手で柊仲之を殺す。そして自ら命を絶つ。私は娘の遺体を前にして復讐を誓ったのだ。いかなる理由であれ、頼子を裏切ることはできない。

妻にとってはこれほど残酷な仕打ちもあるまい。だが海絵はきっとわかってくれると思う。時間はかかるかもしれないが、私を愛しているならわかってくれるはずだ。

もちろん海絵は悲しむだろう。自分をなくすまで何日も何日も果てしなく涙を流し続けるだろう。生きる望みを失って、亡霊のように意識の闇をさまよい続けるだろう。十四年前もそうだった。いや、それだけでなく、今度は私の不実を恨むことさえするかもしれない。しかしどんなに深い絶望の淵にあっても、今の私の気持ちを理解できるのは妻だけだ。

私たちは全てを分かち合ってきた。喜びも悲しみも、頼子への愛も。海絵と私、私と頼子、頼子と海絵――。私たち夫婦にとって頼子がどんなに大きな存在であったか、そして頼子を失ったことがどれほど無念の思いであるか、他人には決してわかるまい。かつて同じ苦しみをなめた私と妻にしかわからないことなのだ。だから海絵は、いつかきっと私の決断を認めてくれるだろう。そして私のためにもう一度生きる勇気を奮い起こしてくれるだろう。

私がいなくなっても海絵は何とか生きていけると思う。海絵はひとりぼっちにはならないだろう。無二の親友の邦子さんがいるし、森村さんもいる。高田君だってずっと妻のことを気にかけてくれるだろうし、何よりも妻は童話作家としてたくさんの読者から根強い支持を受けている。そういう人々の支えがある限り、妻は自分を取り戻すことができるはずだ。精神的に立ち直りさえすれば大丈夫だ。経済的な面では心配に及ばない。

だがそれにひきかえ、頼子はひとりぼっちなのだ。見捨てられた暗黒の独房の中でじっと救済を待っている。いま娘のために何かしてやることのできる者は私をおいてないのに、もし私がここで目をつぶったりすれば頼子は永久に救われまい。

それではあまりにも娘が不憫《ふびん》だ。生きている者の身勝手な理屈で頼子の棺に蓋《ふた》をする道を選ぶなら、私は父親の名に値しない。とすれば、もはやこれは議論の余地のない問題というべきではないか？　少なくとも今の私にとっては答の出たことなのだ。

昼までにはこの結論に達していた。決着をつけてしまうと、まるでそれが最初から決定づけられていた唯一の道だったかのようにさえ思われて、われながら不思議だった。一番重い荷物をようやく肩から降ろしたような気がする一方で、何だかばつの悪い虚脱感を覚えずにはいられなかった。

午後、邦子さんが家を訪れる頃には、見せかけの落ち着きを取り戻していた。私は森村さんに頼み込んで、アップルパイを五人分焼いてもらった。

海絵の部屋に四人が集まって、お茶を飲みながら皿をつついた。ついこの間までは頼子も顔ぶれに含めてしばしば繰り返された光景だった。ところが今日はみんなが努めて明るくふるまおうとするだけ、かえって泣き笑いの入り混じった下手な幕間《まくあい》狂言のような場面になってしまった。

最後に私は盛皿に残った五分の一のパイをナイフで四つに切り分け、みんなの皿に配った。女性たちは聖体拝領でも受けているような改まった表情でじっと私の動作を見守った。

しばらくして私は言った。

「私たち残された者には、頼子の分まで誠実に人生を全うする義務があると思う。だからお互いに、決して軽はずみな行動はしないと約束しよう」

初めて邦子さんが大きくうなずき、妻と森村さんもようやくほっとした顔をのぞかせた。ということは、その時までの私は、いつもそんなにせっぱ詰まった態度ばかり見せていたのだろうか。本心を隠すのは思ったよりむずかしいものだ。

「私も明日からまた書き始めることにするわ、邦子さん。これからは頼子の思い出のためにもっといい本を書くわ」

海絵は涙をためながらもしっかりとした口調で言った。そうだ、それでいいんだ。

私たちは代わる代わる海絵を抱きしめた。それから邦子さんがみんなの肩をたたきながら言った。

「みんなで力を合わせて、頼子ちゃんの分までがんばりましょう」

傍《はた》から見ればあまりにも芝居がかった情景に映ったかもしれないが、私たちはみんな真剣だった。私自身、心に秘めた誓いを一瞬だけ忘れかけた。

「これからもこんなふうに集まって、頼子ちゃんのことを思い出すようにしてはどうかしら」しんみりしたところで森村さんが提案した。

「それがいい」私は賛成した。「その時には高田君も呼ばなくては」そう言いながら、密かにその時の光景を思い描いていた。

もちろんそこに私の姿はない。


私の計画は完璧なものだ。失敗はあり得ない。

私はその計画を〈フェイル・セイフ〉作戦と呼ぶことにする。万一まちがい《フェイル》があっても、まだ安全《セイフ》であるという意味だ。たとえ柊伸之が十分条件を満たし得ない人物と判明しても、私はそこで引き返すことができるのだ。罪を証明することのできない人間を殺すことは回避される。

もちろん実際にはそんな可能性など皆無に等しい。今さら柊以外の人物を疑うことなど私には考えられない。しかし何より重要なのは、この〈フェイル・セイフ〉作戦の採用によって初めて、良心に一点の曇りもない状態で躊躇《ちゅうちょ》なく復讐を完遂することが可能になるということだ。私のような性格の人間にとって、これは無視できない側面である。

殺人行為そのものに対する恐れはないものの、私は無実の男を手にかけて平気でいられるほど図太い神経は持ち合わせていない。だからこそ、絶対の確信を持って処刑の瞬間に臨まねばならないのだ。

〈フェイル・セイフ〉作戦は、次の手順を踏むことになっている。

現在、柊が担任している生徒の父親の名前を使い、娘の進路問題とか何とか適当に話をでっち上げて彼に面談を求める。というのは、あらかじめ柊に私が頼子の父親であることを悟られないのが絶対に不可欠の条件だからだ。〈フェイル・セイフ〉作戦は基本的には一種の心理的奇襲攻撃である。

私は大森達雄として平穏にメゾン緑北を訪れる。そして柊が私を部屋に上げたら、すかさず彼に頼子の診断書を突きつける。

一瞬で勝負がつくだろう。無実であれば顕著な反応は示すまい。だが柊はきっと激しく動揺するだろう。なぜなら彼は二十一日の夜、それとそっくり同じものを目にしているはずだから。恐らく彼は第一の診断書を自分の手で破棄しているだろうから、第二の診断書を目の当たりにすれば余計に混乱するにちがいない。そして頼子を殺した夜の記憶が一時に柊の中でよみがえる！　どんな人間でもこの呵責《かしゃく》に耐えることはできまい。彼は恐慌をきたすだろう。

その時こそ、柊が罪を暴露する瞬間なのだ。罪なき者はむやみと恐れおののいたりはしない。激しい動揺を示すことによって、柊は自分自身の死刑執行にゴーサインを出すことになる。私は彼の内なる真実の姿を見逃さないだろう。

同時に柊も一切を悟るにちがいない。私の正体、私の目的、そして自分があっけなくぼろを出してしまったことを。もはや罪を否定しても手遅れだということにも気づくはずだ。観念して洗いざらい白状するかどうかはわからないが、その時点ではもう自白などあってもなくても同じである。

その後は事務的にことを運ぶつもりだ。柊の動揺に乗じて体の自由を奪う。ナイフを突きつけて四肢に手錠をかけてしまえば、もう抵抗はできない。私は不動産屋で調べたメゾン緑北の間取図も頭に入れている。壁は厚く、部屋ごとの防音も完全だそうだ。助けを求める声も外には洩れない。そしてナイフを確実に柊の体に刺し込み、その死を見届ける。

ナイフ――！　それも大事な小道具だ。私は柊の息の根を止めるために、頼子からもらったペーパーナイフを使うと決めている。何年か前の私の誕生日に娘がプレゼントしてくれた思い出の品だ。この復讐劇の大詰めにこれほどふさわしい武器はない。

事後工作はしない。私は自分の犯行を隠すつもりはない。司直の手が伸びる前に自殺する。

死ぬ必要はないのではないかと何度も自分を問いつめた。特に海絵の将来を考えると、私には生きながらえる義務があるのではないかと思われることさえあった。完全犯罪の可能性も検討してみた。それもあながち不可能とは言いきれない。少なくとも警察が頼子の事件の捜査方針を変えない限り、私が柊伸之を殺害する動機は見当たらないだろう。だからうまく立ち回れば、私には嫌疑がかからないかもしれない――しかし結局、私は最初の決意を変えることはなかった。私は自分で自分を裁くのだ。

うまく説明できないのだが、これは一種の人間の品性の問題だと思う。すなわち、私が柊伸之という存在を殺人という厳しい態度で裁く以上、私は私自身の行為をも独立した厳しい態度で裁かなければ公正とはいえない。たとえ私の復讐が頼子との関係において正当化されるとしても、独立に取り出された行為そのものは殺人という一個の犯罪でしかない。したがって私が正当な罪の償いとして柊に死を宣告するなら、その宣告は私自身にも同様に下されなければならない――これが正義というものだ。

それだけではない。仮に警察の追及を免れ得たとしても、私が殺人者であることに変わりはない。その烙印《らくいん》を隠して妻と生活を続けていくことなど到底耐えられる業《わざ》ではない。海絵に打ち明けるなどもっての外《ほか》だ。そんな偽善の生活より私は死を選ぶ。

十四年前、まだ名前を持たぬ長男が生まれずに死んだ時、妻は永久に体の自由を失った。息子の魂にそれを捧げたのだ。今度は私の番だと思う。頼子が死んだ今、私は私自身をもって娘に殉《じゅん》じよう。

明日は私の生涯の最後の一日となるだろう。

八月三十一日
いよいよ今日だ。
驚いたことに、現在私は数時間後に殺人を実行しようとしている人間とは思えないほど、落ち着いた気分になっている。人間の心とは不思議なものだ。昨夜までの煩悶が嘘のように消えて、私自身をまっすぐに見つめることができるとは。
昨日の記述、とりわけ前半部分を読み返してみて、自分が恥ずかしくなった。私はどうかしていたようだ。あんな偽善的な調子で自分の決断を正当化しようとするなんて、まるで馬鹿げている。そんなことをして何の意味があるというのか？　もはや私はことさらに深刻な身ぶりを装うことで自らを説得できる年齢を越えている。自分の決断を、あたかも運命がその所業を命じたかのごとく脚色したところで何の役にも立たない。

そもそも自明の解決などあり得ない問題だったのだ。私はぎりぎりの地点まで自分を追いつめた末にこの答を選んだ。私の意志が復讐を選んだという結論だけが重要で、それが正しいか、誤っているかというのは誰にもわからない。

事実だけで十分だったのに、余計なことを書いたものだ。

私は頼子を愛していた。私は海絵を愛している。二人に対する愛情を比較するのは不可能だが、私は頼子の復讐を果たすことを選び、その反射的な効果として海絵を裏切ることになる。だが私の妻への愛は全く変わらない――これが全てなのだ。

しかし、それでも私は妻にゆるしを乞うことが可能なのだろうか？　それは無条件の完全なゆるしということを意味してはいないか？　今の私に、まだ海絵を信じる権利は残されているだろうか――妻を裏切ろうとしている私に？

さっき柊伸之と電話で話したところだ。彼は私を大森恵美子の父親と信じて、露ほどの疑いも抱いていない。こちらの思惑通りに、今日の午後八時、メゾン緑北の柊の部屋へ行く約束をした。一目で化けの皮がはがれるような気遣いはないが、土産のひとつでも携えていけば、絶対に怪しまれないだろう。
あと数時間で私の彷徨にも終止符が打たれる。もはや私のなす業を妨げるものはない。全てが私の計画通りに運ぶだろう——頼子のために。

三十一日続き
柊伸之は死んだ。私は彼をうつ伏せに押えつけ、背中から心臓のある辺りにナイフをねじ込んだ。骨に突き当たることもなく、ずぶずぶと柄の部分まで肉の中に埋まった。私は、柊がことされるさまを冷静に見届けた。
診断書を見た時の彼の驚愕《きょうがく》は予想を上回るものであった。何か言いかけて口を半開きにしたまま、表情が凍りついた。顔から血の気が引いていく音が聞こえそうなほどだった。彼は診断書をとり落とし、穴があくほど私の顔を見つめた。まばたきすることさえ、忘れてしまったようだった。
柊はその時、私の瞳の色に気づいたにちがいない。頼子と同じ紅茶色をした父親の瞳に。同時に彼は全てを理解した。彼の表情をつかさどるあらゆる筋肉が、恐怖のために激しく収縮した。頼子がまだ小さい頃、家族三人で遊園地に出かけ、びっくりハウスに入ったことがあった。その中のお化け鏡に映った自分の姿に驚いて頼子が目を丸くしていたことを覚えているが、柊の顔はその時の鏡像を再現するみたいにひずんでいった——だが、どうしてそんなふうに見えたのかわからない。やがて彼の全身は引きつけでも起こしたように震え始めた。

「殺すつもりは、なかった——」とうめいて、柊は私の前にくずおれた。

もうそれ以上躊躇する必要はなかった。私は柊に襲いかかった。彼はほとんど逆らわなかった。ナイフを突きつけて、背中に回した両腕と足首に用意した手錠を施すと子供のようにおとなしくなった。

「殺さないでくれ」

それが柊の発した最期の言葉であった。私は彼に見えるように首を振った。柊伸之という存在のあらゆる細部、髪の毛から爪先に至る全てが耐えがたいほど醜悪なものに映っていた。自業自得なのだ。私は憐憫《れんびん》すら抱かなかった。ナイフを握り直す時、頼子の声を聞いたような気がする。

——まだあれから一時間とたっていないが、私は今すぐにでも幕を下ろしたい気分だ。身辺の整理もすませた。もうあまり時間がない。

　この手記を書き上げたら、私は薬を飲む。海絵の薬品棚からこっそり持ち出した抗うつ剤である。頼子の死を知った翌日、森村さんが海絵の主治医からもらってきたものだ。十四年前の事故の直後、妻はしばらくその種の薬を服用していたので、今でも比較的容易に処方箋を書いてもらえる。本来は妻の心痛をやわらげる目的で私が頼んだものだが、それとは別にこういう用途があることも承知していた。

　海絵、この手記はおまえのために遺していくものだ。これを書き始めた最初の夜から、こういう結末になることはある程度決まっていたような気がする。だから私はおまえのために全てを書き残しておかなければならないと考えた。ここにあるのは私という矛盾に満ちた人間の総体だ。私の哀しみ、私の怒り、私の苦しみ、私の決意、私の欺瞞《ぎまん》、私の愛、私の罪悪感、そうした私の心のあらゆる葛藤《かっとう》をおまえに知ってほしかった。私がおまえにしてやれるのはせいぜいこれぐらいのことしかなかったのだ。

　おまえにゆるしを乞う資格など私にはないと思う。おまえが私の行為を死ぬまで呪い続けたとしても私はかまわない。だがもしもおまえがこの手記を読んで、たった一ヵ所でも私に共感できるところがあったなら、ほんの少しでいい、そのために私のことを哀れに思ってほしい。私にはそれで十分だ。十分すぎるほどの救いなのだ。

海絵、おまえだけは長く生き続けてくれ。私の分も、頼子の分も、生まれなかった息子の分も。おまえを最後まで見守ってやれなくてすまない。私は悪い夫だった。

——全てを打ち明けると言いながら、ひとつだけ書き落としていたことがある。たった一度だけ、私はおまえを道連れにしようと考えた。もちろんそんな考えはすぐに捨てたが、一度でもそう思った自分がひたすら恥ずかしい。私の愚かさを責めてくれ。それほどおまえの夫は罪深い存在なのだ。

さあ、もうこれで終りにしよう。お別れだ、海絵。私はこれから頼子のところへ行く。私はおまえたち二人を、かけがえのない家族を愛している。

第二部　余波

子供たちは一足先に出掛けただけだ、
家に帰りたくないのだろう。
私たちが子供に追いつくことにしよう、
日の当たるあの丘で、天気もいいし。

「亡き子をしのぶ歌」

——暑いわ。

と森村妙子は口に出して言った。

窓を閉めたのに、夜の熱気がべったりと肌に貼りついて、いつまでも離れないような気がする。冷たいシャワーを浴びて、くつろげる薄衣に着替えてもこの暑さはなかなか去らなかった。体を動かしたくないのに、どうしてもじっとしていられない、そんな気分だった。

いや、本当は妙子もそれが暑さのせいでないことを知っていた。だいいち、これだけ冷房の効いた部屋にひとりでいてそんなに暑いわけがない——。

妙子をじりじりさせているものは、彼女の外ではなく、心の内側にあった。暑さというのは自分の気持ちをそらすための口実にすぎなくて、本当はもっと輪郭のはっきりとした胸騒ぎが執拗に妙子をさいなんでいるのだ。その原因だって、たったひとつしか考えられない。自分でもそうわかっているのだから、いつまでもその不吉な思いを無視し続けることはできなかった。

　また壁の時計に目が行く。

　午後九時三十二分、そろそろ一時間になる。妙子はたまらずテーブルの上の電話に手を伸ばした。しかしいったん受話器を取り上げたものの、やはり番号を押すのは気が進まない。受話器をつかむ位置を、無意識に手の内側で何度も動かしているばかりだった。

　気の回しすぎにちがいない。妙子はぎゅっと唇を噛み、受話器に浮いた手のひらの曇りを見つめた。ことあるごとに家族づらをして、余計なおせっかいを焼きたがる女と思われるのはいやだった。

　結局そのまま受話器を戻して、買い置きの雑誌のページを繰ることにした。でも活字が全く頭に入らない。西村教授の狼狽《ろうばい》しきった表情が目にちらついて離れようとしなかった。かぶりを振って時計を見ると、九時三十六分。これで何度目だろう？　気晴らしにテレビでもつけようかと思ったが、リモコンが手の届くところに見当たらなくてその気も失せる。胸の底に落ちる不安の影は、もはや目をそらすことができないほど長く伸びていた。

今夜の教授の様子はどこか変だった。ただならぬ雰囲気とでもいうか——。

確かにこの十日間、頼子ちゃんのことがあったせいで、教授はうち沈んだ暗い表情をしている時が多かった。でも決して今日のように殺気立った態度を顕わにしたことはない。妙子は胸を締めつけられるような気がした。ひょっとすると、あれは何かの危険信号だったのではないかしら？

教授は八時前にこっそり外出したらしい。八時過ぎに彼の姿が家の中になかった。奥さんに尋ねても、出かけるような理由に心当たりはないと首をかしげるばかりだった。夜黙って家を空けるなんて、彼らしくなかった。

八時二十五分頃、ガレージに車を入れる音が聞こえた。気がかりだったので、妙子は玄関まで出ていった。ドアが細く開いて、隙間から家の主の顔がのぞいた。お帰りなさいと声をかけようとして、ぞっと身がすくんだ。教授の目の中には激しい狼狽の色が充満していた。見てはいけないものを見てしまったような気がした。

「森村さん」後ろ手にドアを閉めながら、彼は唐突に口を開いた。「今日はもう帰ってくださって結構です」

「でも、急にそんなことを言われても」

「お願いします」教授の声は小刻みに震えているようだった。「今夜はこのまま引き取ってください。さもないと――」

彼はそう言いかけて、不意に口をつぐんだ。敵意に近い気配すら感じて彼女は思わず身を引いた。

「わ、わかりました。すぐお暇《いとま》しますから」

そのままあわてて西村家をとび出してきてしまったのだ。

自分の部屋に戻りようやく落ち着いてものを考えられるようになってから、妙子はひどく心配になり始めた。形にならない不吉な予感が妙子の心を揺さぶった。家族以外の第三者が、勝手に憶測したり悩んだりするべき問題ではないと思うと、かえってその不安は募った。

いつも穏やかな教授があんなにすさんだ態度を見せるなんて。何度思い出してもぞっとする。一体、外で何があったのかしら？　あれはまるで、犯行現場を目撃された殺人犯みたいなうろたえ方だった。

いいえ――妙子は即座に思い直した。殺人犯なんて、われながらひどい連想よね。時計の針は九時三十九分に差しかかったところだ。彼がやっと頼子ちゃんの死のショックから立ち直ろうとしているのに、私は変な想像ばかりして。秒針が三十秒を回った。決して軽はずみなことをしないと約束した人を疑っているんだわ。もう妙子は時計から目を離すことができない。そう、きっとわたしの考えすぎなのよ。何も悪いことなんて（五十六秒、五十七秒、五十八秒）起きるわけがない。九時四十分――でも、どうしてこんなに時計ばかり気になるんだろう？　それにわたしはさっきから何を焦っているのかしら。それともこれは――これはまさか虫の知らせというものなの？

妙子は反射的に受話器をつかんでいた。今度は躊躇せず西村家の電話番号を押す。接続音に続いて、ルルルル、呼出音が耳の中に反復した。

誰も出ない。どうして？　教授は家にいないのか。それとも彼の身に何かが――。

フックをたたいて別の番号を押した。病室に据えつけられた夫人の専用電話の番号だった。夫人が本格的に童話の執筆に取り組む決心をした時、仕事の便宜を考えて新たに別の線を引き直したものだ。今度は最初のベルが鳴り終らぬうちに相手が出た。

「もしもし奥さん、森村ですけど――」

「森村さん？　よかった、私の方からかけようと思っていたところなの」

「あの、さっきは急にお暇して、ごめんなさい」

「そんなことはいいの。それより、主人の様子がおかしいのよ。さっきまで外で電話がずっと鳴りっ放しだったのに、あの人全然出ようとしなくて」

「それ、わたしがかけたんです」

「そうだったの。それから呼出ブザーを何回も鳴らしてみるんだけど、何の返事もないのよ。きっと何かあったんだわ。でも私ひとりではどうしようもなくて。お願い、森村さん。すぐに来てくれない？　私、何だか心細くて仕方がないの」

「わかりました。すぐ着きますから、心配なさらないで」

妙子は電話を切ると急いで身仕度を整えた。もっと早く電話をするべきだったのにと自分を責めながら。取り返しのつかないことが起こる前に間に合えばいいけれど。

彼女のマンションからスクーターを飛ばして七分、西村家に着いたのは十時四分前だった。教授がひとりになってからもう一時間半にはなる。玄関のドアには教授自身の手で錠がかけられていたが、妙子は自分用の合鍵を持ってきていた。

病室を除いて、家の中は真っ暗だった。電灯のスイッチをつけながら妙子は部屋から部屋へと回った。書斎に彼の姿はなかった。寒くもないのに、思わず身震いする。彼は階下にはいなかった。

頼子ちゃんの部屋だ！　突然ひらめいて、妙子は階段を駆け上がった。ドアが半分開いたままになっていた。妙子は一度足を止めると、静かに部屋に入り灯りをつけた。

最初にその背中が目に入った時、妙子は彼がすでにことされているものと思い込んだ。西村悠史は娘の椅子に深く腰をかけ、前のめりに娘の机に顔を伏せていた。ちょうど机を抱きしめているような格好に見えた。

蓋の外れた空っぽの薬瓶がひとつ、机の上に転がっていた。見覚えのある抗うつ剤の瓶だった。そばに空いたグラスとウィスキーのボトル。恐る恐る近づいてみると、口から少しもどした跡がある。匂いをかいで、薬をアルコールで飲み下したのだとすぐに気づいた。うつろな頭で死を確信しながらも、妙子は看護婦としての習慣から、半ば無意識に彼の脈を探っていた。

自分の指先に弱々しい脈動を感じた瞬間、妙子は思わず叫び声を上げた。この人はまだ生きている！

間に合ったのだ。妙子は天にも昇るような気持ちになった。最悪の事態は避けられるかもしれない。すぐに適切な応急処置を施せば、まだ助かる見込みがある。妙子は緊張に身を震わせながら自分自身に誓った。

この人を絶対に死なせはしない。

あくる九月一日の早朝、西村悠史は本人の意志とは無関係に、九死に一生を得ようとしていた。

第一発見者、森村妙子による適切な応急処置が彼を死の淵から呼び戻す大きなきっかけとなった。彼の体が救急病院に運び込まれた時点では、それでもまだかなりむずかしい容態だったが、時間の経過とともに彼は回復の兆しを見せ始めた。

しばらく昏睡状態が続くかもしれないが、生命に別条はないと最終的に医師が判断を下したのは、彼が服毒してからおよそ十時間後のことだった。

しかし、奇跡的に命を取りとめはしたものの、同時に彼の社会的立場は非常に厳しいものとなりつつあった。

前夜、自殺未遂の報を受けて現場に駆けつけた警官は、西村の書斎で彼の遺言とおぼしき一冊のノートを発見していた。服毒に先立つ十日間にわたって記された日記のようなものと思われたが、終り近くの記述がその警官を仰天させた。


柊伸之は死んだ。私は彼をうつ伏せに押えつけ、背中から心臓のある辺りにナイフをねじ込んだ——。

十五分後、連絡を受けた緑北署の刑事たちはメゾン緑北の柊伸之の部屋で彼の死体を発見した。

柊は四肢に手錠を施され、うつ伏せの状態で絶命していた。肩の下に深々とナイフが突き立てられ、その刃は右心室を貫いていた。凶器自体が栓の役目を果たし、外出血こそ少なかったものの、即死だった。西村悠史の手記に描かれた通りの最期だった。

凶器からは鮮明な指紋が検出され、照合の結果、西村悠史のものと一致することが判明した。さらに被害者が西村のひとり娘を妊娠させた事実を裏付ける証拠が発見されるに及んで、事件の性格は決定的なものになった。朝から招集された緊急捜査会議では満場一致で、西村容疑者が意識を回復し次第、詳細な事情聴取を行う旨の決定がなされた。

一方、西村悠史の手記は殺人の故意を立証する重要な証拠物件として、その日のうちに押収された。この種のケースでは異例のことだが、家族を含めた事件の関係者にはそのコピーが配付された。

真っ先にそれを読んだ人々の中には、西村頼子の殺害事件を担当している緑北署の中原刑事も含まれていた。彼は頭を抱えた。彼の上司の顔も青くなった。

「――とんでもないことになるぞ。何としても警察の体面を保たないと」

世間体を気にした者は彼らにとどまらない。斉明女学院の理事長、水沢エリ子もそのひとりだった。

彼女は事件の報告を受けた直後、衆議院に籍を置く実兄に直通電話をかけた。彼も別の筋からその情報を入手していたが、妹のために大至急自分のブレーンに対策を検討させた。その結果、はじき出された答はどう見ても一種の奇策であった。

議員はその策の実効性に首をかしげながらも、中央の党本部に連絡を取り、友人の某高級官僚に働きかけた。その指令は彼を皮切りに、行政府と警視庁の中枢を駆けめぐった。

そしてその日の午後、警視庁の中にある狭いオフィスで、刑事部捜査課主幹の法月《のりづき》貞雄警視はその指令を受け取った。彼は内線電話のフックを押しながら、やれやれとこっそりつぶやいた。

第三部　再調査Ⅰ

いま太陽は明るく昇る、
夜中の不幸も嘘のようだ！
不幸の襲ったのは私だけだ！
太陽は皆に輝いている！

「亡き子をしのぶ歌」

1

「名門女子校に勤める独身教師が、教え子の女子高生を妊娠させたうえに、その発覚を恐れて殺害。最愛の娘を奪われた父親は独力で真相を突き止め、その復讐を果たした後に、娘の後を追うように自殺を図った——確かに同情すべき事情はありますが、だからといって疑問を差しはさむ余地はどこにもない、人騒がせなだけで単純な三面記事的犯罪の典型じゃありませんか？」

「そうさ」法月警視はこともなげに答えた。

「おまけに娘の父親は手記の中で全てを告白してるっていうんでしょう。そこから先は、女性週刊誌の追跡レポートの領分ですよ。どうしてこのぼくが事件の再調査をしなければならないんですか」

「デリケートな配慮を要する問題なのだ」

「まるで閣僚の国会答弁みたいな言いぐさだな」

「まあ、似たようなものさ」

警視は謎めいた微笑を浮かべた。

綸太郎《りんたろう》がその笑みの意味するところを理解できないでいるうちに、警視は息子の肩をつかんで軽く揺さぶると、空いた方の腕をひょいと伸ばし目の前のワードプロセッサの電源を切った。

「わっ！　何てことを」

綸太郎はあわてて父親の手をスイッチから払いのけたが、すでに遅く、彼の新しい原稿は漆黒の闇の奥へ吸い込まれるように消えてしまった。

画面から目を返すと、警視は相変らず同じ笑みを浮かべている。

「ひどいなあ」綸太郎は抗議した。「電源を切る前に、必ず新しいデータをフロッピーに保存しなくちゃいけないことぐらい、お父さんだってよく知ってるでしょう？」

「新しいデータがある時はな」警視は少しも悪びれた様子がない。「今の画面は、夕べ俺がのぞいた時からちっとも進んでいなかったぞ」

「おやおや――なるほど」

綸太郎は肩をすくめると、椅子から腰を上げて父親の前に立った。面と向かうと、綸太郎が警視を見下ろす格好になる。だが今は彼の方が明らかに不利な態勢だった。この世の中に、スランプ状態の推理作家ほど弱く、虐げられている存在はない。

警視は目で居間の方へ行こうと合図した。綸太郎はもう一度ワープロの暗い底なしの画面にアンビバレントな視線を投げかけると、ため息をひとつついて父親の後に従うことにした。

居間の籐椅子に腰を下ろすと、警視が冷えた缶ビールをよこした。プルタブを引きながら、こちらから訊いてみた。

「お父さん、ちゃんと答えてくださいよ。一体、ぼくに何を探らせたいんです？」

警視は黙って喉にビールを流し込み、うがいのような音を立てた。それから急に顔をしかめると目を片方だけ細めながら、少し乱暴な口調で言った。

「何も探る必要はない。おまえの名前が世間に与える効果だけが狙いなんだ」

綸太郎は目を丸くした。

「何ですって？」

「つまりこういうことだ――」法月警視はにこりともせずに言った。「俺の息子は、いつの間にかマスコミの甘言に乗せられて、名探偵という存在にまつりあげられていた」

「自分だってその尻馬に乗ってるくせに」

警視は無視して続けた。

「おかげで無知蒙昧《もうまい》なる大衆は、法月綸太郎という名前をクレジットの中に見つけただけで、即座にこう思い込むようになった。ああ、この事件には何か途方もない裏があるにちがいない。さもなければ、あの名探偵がわざわざ乗り出してくるはずがないと。もちろんそんな思い込みなど、何の根拠もないたわけた幻影にすぎないんだが」

「こりゃ、ずいぶん手厳しいな」

「だがこの事件でも同じことになるだろう。要はスキャンダル封じなんだ」

警視はビールの缶を爪で弾《はじ》いた。

「さっきこの事件は、女性週刊誌の追跡レポートの領分だと言ったな。全くその通りだよ。

今の筋書きのままだと、斉明女学院の聖なるイメージは地に墜《お》ちる。全国でも指折りの名門女子校としては致命的なスキャンダルだ。そうなると困る人間もいる。例えば斉明女学院の理事長だ。彼女の兄が誰だか知っているか？」

「水沢徳一《とくいち》――教育問題の専門家として有名な、保守党の中堅代議士でしたね」

「そう」と警視はうなずいて、「学校はもちろん、水沢先生自身にとっても大きなイメージダウンに結びつく可能性がある。それが気に入らなくてこのスキャンダルに煙幕を張ろうという仕儀になった。

ところが事実はすでに表沙汰になっていて、普通の手段ではごまかしようがない。そこでおまえの出馬を乞うという話になるわけだ」

綸太郎は椅子の背に両肘を預けた。この話は雲行きが怪しくなりそうだ。政治がらみの権謀術策のお先棒をかつぐような真似は、ごめんこうむりたい。

「そんな期待をされても、ぼくが彼らのために都合のよい新事実を発見できる見込みはありませんよ」

「そんなものは必要ないと言っただろう」警視はにべもなく言いきった。「必要なのはおまえの登場によって、事件に何か裏があると世間に思い込ませることなんだ。おまえ自身は何もしなくていいぐらいだ」

「そう思い通りになりますか？」

「なる。世間の連中は法月綸太郎という名前に一種の先入観を持っているから、おまえが何もしないうちから勝手に事実を曲解してしまうだろう。火のないところにも煙が立つかもしれないと考えて、新しい火種を探し始めるんだ。

そのうち〈事情通〉と称する筋からくだらん風説が流されるようになる。斉明女学院を陥れようとする陰謀があったとか何とか、馬鹿な奴らが喜んで飛びつきたがるデマのたぐいだ。

おまえの名前が引き合いに出されれば、みんなが納得するだろう。本当の火種は別にある、斉明女学院は罠にはめられたのだと。スキャンダルは中和され、学校のイメージは守られる。そしておまえの事件ファイルには、未解決の三文字が書き加えられるのさ。わかるか、これが新しい筋書きなんだ」

「そんな馬鹿な」

「馬鹿げた筋書きにはちがいない。だが、きっと俺の言った通りになる」

「でも、それではぼくの立場がない」

「そりゃそうだ」うんざりしたような声で警視は言った。「どんなに粋がってみたところで、おまえなんか体制側から見れば、便利な宣伝道具のひとつにすぎん」

熱い血が顔に上ってくるような気がして、綸太郎は小さく首を振った。警視は新しいビールの缶を開けている。

対スキャンダル用の緩衝装置とは！　全くせちがらい世の中になったものだと綸太

郎は思った。名探偵の名声を大衆の意識操作の手駒に使うなんて、今まで考えもしなかったシチュエーションだ。サー・アーサー、あんたの時代はよかった――。

綸太郎は気を取り直して、父親に尋ねた。

「でも、いつもはシビアなお父さんがどうして今回に限って、こんな茶番をぼくに押しつけようとするんですか？」

「おまえにはわからんだろうが、いろいろと政治的軋轢《あつれき》というのがあってな。俺もこの年になると老後の心配というものがある。退職金は多いに越したことはないからな。おまえの印税なんか、当てにならんし」

「『月蝕荘《げつしよくそう》』の事件で最後まで意地を通した人の言葉とは思えないな」

警視は渋い顔をした。

「あれだけは別物さ。それにあんな芸当をしたもんだから、その後ずっと上からにらまれて困ってる。こういう機会に点数を稼いでおかないと、また先で痛くもない腹を探られるんだ」

「やれやれ」と綸太郎は肩をすくめた。

「まあ、軽い気持ちで引き受けてくれ。ここに娘の父親が残した手記のコピーがある。目を通しておけば、事件の概要も頭に入るだろう。あとはおまえの好きにしろ。

もし本気で取り組むつもりになれば、こっちで便宜を図ってやる。何もする気がなければあの辺をちょいと散歩して、必要経費の請求書でもでっち上げておけばいい」

「――でもぼくには、小説の締切りがある」

「そんなものは、犬にでも食わせろ！　行き詰まってる時に、悪あがきをしたって無駄だ。無理をして枚数だけ増やしたって、いいものはできないぞ」

「しかしね、お父さん――」

「まあ、聞け。おまえは最近、自分の顔を鏡で見たことはあるか？　まるで論理の自家中毒でも起こしたような顔をしているぞ。よくない徴候だ。しばらく仕事のことを頭から追い出して、気分を変えてみたらどうだ。絶対その方がいい」

警視はホチキスで止めたコピーの束を綸太郎の胸に押しつけた。

「せめてその手記ぐらいは読んでみろ。たまには自分が書いた文章でないものを読んでみるのもいいだろう。興味深いものであることは俺が保証する。それからどうするかはおまえの自由だ。言うことはこれだけだ。俺は先に寝る。おやすみ」

警視はこちらの気持ちなどおかまいなしに言いたいことだけ言ってしまうと、さっさと自分の部屋に引き上げた。取り残された綸太郎はもう一度、やれやれとつぶやいた。向こうがあの調子では、ぼくが何を言っても無駄だろう。

でも、親父さんの言うことにも一理ある。ここしばらくプロットが立往生して、原稿がはかどっていないのは事実だった。論理の自家中毒か、近頃は法月警視まで評論家みたいな口を利くようになった。

いや、それとも評論家の言葉遣いが、桜田門スタイルになりつつあるのかな？

綸太郎は自分の部屋に続くドアに目をやった。その向こうには十四インチ高解像度CRT仕様の四角いブラックホールが、彼の脳髄からありったけの想像力を搾《しぼ》り取ろうと待ち構えている。綸太郎は身震いすると、渡された手記のコピーの束を改めて手に取った――親父さんの言う通り、たまにはこういう事件に巻き込まれるのも悪くはない。

すっかり気の抜けてしまったビールの残りを飲み干し、彼は手記のページを繰り始めた。

「おい、これはどうしたことだ？」

綸太郎ははっとして綴《つづ》りから目を上げた。寝巻姿の父親がいつの間にか目の前に立ちはだかって、彼を見下ろしていた。

「何だ、お父さん。先に寝たんじゃなかったんですか」

「何を言ってる。もう朝だぞ」

　綸太郎は窓に目をやった。カーテンが外光に透けている。目がちくちくして、思わず何度かまばたきを繰り返した。

「――本当だ」

「眠っていないな？」

　綸太郎は自分のありさまをとくと見直して、

「そうみたいですね。この手記を読み始めたら、つい熱中してしまって」

「だが、これだけ読むのに、一晩かかったわけじゃあるまい？」

「もちろん。何回も読み返していたんです」

「ははあ」警視はぱっと顔を輝かせた。「何かをかぎつけたらしいな。正真正銘の何かを」

　綸太郎はうなずいた。

「事件の再調査を引き受けることにします」

「そうか。おまえの様子だと、お偉方の根回しはかえって裏目に出るかもしれないな」警視は小気味よさそうにつぶやくと、「よし、コーヒーをいれてきてやる。詳しい打ち合わせはそれからだ。スキャンダル封じなんぞ、くそくらえだ！」

2

緑北署は市《いち》ケ尾《お》の国道沿いにあった。後ろに未整地の河原跡が控えているせいか、建物の役所らしいたたずまいが周囲の風景になじんでいない感じがした。綸太郎は庁舎の一階で、中原刑事に会った。

中原は彫りの深い顔だちをした肩幅の広い男で、薄い唇がどことなく思いやりに欠ける印象を与える。手記の中の人物描写を思い出して、綸太郎は少し気が重くなった。初対面で、気楽に話のできそうな相手ではなかった。

とりわけ、今回のようにデリケートな配慮を要する事件に関わる場合は。

互いに自己紹介をすませてから、二人は腰を下ろした。掲示板のポスターの暗い色彩の他に目を引くものとてない、殺風景な席だった。中原がおもむろに足を組み、尊大ぶった面接試験官を思わせる口ぶりで切り出した。

「これはあなたのような大物の手を煩《わずら》わせるほどの事件ではないと思いますが」

「どうでしょうか」大物という言葉にはあからさまな皮肉がこめられていたが、綸太郎は取り合わないことにした。「それより、西村氏の容態は？」

「危険な状態からはすでに脱したようですが、まだ意識が回復しません。取調べができるのは、当分先のことになりそうです」

「当分、というと？」

「たぶん三、四日でしょう」

「逮捕状は出るのですか」

「いいえ。病状回復を待って、任意出頭を要請する方針です」不意に中原は、値踏みするような目で綸太郎を見つめた。「ところで今、彼に敬称をつけましたな。西村氏と。だがあの男は殺人犯だ。それなのに肩を持つつもりですか？」

「西村氏は同情すべき立場にあると思いますが」

「しかし、殺人犯であることにかわりはない。彼の手記を読みましたか？」

「ええ。あなたのことはずいぶん悪しざまに描かれていましたね」

相手の反応をうかがうつもりで言い添えると、中原の顔にはひび割れたような苦笑が浮かんだ。

「そうです。だが、まあ、あれは仕方がない。大目に見てやらないと。刑事なんて商売、仕事の三分の二は憎まれ役です。ただ彼がもう少し謙虚に私の忠告を聞いていたら、こんなことにはならなかったと思いますが。それはそれとして、犯罪心理の専門家の目から見てあの手記をどう思います？」

「非常に興味深いですね。特に何ヵ所か気になる記述があります」

「何ヵ所か？」中原の眉の間が狭くなり、折りひだのようなしわが縦に走った。「これは意外だな。するとあなたは、彼の手記に書いてあったことのほとんどを真に受けているんですか」

綸太郎はいなすように肩をすくめた。

「まだ検討中です」

「私に言わせれば、あの手記はまちがいだらけの噴飯物です。誤解と愚考に満ちている」

「何もそこまで一方的な言い方をしなくても」

「これでもまだ手加減しているつもりなんですが。何しろ彼の誤った憶測のために、ひとりの罪のない男が殺人の濡れ衣を着せられたうえ、命まで奪われたのですから。どんなに非難されても仕方がないと思いませんか」

綸太郎は中原を見つめた。自信に満ちた表情をくずそうとしない。彫りの深い顔だちが、取りつく手がかりひとつない切り立った岩肌のように映った。綸太郎は形のない苦い固まりを呑み込むと、念を押すように尋ねた。

「つまり、柊伸之は西村頼子殺しの真犯人ではないということですか？」

当然のように中原はうなずいた。狷介《けんかい》そうな光が瞳の底に宿っていた。

「西村は私の言葉にちゃんと耳を貸すべきでしたよ。彼の最大のミスは、頼子さんを妊娠させた男イコール殺人犯と根拠もないのに速断してしまったことです。確かに柊伸之は子供の父親でした。でもそれだけのことです。殺されても仕方がないほどの悪事をそれ以上に重ねていたわけではありません」

綸太郎は手を上げて、中原を制止した。

「じゃあ、柊が西村頼子の相手の男だったということは確かなんですね」

「ええ」

「でも、どうしてそれがわかりました？」

中原は一度目を外して考え込むふりをした。だがそれもポーズであることが明らかな程度の短いしぐさで、すぐに答が返ってきた。

「まだ公表されてない事実があるんです。あなたには打ち明けますが、ここだけのオフレコに願いますよ。実はメゾン緑北の柊の部屋から、第一の診断書——わかりやすいように、手記の中の表現をそのまま使います——が発見されたんです」

「部屋のどこにあったのですか？」

「机の抽斗の奥の備忘録のページの間にはさまれていたのを捜査員が発見したんです。そんなものはさっさと破り捨ててしまえばいいのに、わざわざとっておくなんて馬鹿な奴ですよ。何か記念品のようなつもりだったんでしょうな、きっと」

図らずもその言い方で、被害者に対して中原が抱いている偽らない感情が明かされた。それは憐れみや同情からほど遠いものであった。

「そうすると、西村頼子が二十一日の夜に柊の部屋を訪れたことも同時に証明されたわけですね」

「そう」と中原が言った。「だから、少なくともその点までは父親の推理も正しかったんです。ところが詰めが甘かった。頼子さんはあの晩、無事に柊の家を出ているんです」

「その証拠がありますか？」

「もちろん。まず第一に、柊が診断書を処分しなかったことがあります。もし彼が殺人犯だったら、当然真っ先に証拠湮滅《いんめつ》を図ったはずです。

第二に、仮にメゾン緑北で殺人が行なわれたとすると、死体移動の問題を無視することはできません。公園がメゾン緑北から近いといっても、歩いておよそ十分はかかる。いくら深夜で人通りが少なかったにせよ、死体を担いで公園まで行くのは危険です。車でも使ったのなら別ですが、あいにく柊は運転免許を持っていませんでした。やはり殺害は公園内で行なわれたと考えるのが合理的です」

もっともらしい説明だが、いずれも状況証拠でしかない。柊の犯行を否定する根拠としては、あまりにも薄弱すぎるようだった。しかも西村悠史の手記の中には、柊自身が犯行を認めた発言がはっきりと記されている。

綸太郎はその点をどう説明するのか訊いてみた。

「あの部分は、完全に西村のでっち上げですよ」と中原が答えた。

「でっち上げ？」

「そうです。恐らく彼は柊に弁明の機会など与えないで、部屋に上がるなりすぐに殺してしまったはずです。ただ柊が殺人犯であると頭から信じていたために、ありもしない言葉を聞いたと思い込んだんじゃないですかね？　でもきっと当人は、本気であんなことを書いたにちがいありません。事情聴取の際には、頑としてそう言い張るでしょう」

あらかじめ準備された答かもしれない。中原の口ぶりは、熱がこもっているにもかかわらず、どことなく平板で型にはまっていた。

「でも、西村氏は〈フェイル・セイフ〉作戦という切り札を持っていたはずですよ」

「あれこそ狂信者のたわごとの最たるものですよ。あんな姑息《こそく》なレトリックにつまずくなんて、あなたらしくないですな、法月さん。彼は最初から、柊が殺人犯でない可能性など少しも考えてはいません。あれは自分が慎重かつ冷静であることを示そうとする、手の込んだポーズ以外の何物でもない」

中原の断定的な言い方は全く気に入らなかったが、かといって綸太郎は真っ向からそれに反論しようとも思わなかった。中原ほど偏った見方ではないにせよ、彼自身、〈フェイル・セイフ〉作戦のくだりには何となくうさん臭いにおいを感じとっていたからだ。

ところが、中原はそれを気弱さの表われと受け止めたようだった。彼の態度のうちに傲岸《ごうがん》さの占める割合が大きくなっていった。

「私が西村に子供の父親を捜したりするなと言った理由がわかったでしょう？　まさにこういう事態を恐れていたんです」

中原はかりそめの同意を求める視線を投げてよこした。綸太郎が無視すると、相手は何もなかったようにそれを引っ込めて、自分の話を続けた。

「人はしばしばあらゆる罪業を、手近にあるひとつのものになすりつけようとするものです。往々にして、そこから悲劇が生じる。西村も気づかないうちに本当に憎むべき敵を見失い、手の届くところに憎悪の標的を定めてしまった。憎しみとは絶対に理性でコントロールできないものです。

私はそういう例をたくさん見てきたから、よく知っている。彼にそういう轍《てつ》を踏ませたくなくて、忠告したのです。まあ、私の言い方もまずかったかもしれないが、それを頭から無視した西村は身のほど知らずだとしか言いようがありません」

このまま中原のペースに乗せられるわけにはいかない。綸太郎は質問のカードを切り直した。

「柊が犯人でないとしたら、誰が彼女を殺したのでしょうか？」

「あなたもずいぶん回りくどい人だな」と中原はもどかしそうな口ぶりで、「私は初めから言っていたはずです。これは連続通り魔殺人なんですよ。調書にもそう書いてあるし、西村にも何度もそう言って聞かせました。今度はあなたに説明しなきゃならない。もういい加減、口が酸っぱくなりますよ」

不意に中原の目が綸太郎から離れ、斜向いに貼られたシンナー中毒禍の防止を訴えるポスターの上をさまよった。そこには頰がこけ、目の落ちくぼんだ蒼白い顔の少年の絵が描かれていた。

グロテスクな誇張が施されているにもかかわらず、ひどくリアルな表情である。中原の横顔は、まるでその少年に向かって話しているようにも見えないこともなかった。

「あの晩、頼子さんは柊の部屋を出た後、公園に寄り道したんです。恐らく激した感情を鎮《しず》めるためだったでしょう。さもなければ、あんな時刻に若い女の子がひとりで行くような場所ではありません。それだけ彼女の精神状態が普通でなかったということです。

柊との交渉がうまく行ったか、それとも決裂したか、今となっては知るすべはありません。しかしそれは事件とは関係のないことです。その後、彼女は新しい獲物を狙っていた変質者の目に留まり、公園の中で殺害されました。以上が我々の定まった見解で、これに付け加えるものは何もありません」

「二つのできごとが、たまたま二十一日の夜に重なったにすぎないというんですか」

「いけませんか」中原はすばやく目を返すと、苦りきって言った。「そうであってはならないという理由でもありますか？」

「それを言うなら、通り魔説だってあやふやですよ。根拠薄弱なところは、柊犯人説と五十歩百歩じゃありませんか」

中原の顔がみるみる険しくなった。

「あなたまで西村のまちがい殺人を支持するつもりですか？」

そんなつもりなどなかったが、一方で綸太郎は会話を重ねるにつれて、この男の権威主義的な押しつけがましさに嫌悪感を覚え始めた。そのせいで感情的になっていなかったとは言いきれない。

「どうしてそんなに西村氏のことを目の敵にするのです？」

「別に目の敵になんてしていない」

中原は弾かれたように椅子から立ち上がり、威圧的に綸太郎を見下ろした。短い沈黙。お互いの視線の間に強い斥力《せきりょく》が作用しているようだった。

「わかっているのか？　西村は殺人犯なんだ」と中原が言った。今度は声の響きが明らかにちがっていた。

「でも元はといえば、あなたが西村氏に対して誠意を見せなかったことが、柊伸之殺害の要因のひとつとなっているのではありませんか」

「――言いがかりにすぎない」

「しかし実際には、あなたの不自然な態度が彼の疑惑に拍車をかけ、こういう不幸な結果を招いたんですよ。本当に何の責任もないと断言できますか？」

「何が言いたいんだ」中原は声を荒げた。「まだるこしい言い方をせずに、はっきり言ったらどうなんだ」

「では訊きますが、頼子さんが妊娠していた事実を公表しなかった本当の理由は何だったのです」

「それは、故人の名誉を気遣ってしたことだ。私は西村にもそう説明している」

「そんな説明では納得できません」

「だったら他にどんな理由があるというんだ！」

中原はその時初めて、自分の体が椅子に坐っていないことに気づいたようだった。うわべに見える以上に感情が昂《たか》ぶっている証拠である。両膝が錆《さ》びついたクランクのように硬直し、額に汗の玉が浮かび上がってきた。

綸太郎は自分も腰を浮かし、同じ目の高さで中原に視線をかぶせた。

「本当は斉明女学院から圧力がかかっていたのではありませんか？　西村氏が手記の中で指摘していたように」

中原はぐっと喉を詰まらせた。弱点を衝《つ》かれたボクサーのように、体の重心がアンバランスに傾いだ。両頬に朱の斑点がいくつも散らばり、やがて顔全体を覆いつくした。腰の引けた中途半端な姿勢のまま、彼はようやく見出した質問にすがりついた。

「あんたは一体どちら側の人間なんだ？」

「真実の側の人間です」

中原の目の中を感情の亀裂が走った。

彼はその裂け目から噴き出すものを押しとどめるように、ゆっくりとまばたきを繰り返した。目を閉じる度に、綸太郎との距離が遠くなっていくとでもいうように。

そのままひょいと肩を回し、出口の方に向かって歩き出した。取るに足りないいいさかいさ、と自分に言い聞かせているような足取りであった。ポスターの蒼白い顔の少年が、中原の後ろ姿と綸太郎の間の空間にうつろな視線を割り込ませた。もはやそこには、どんな言葉も入る余地はなかった。

刑事の姿が見えなくなると、綸太郎は椅子の中にへたり込んだ。中原をやり込めたという満足は全くなかった。

真実の側の人間だと？　口に出した瞬間に、その答を選んだことを後悔していた。自分の立場が今のところ、中原のそれと大差ないことをすっかり失念していたのだ。

綸太郎は人目を気にしながら部屋を出た。中原だって決して馬鹿ではないはずだ。西村悠史の手記を鵜呑みにしていない点は評価できる。だが、彼の正常な思考を妨げる何かが存在しているせいで、中原は事件を正しく見つめることができないのだ。

その何かとは、単なる先入観か、刑事のメンツか。それとももっと別のものだろうか？　綸太郎はその何かが、これから自分の行く先々に影を落とさないことを願った。

3

受付デスクの前の柱にもたれていた男が、綸太郎に話しかけてきた。薄く色の入った眼鏡をかけた小太りの男で、毛糸玉をほぐしたような頭には若白髪がずいぶんと目についた。

「中原の奴とやり合ったらしいね。えらくお冠で、こっちまで八つ当たりされたよ」

しわだらけのシャツに、しわだらけのジャケット。アイロンとは無縁の生活をしているようだ。なれなれしい態度といい、マスコミ人種であることはすぐに知れた。

「何の用です？」

「ぼくは『週刊リード』の冨樫《とがし》だ」ジーンズの尻ポケットから、角の折れた名刺を差し出した。「少し話せないかな、法月さん？」

綸太郎はかぶりを振った。

「あいにくですが、時間がなくて。これからすぐ、行くところがあるんです」

「行先なら承知してるつもりだけど。ぼくの車で行かないか？」眼鏡越しに、気をそそる目つきをしてみせた。

　綸太郎は興味を覚えて、冨樫の誘いを受けることにした。ちょうどエンジンの不調で、自分の車を修理に出してあったせいもある。

　建物を出て、駐車場に足を運んだ。車は亜麻色のスプリンターである。綸太郎が助手席のドアを閉めると、冨樫は黙って車を出した。

　国道を荏田《えだ》方面に向かう。車の流れはスムーズで、ハンドルを握る冨樫の手に迷いは見られない。行先を承知していると言ったのは、その場の方便ではないようだった。

「ぼくはこの事件に興味を持ってる」と冨樫が切り出した。「今のままでも十分ニュース種になる事件だが、まだ裏がありそうな気がする。そう思って取材を始めたら、いきなり緑北署に法月綸太郎が現われた。これは何かあると、すぐピンと来たね」

「それで？」綸太郎はそっけなく言った。

「君は俗っぽいスキャンダル漁《あさ》りとはちがう。あえてこの事件に関与するからには、何か特別な事情か専門的な関心があるはずだ。ということは、西村父娘の事件に予想外の新しい展開が生じる可能性が高い。ちがうかい」

「新しい展開？」

「そう。父親の手記とも警察の見解ともちがう、君独自の視点を持ち込んでくれるんじゃないかと期待しているんだが」

「買いかぶりすぎですね」綸太郎は下手に出て言いかわそうとした。「ぼくはただ小説の取材に来ただけで――」

冨樫は首を振った。光の加減で、左目の回りを薄いレンズの陰がさまよった。

「とぼけても無駄だよ。単なる取材なら、あんなふうに中原と衝突するいわれはないだろう」

「衝突というほど大げさなものではありませんよ」

「そう言うけど、君だって戻ってきた時にはかなり厳しい顔をしていたぜ」

さりげないところで、よく観察している。

「若干の意見の相違はありましたがね」

「その若干の相違というところを、詳しく聞かせてもらいたいな」

「感情的な行きちがいですよ」綸太郎はあまり真剣に取られないよう、声の調子を落とした。「彼があまりにも強引に通り魔説を押しつけようとするものだから、少し反発したんです。それがお気に召さなかったらしい」

「それは、君の方が悪いんだ。地元の刑事にはもっと下手に出なくちゃ。ただでさえ、素人に口出しされるのは気に食わないんだから」

同意するそぶりを示してから、冨樫に尋ねた。

「中原刑事とは、顔なじみですか？」

「親しいとは言わないけど、まんざら知らん仲でもない。やり手だが、融通の利かない男だよ」

「融通が利かないどころじゃないようだ」

綸太郎がつぶやくと冨樫は前を向いたまま、左の口許にそれとわかるほころびを作った。

「ずいぶん神経をとがらせているじゃないか。きっと別のことでもめたんだろう。ひょっとして、例の手記に書かれていたのと同じ理由で、中原を非難したんじゃないか？」

訊かれたことを否定はしなかった。

「君も意外と無茶な男だね」

「いや。鎌をかけただけなのに、向こうが大げさに受け取ったんですよ」

「鎌をかけるだけでも、大したものだぜ」

冨樫はあきれるふりをした。だが、確実に半分は面白がっているように見える。

「しかし君の口ぶりだと、まるで西村悠史の手記に誤りや嘘はなく、彼の手で正当な裁きが下されたと考えているように聞こえるが」

「そうは言ってないでしょう。ただ、その可能性が必ずしもゼロでないと主張しているだけで」

冨樫が肩先を上下に揺すった。車の振動でないとわかる程度で、声を上げて笑うまではしなかった。

「面白いことになりそうだ。だって君のスポンサーは、斉明女学院だろう？　にもかかわらず、君自身は中立を表明している。つまり場合によっては、スポンサーに歯向かうことも辞さないというんだな」

綸太郎は眉を上げ、横目で冨樫をにらんだ。

「そうだったのか。道理で手回しがよすぎると思いましたよ」

「何だって？」

「人が悪いですよ、冨樫さん。最初からぼくが現われると知っていて、緑北署で待ち伏せましたね。あなたもヒモ付きの身分なら、ひとつ正直に言ってください。いったい誰の差し金で、ぼくをマークしているんですか？」

「別に誰の差し金でもないよ」冨樫はフロントガラスから目を離さないまま、穏やかに答えた。「さっきも言った通り、ぼくは西村頼子の事件に初めから興味があって、緑北署に毎日足を運んでる。君の顔を見つけたのは偶然だ」

「じゃあ、どうして斉明女学院がぼくのスポンサーだと知っているんですか？　依頼人の名前はまだ公には伏せられているはずです。知っているのは、限られた関係者だけなんですよ」

「それで一本とったつもりかもしれないが、恐れ入りましたと頭を下げる気はないね」冨樫はガムでも噛んでいるような切れぎれの口調で言った。「斉明女学院が君を引っぱり出したことに、誰も気がつかないとでも思っているのか？　もしそうなら君はとんでもなく、おめでたい男だぞ」

「どういうことです？」

「この状況を見たら、一目瞭然じゃないか。君の介入を必要としているのは、現在の情勢に不満があって、何とか事態を変化させたいと望んでいる連中のはずだ。それこそ、斉明女学院に他ならない。これぐらいのことなら、わざわざ誰かに教えてもらわなくてもすぐに見当がつく」

「一応もっともらしい説明です。でもあなたがあらかじめ、ぼくの次の行先を承知していることの説明にはなっていない」

「聞きしにまさる懐疑主義者だな」冨樫は大げさに首をすくめた。「ジャーナリストの端くれだから、少しは頭を使えるよ。担当の刑事に会って事件の概要を聞いた後、当の主役の顔を拝みにいく。これがそんなに突飛な思いつきかい？」

体をねじって、冨樫の横顔をじっと見つめた。顔の表情から言葉の真偽を判断することはできなかったが、この状況で疑うなという方がもともと無理なのである。

「――わかりましたよ」

露骨に信じていない口ぶりで応じると、冨樫がこちらを向いてにやりとした。自分が口にしたことをその場で帳消しにしてしまうような、天邪鬼《あまのじゃく》なところのあるにやつき方であった。しかし、彼がわざとそうしたのかどうか、判然としなかった。

冨樫はそれきり何も言わず、フロントガラスに目を戻すと、前方の車の流れに注意を集中させた。綸太郎はカーエアコンのルーバーの向きを変え、涼を取った。外は晴れて、風のない日だった。

新石川入口と標示のある地点で国道を離れた。車は北上して東名高速の下をくぐり、小学校の敷地の横を走り抜けた。グラウンドに落ちた校舎の影は、くっきりとむらのない八月の黒さをとどめている。

男同士の無口なドライブは趣味ではないのか、冨樫が唐突に会話を再開した。

「もう斉明女学院の理事長と話をしたのかい？」

「いいえ」

「これから会う予定は？」

「近いうちに何か言ってくるでしょう」

本当は三時から会う約束をしているのだが、わざと黙っていた。たぶん冨樫も知っていてとぼけているのだろうし、仮に知らないなら知らないで、わざわざ教えてやる必要もない。ルーバーの角度を元に戻しながら、どんな女ですかと尋ねた。

「大した女傑さ」冨樫は唇をとがらせて、ひゅっと息を吐いた。「簡単に言うと、水沢エリ子はこの地方のお上品な婦人会の総元締みたいな存在だ。県の文教委の特別委員になってもう十年になるし、全国女子教育問題連絡会議の副議長を二期務めている。その他にも肩書きを挙げ出したらきりがない。下手な政治家や評論家より人望が厚くて、発言力もある」

「流行《はや》りのマドンナの走りみたいなものですか」

「そう思ってまちがいはないね。だがその人望と発言力も、元はと言えば、斉明女学院の理事長というステータスがあってこそ。だから今度の事件では学校だけでなく、彼女自身のパブリック・イメージにも大きな傷がついたことになる」

冨樫は思わせぶりに口をつぐんで、言外の意味を匂わせた。綸太郎は前の晩、法月警視に聞かされた話を思い出し、それとなく誘いの水を向けてみた。

「それで喜ぶ者がいるというのですか？」

「そういう人間に心当たりがないこともないな。ただ説明し出すと、少し込み入った話になる」

「というと？」

「あまり本当らしくは聞こえないんだがね」と前置きした。自分でも信じていない噂話を伝えるような気のない口ぶりである。

だがこういう態度こそいちばん要注意なのだ。本気で何かを吹き込みたがっている人間は、かえって本当らしい喋り方をしないものである。

「理事長の兄が、衆議院議員であることは知っているだろう。彼はこの選挙区の出身なんだが、支持票のかなりの部分を都市部の婦人層に負っていると言われる。これがどういうことかわかるかい？」

「妹の名前が、水沢代議士の集票力に少なからぬ貢献を果たしているということでしょう」

「その通り。ところで、この選挙区は定数＊名のうち彼を含めて保守党が二議席を占めているんだが、もう一方の油谷《あぶらたに》という古株の議員が彼と犬猿の仲、いや、名前通り水と油のような間柄なんだ」

「同じ党友なのにですか？」

「元は中央の派閥争いに起因していて、対立の根が深い。そこに至る詳しいいきさつは端折《はしょ》らせてもらうけど、前の選挙の時、県連が真っ二つに割れて身内同士で泥仕合を演じたという過去がある。なまじ地盤を同じくするだけに、お互いかなり汚い手口で足を引っぱり合ったものだ。

　結果的には二人とも当選したものの、油谷センセイの方は大きく票数を落としてね。次点候補と数千票差で辛くも議席を確保するというみっともないざまになった。その最大の原因は、油谷の女性問題が表沙汰になったせいなんだ」

「女性問題？」

「公示日直前に怪文書が出回った。出所はたぶん水沢の後援会だろう。まあ取るに足りない愛人騒ぎだったが、妹の息のかかった婦人団体が猛烈に抗議してニュース種になった。結局、油谷サイドはスキャンダルのもみ消しに大わらわで、選挙戦どころではなくなった。そんなわけで、遺恨を残した油谷は次の選挙に向けて、早くも雪辱戦の構えに入ってるという評判なんだけどね」

その先は自分で考えてごらん、という目つきをした。無論、わざわざ考えるには及ばない。

「この事件の陰で、油谷代議士が糸を引いているというんですか？　斉明女学院と理事長のイメージを悪くするために」

「そう。妹の評判が下がれば、当然今度の選挙で兄の得票数も下がる。目には目を、スキャンダルにはスキャンダルを、という段取りさ」

「でもそれは、あまりにもうがった見方にすぎやしませんか？　次の選挙なんて当分先の話ですよ」

「選挙はたった半年先だよ」冨樫は所与の事実のように言いきった。「今はもう、どの陣営も動き始めた時期なんだ。それに斉明女学院のスキャンダルは油谷にとっては前哨戦にすぎないと思う。まず、からめ手から攻めよという寸法だ」

「しかしこの事件のどこに、そういう解釈を容れる余地がありますか？　どちらの殺人にも政治的な色あいは全くないし、父親の行動は個人的な復讐心から出たものです。考えられる可能性は、西村頼子の事件が油谷の支持者によって仕組まれていた場合ですが、これぱかりはさすがにあり得ないでしょう」

冨樫は思わせぶりに唇をねじった。

「そりゃそうだ。いくら選挙のためと言ったって、平気で人ひとり殺すものか。ぼくが考えているのはもっと微妙な線だよ」

「わかりませんね」

「君の知らないことがある。西村悠史の高校時代の同級生が、油谷の下で広報面のチーフ・コーディネーターを務めている。広告マン出身の高橋という男で、切れ者としてちょっとは名の知れた人物さ。その男が、死んだ娘について西村の頭に余計なことを吹き込んだとは考えられんかね？」

「まさか」

綸太郎はちょっと目をみはった。言いたいことはわかるが、あまりにも作為的にすぎる。

「まだ裏付けはないよ」冨樫は、助手席の反応に気づかないふりをして続けた。「だが、それほど無理な筋書きとは思えないけどね」

最初は本当らしくない話だと言ったくせに、ずいぶん熱心に売り込もうとしている。むしろ熱心すぎるほどだった。今の話の真偽はさておき、冨樫に気を許してはいけないことがよくわかった。初めに察した通り、斉明女学院の息がかかった人間なのだ。

反論しなかったので、納得したと思い込んだのだろう。あるいは、用意された台詞《せりふ》を全て使い果たしたのか、冨樫は急に黙り込んだ。しかし今度の沈黙もそう長くは続かなかった。街路樹の切れ目から、『大坪総合病院』と書かれた看板が姿を見せた。

4

冨樫は病院の敷地に入ると、何の説明もなく車をパーキング・エリアに回した。駐車スペースは外来の車でほとんど埋めつくされていたが、医療機器メーカーの搬送バンが出ていった後に目ざとくスプリンターを押し込み、エンジンを切った。

「病室までついてくる魂胆ですか？」綸太郎は皮肉のつもりで言った。「親切に送ってくれるだけだと思っていましたよ」

冨樫はシートベルトを外し、体の力を抜いた。しかし、エンジンキーは差しっ放しである。

「ぼくはここにいるよ。昨日、病室にもぐり込もうとしてつまみ出されたんだ。もう二度とあんな目には遭いたくないね」

「それなら、外来入口の前でぼくだけ落としてくれればよかったのに」

「それだと、君の帰りの足がない」冨樫はこちらを向いてあごをしゃくった。「これはぼくが好意でしていることなんだ、気にしなくていい。君が言えばどこにでも送ってあげよう」

「戻るまで、時間がかかるかもしれませんよ」

冨樫はひとりよがりな含み笑いをした。

「待つのには慣れているさ」

「じゃあ、ごゆっくり」

綸太郎は車を降りた。ありがた迷惑な話だが、そう言っても引き下がる相手ではない。お互いに腹の探り合いをしているわけだから、正直な顔をした方が不利になる。ドアを閉めてやると、冨樫は後部席からクロスワード・パズルの雑誌を取って鉛筆片手ににらめっこを始めた。

車を離れ、吹き抜けになったエントランスに向かった。どこからか蟬《せみ》の声が響いていたが、まるでミュートをかけたようにおとなしい。十一時で、まだ陽はそれほど高くなかった。陽射しが強くても、汗ばむような気温ではないのだ。

ガラス張りのドアを押してロビーに入ると、一瞬紗《しゃ》をかけたように視野が暗くなった。二、三歩あるいて、床に冨樫の車と同じ色のリノリウムが敷きつめられていることに気がついた。

ロビーの人影はまばらで、そのほとんどがだらしない格好の老人たちだったが、その中でひとり下着姿の女の子がぽつねんと床に蹲《うずくま》り、じっとこちらを見つめている。母親らしい姿は見当たらなかった。

綸太郎は案内窓口で身分を告げ、西村悠史の病室を尋ねた。

「一号病棟二階の二六号室です」医療事務員が帳簿から目を上げた。「床のグリーンの矢印に沿っていけばすぐにわかります」

「ありがとう」綸太郎は歩き出した。

一号病棟の廊下は左右のドアの列にはさまれて、ひっそりと伸びている。青白い蛍光灯の光が、化粧漆食の壁に照り映えて漂白された夜のような雰囲気を作り出し、足下のリノリウムに落ちる影を深海魚のようにゆらめかせた。しんとした空気の中で、病院の匂いがしつこく嗅覚につきまとった。

匂いに馴れる前に二六号室にたどり着いた。ドアには「集中治療室」の表示があった。

ドアのそばに置かれた背のない長椅子に陰気な若い男が坐っていた。背広姿で足を組み、体を少しねじるようにして頭の横の部分を後ろの壁にくっつけている。綸太郎の足音を聞きつけて、それまで閉じていたまぶたをゆっくりとこじ開けた。

「何だ？」と横柄な口調で言った。

どうやら監視役の刑事のようだった。

「西村教授の病室はここですね？」

「そう。彼とは話せないよ。意識不明なんだ」

「知ってます」

「何の用だ？」

綸太郎は自分の名前と用件を告げた。

「はあん」と刑事が言った。「あんたのことは聞いてるよ」

その時、外のやり取りが耳に入ったのか、病室のドアが内側から開かれ、若い男の顔がのぞいた。色白の鼻筋の通った顔だちで、柔らかい髪を額の中央で分けている。服装はチェックの半袖シャツに綿パンツ。瞳がちのやさしい目をした青年であった。

「どなた？」

「法月といいます。警察とは別の線から、非公式に西村頼子さんの事件を調査しているものです」

幸い相手は名前だけでピンと来たようだった。

「ひょっとして、推理作家の法月綸太郎さん？」

「ええ」

「ご活躍は存じています」

そう言った後に、短い間があった。男は肩越しに振り返ったが、部屋の中のどこに視線を向けたのか綸太郎からは見えなかった。戻した顔には微妙な表情が浮かんでいる。

「中に入りますか？」

迷った末にそう尋ねた。綸太郎はうなずいて、許しを得るため、長椅子の刑事に目をやった。刑事は壁から頭を離すと、面倒くさそうに言った。

「こうしてると頭の芯《しん》が冷えて、涼しいんだ」それから面白くもなさそうに鼻を鳴らした。「あんたのことは聞いていると言ったろう？」

刑事はまた頭を壁につけ、目を閉じた。綸太郎は肩をすくめて病室に入った。

部屋は殺風景な個室だった。ブラインドを下げた窓に頭を寄せてベッドがひとつ。四十代半ばの男が眠っていた。それが西村悠史だった。

点滴用チューブと人工呼吸管が、むき出しの腕と鼻に絆創膏で止められている。上半身が固定されているのは、患者が動いてチューブが抜けない用心だろう。掛布の下から何本ものコードが伸びて、ベッドサイドのモニターにつながっていた。

顔の色は冴えないが、一昨日服毒した男にしてはましな方だった。黒々として豊かな髪が、何か場ちがいな印象を与える。堅くまぶたを閉ざしているので、手記にあった紅茶色の瞳を目にすることはできなかった。

「数日は昏睡《こんすい》状態が続くそうです」青年が小声で言った。「中毒ショックによる一時的な意識障害で、心配することはないらしいのですが」

そういう彼自身、病人のようにやつれた表情をしていた。看病疲れの初期徴候だろう。自分がまだ名前を言っていないことを思い出して、付け加えた。

「ぼくは高田満宏《みつひろ》です。教授の研究室で助手をしています」

話し声に女の顔が振り向いた。ベッドのそばの椅子に坐って、昏睡患者の寝顔を見守っていたのだ。西村と同じ年格好の女性である。うなじで短く切りそろえた髪に、ボートネックのサマーセーターと榛《はしばみ》色のスラックスという姿だった。

腰を上げて二人の方に歩み寄った。宝塚の男役のようにきびきびした挙措である。目鼻だちが大作りなため、余計にそういう印象が強い。若い頃は人目を引く美貌を誇っていただろう。盛りを過ぎた今でも、十分その名残が感じられた。しかし高田青年と同様、表情の端々ににじみ出たやつれの色は隠せない。

綸太郎は体の向きを変えて彼女に対した。

「矢島邦子さんですね？」

「あなた、誰？」彼女はもの怖じしない鋭い声で切り返した。「刑事には見えないけど」

「法月といいます。個人的に頼子さんの事件を調べています」

女は遠慮のない視線を綸太郎に浴びせた。

「――マスコミの人間なら、つまみ出されないうちにさっさと自分から出ていった方がいいわよ」

綸太郎が答える前に、高田が彼女をさえぎるように手を左右に振って二人の間に入った。

「ちがいます、矢島さん。法月さんはちゃんとした推理作家で、実際の事件を解決した実績もある人です。昨日の男なんかと一緒にしたら失礼ですよ」

昨日の男というのは、たぶん冨樫のことだろう。道理でついてきたがらないわけである。

高田の説明に一応はうなずく形を示したものの、矢島邦子のまなざしは相変らず険しかった。高田は思わず綸太郎の方に目を返すと、気がくじけたように二人の間から一歩退いた。

「あなたの素姓はわかったわ」今度の女の声には、露骨な蔑《さげす》みの色が加わっていた。

「でも個人的に、というのは嘘ね。どうせ斉明女学院のスパイか何かでしょう？」

どうしてそれを、と口に出しかけてさっきの冨樫の言葉を思い出した。

矢島邦子が斉明女学院と通じていることはあり得ないから、今この場で見抜かれたのだ。冨樫が言ったように、まさしく「一目瞭然」である。自分の立場の不自由さを改めて思い知らされ、綸太郎は答に窮した。

「それごらん」邦子は彼を痛罵《つうば》した。「黙っているのは、認めたのと同じよ。学校の回し者がここに居坐る権利はないわ。とっとと出て行きなさい」

「待ってください。あなたは誤解している」

「馬鹿をおっしゃい」彼女はあごを突きつけるようにして、綸太郎に詰め寄った。

「聞いてください。確かにあなたの言う通り、ぼくがここに来たのは斉明女学院の差し金です。でもこの事件に関わることを承知した以上、ぼくにはぼくの考えがあるんです」

「一体それが、何だというの？」

綸太郎はじっと邦子の目を見つめた。こうして罵《ののし》られているのに、なぜか彼女に腹を立てる気がしなかった。それよりも、自分の真意が届かないもどかしさの方が先に立っている。奇妙なことだが、この十五以上年の離れた口の悪い女に対して、漠然とした好意を持ち始めているようだった。

「斉明女学院がどうなろうと、ぼくの知ったことではありません。ぼくはこの事件の真相が知りたい、それだけです。周りの思惑がどうか知りませんが、ぼく自身は完全に公正中立を貫くつもりです」

「能書きは結構よ。公正中立な真相なら間に合ってる。彼がとっくに暴露してくれたから」言いながらベッドの上の男をいたわるように見やった。「命がけでね」

「その真相が絶対にまちがいないものだと断言できますか？」

「断言できるわ」

「それは撤回した方がいい」自分の声がむきになっているように聞こえた。「ぼくは彼が残した手記の中に不審な点を発見しました」

「よしてちょうだい。本人がいるのよ」彼女は厳しくたしなめた。「あなたは自分の宣伝をするためにこんなところまで首を突っ込みに来たの？　新興宗教の勧誘員みたいな口を利いて、自前の真実を押しつけようとしてるだけじゃない」

いわれのない非難だったが、どうしても気持ちのわだかまりに触れてしまうところがある。胸を張って応えることはできなかった。相手の怒りが、それ自身の重みで沈黙の淵に沈んでしまうのを待つしかないのだ。

　綸太郎の逡巡を目の当たりにして、さすがに言い過ぎたと思ったらしい。女は急に態度を和らげた。

「――あなたは悪い人には見えないわ。どうやら私の早合点だったようね。学校のスパイ呼ばわりしたことは謝るわ」

　もちろん全面的に気を許した口調ではない。一時的な妥協の態度であることをはっきりと匂わせていた。だが、それだけでも大きな譲歩である。

　彼女はベッドの脇に戻り、目に見えないシーツの乱れを直し始めた。高田が病室の隅から簡素な丸椅子を運んできて、綸太郎に腰を下ろすよう勧めた。

　彼が坐ると、矢島邦子が尋ねた。

「本当は何のためにここへ来たの？　彼の意識が回復していないことぐらい知っていたはずよ」

「実はあなたに用があって来たんです。ここに来れば会えると思ったので」

「私に？」彼女はびっくりしたようだった。

「西村氏の家庭について、詳しい話を聞かせてもらえないでしょうか。彼の手記を読んだだけでは、どうしてもはっきりしない部分があるんです」

「それなら奥さんか、森村さんに尋ねるべきだわ」

とりあえずそう言ったという感じの、あまり自信のない口ぶりであった。

「いや。夫人からでは客観的な話を期待できないし、付添いの方は昔のことを知らないでしょう。あなたは、高校時代から西村夫妻と親しい友達だったそうですね。長年あの人たちとつき合っていて、しかも第三者的な観察ができる人、それにはあなたが最適だと思ったんです」

「でも、そういう家庭内のエピソードを聞いたからといって、それが今度の事件を理解するために何かの役に立つのかしら」

「それは聞いてみないとわからない。でも西村氏を理解する手立てにはなるでしょう。現実問題として家族に関する記述が彼の手記の大部分を占めている以上、その点をおろそかにすることはできません。

ぼくのような局外者にとっては、この手記を読むだけではつかみ取れない家族の内情が何にもまして気になるんです。まずそうした事情に光を当て、西村氏と奥さん、そして頼子さんをめぐる家族史を頭に入れることが先決だと思います。そういう背景もなしにこの手記の当否を論じても、内実のない空っぽの議論になるような気がするからです。ぼくの考えはまちがっているでしょうか、矢島さん？」

彼女は綸太郎の提案を真剣に吟味していた。だがそうすればするほど、彼女の表情はなぜかしら曇りがちになっていくように思われた。

「具体的にはどういうことを知りたいの？」

「とりあえず二人が結婚したいきさつとか、小さい頃の頼子さんの様子とか、森村さんという付添いの女性の人となりなどを聞かせてもらえると助かります。仮にそれはおいても、奥さんが重傷を負ったという十四年前の事故のことと、手記とは関係ありませんが、高橋という高校時代のお友達について、この二点だけはどうしても聞いておきたいのですが」

彼女は突然顔を暗くした。まるで何か忌まわしい想像が湧き起こり、それによって心の中が一面覆いつくされてしまったように。それはよくない前兆だった。再び口を開いた時には、彼女の態度は振り出しに戻っていた。

「お断わりするわ」

「何か、気に障るようなことを言いましたか」と綸太郎が尋ねた。ずるい質問だった。彼は自分の言葉が相手の中に疑いの種をまいたことを知っていた。

「帰ってちょうだい。ここはあなたなんかが来るところじゃない」

彼女は必死に自分をもり立てようとしているように見えた。そうすることによって自分自身の忠誠心を証明したがっているのだ。それはベッドの上の男に向けられたものなのだろうか？

「矢島さん」それまで二人から距離を置いて、息を殺してそのやり取りを見守っていた高田がようやく口を利いた。「そう言わずに、もう少し彼の話を聞いてみましょう」

「だめよ」彼女はきっとなって言った。「この男は斉明女学院の回し者なんだから。私たちにくだらない妄想を吹き込もうとしているだけよ」

邦子は大きな動作でぱっと立ち上がると、綸太郎の鼻面をこするようにドアの前まで歩み寄った。そしてドアをぐいと開くと、彼にさっさと出ていけという手ぶりをした。

「ほら、早く帰って」

この場は逆らわないことにした。

「今日のところは引き取ることにします。でもまたすぐにお邪魔することになるでしょう」

相手はふんと鼻を鳴らしただけだった。見せかけの強がりのように見えた。廊下に出てから、綸太郎はもうひとこと付け加えた。

「ぼくは何もあなたに吹き込んだ覚えはありません。それはもともとあなたの中にあったものです」

ドアはぶっきらぼうに閉められた。

「したたかな女だろ」その様子を見ていたさっきの刑事が、綸太郎に同意を求めるように訊いた。その口ぶりを見ると、彼も矢島邦子には相当手こずらされているにちがいない。

「烈女っていうのさ」

「レッジョー？」刑事は首をひねった。「何だ、そりゃ」

5

思案顔の刑事をその場に残して、綸太郎はグリーンの矢印を逆にたどり始めた。病院の匂いは、すでに彼の一部となっているようだった。いくらも行かないうちにドアの音と駆けてくる足音を聞いた。

「――法月さん」

足を止めて振り向くと、高田青年がそこまで追いついていた。綸太郎はさりげない調子でどうしたのかと尋ねた。

「追い出すような格好になってすみません」高田は爪先をそろえていきなり頭を下げた。「矢島さんも悪気があったわけじゃないんです。ただ今度の騒ぎで動転して、少し気が立っていただけですから。本当はとてもまっすぐな、いい方なんです。もし気を悪くされたなら、ぼくから代わって謝ります」

「いいんだ」また頭を下げようとするのを、手ぶりでとどめた。「気にはしてないよ」

「よかった」

高田は肩を大きく上下して息を吐いた。やがて彼の頬に硬さが昇ってきた。突然何かに肩を触られたように目を壁の方にそらすと、シャツの衿《えり》をつまんでボタンをかけるようなしぐさを装い始めた。その様子を見て、綸太郎は促した。

「何か話したいことがあるようだね？」

「ええ」高田はうなずいた。うなずいてから、こちらに目を戻して話し始めるまで、呼吸二回分ほどの間があった。「さっき、教授の手記の中に不審な点を見つけたとおっしゃいましたね？」

「うん、確かにそういう言い方をしたが」

「実は、ぼくもひとつ気にかかっていることがあって。いいえ、そう大したことでもないんですけど」

大したことではないと言うわりに、彼の口調は真剣そのものである。ところが次の言葉を待っても、いっかな先を続けようとしない。

単なる慎重居士《こじ》なのか、あるいはそう見せかけてこちらの思惑を探り出すことが目的なのか。そういう疑いを持つこと自体、自分が神経過敏になっている証拠なのだが、綸太郎は念のために高田を試してみることにした。

「——私は一昨々日の文章の中で、この当然の疑問に対するひとつの有力な仮説を試みている」

手記の一節を引用すると、即座に高田の目が信頼の光を帯びた。

「やはり。あなたも気づいていたのですか」

うなずいた。彼は合格だ。少し時間を取って二人で話せないかと訊いてみた。

「今は無理です」高田は残念そうに首を振った。「矢島さんのことが気がかりで。ああ見えて、昨日から一睡もしていないんです」

「君の都合がつく時でいいんだが」

「そうですね——」

急に高田は浮かない顔になった。確かに綸太郎に視線を向けているのだが、瞳に映る影がうつろである。まるで二人の間を、目に見えない凹レンズが隔てているような風情だった。彼の内部に漠然とした予感のせめぎ合いが生じ、それが逡巡という形で表面に浮かび上がったようだった。

「無理強いはしないよ」と綸太郎は言った。「君がいやなら、よしてもいいんだ」

「いえ、決してそんなつもりじゃなくて」

どぎまぎした声で青年が打ち消した。今しがた頭の中に浮かんだ不吉な考えを、その言い方で追い払おうとしたように見えた。それが効を奏したのか、彼の顔は締りを取り戻した。そして裏表を感じさせない声で付け加えた。

「できれば、明日まで待ってほしいんです。ぼくなりに考えを整理したいこともありますし」

綸太郎は目でうなずいた。

「昼間は学会誌の編集会議でつぶれますが、それが終ったら体が空くと思います」

「編集会議？　こんな時に」

「ええ。本当はそれも欠席したいんですが、教授が編集発起人なので、ぼくが代理で顔を出さないと他の方に迷惑がかかります。ぼくが休んで流会にしたと知ったら、教授も喜ばないでしょう」

日常のルーティンをおろそかにしなければ、事態の異常さが中和されると信じているような口ぶりである。確かに現在の宙ぶらりんの状態では、とりあえず正しい態度の選択なのかもしれない。

「その会議が終るのは？」

「四時ぐらいまでかかるでしょう」

「じゃあ、余裕を見て五時に会おう」

二人は落ち合う場所を決めた。それがこの会話の締めくくりになった。

綸太郎は急ぎ足に病室に戻っていく高田の背中を見送った。今では彼の心の中にも小さな疑いが芽吹いているはずである。だがその疑いがどんな実を結ぼうとしているのか、彼自身まだ見きわめがついていないようだ。遠ざかる後ろ姿からそんな印象を受けた。答を知った時、彼もまた矢島邦子のように頑なに口を閉ざしてしまうのではないか、綸太郎はふとそんな気がした。

廊下ですれちがった看護婦を呼び止めて、西村悠史の担当医は誰かと尋ねた。彼女は吉岡という名前と医師の風貌を教えてくれた。スフレのようなおでこの持ち主だという。今の時間なら、内科の医局にいるそうだ。医局の場所を訊くと、にっこり微笑んで床の銀色の矢印を指差した。

彼女の言葉通り、吉岡医師は医局にいた。なるほど、理知的な白い額が印象的な人物である。年格好は三十代の後半か。見かけに似合わず気さくな男らしく、集中治療室の患者について話したい旨を伝えると快く承知し、ついでに綸太郎を病院の食堂に誘った。

食堂はカフェテリア形式で、壁一面を切った窓から中庭の芝生の照り返しが射し込んでいる。医師の勧めでハンバーグ・ランチを注文し、トレイを受け取って空席を探した。ちょうど人が混み始めた時刻だったが、うまい具合に向かい合った席を見つけて二人は腰を下ろした。

「二六号室の患者というと、西村悠史ですね」吉岡医師が口ずさむように切り出した。「彼が救急センターに運び込まれたのは一昨日の夜です。ちょうど私がその日の当直でしたが、初療室で見た時にはかなり危険な容態で、意識はもちろん、対光反射も失われた重度の昏睡状態にありました」

「その時点で、服毒してからどれぐらいたっていたのですか」

「二時間近く経過していたようです。とりあえず人工呼吸器を装着した上で胃洗浄を行ない、毒物の吸収阻止と体外排出に努めました。急性中毒の治療の成否は迅速な毒物の特定にかかっているのですが、彼の場合は特に幸運なケースだったと言えますね」

「というと？」

「発見者が救急看護の心得のある方で、患者が抗うつ剤とアルコールを同時に服用したことをその場で突き止め、救急隊員に報告していたのです。おかげで早期に的確な処置を施すことができました」

吉岡は話している間も、休むことなくナイフとフォークを動かし続けた。挽《ひ》き肉を噛みながら患者の話題を口にすることが、迅速で的確な処置であるというように。確かに彼のやり方には、一種のエレガントさが備わっていないわけでもない。

「現在の西村氏の容態はどうなのですか」

「回復は順調です。今朝になって、疼痛《とうつう》刺激に対する反射が見られるようになりました。たぶん明日中には意識の回復が見られるでしょう」

「警察ではもう三、四日かかると聞きましたが」

「それは言い回しの問題ですよ」吉岡はボイル野菜を皿の端に押しのけた後、ふと綸太郎の視線に気づいて言い添えた。「患者には偏食をするな、緑黄色野菜を食べろといつも言うんですが、私自身グリーンピースだけはどうしてもだめなんです」

綸太郎はうなずいて、先を促した。

「言い回しの問題というのは？」

「我々が昏睡状態という時には、重症度によって四つのレベルのいずれかを想定しています。また覚醒と意識清明状態の間にも、いくつかの段階があるのです。しかも彼のような自殺企図患者の場合、メンタル・ケアの側面が見逃せません。私が明日中にと言ったのは、いわゆる自然開眼のことで、警察の事情聴取に応じられる程度に回復するにはさらに二、三日の時間が必要です」

「彼が意識を回復した後、もう一度自殺を企てることはあり得るでしょうか？」

「それは私の専門外の問題で、何とも言えません。でもその可能性は大きいと思いますよ。回復期のメンタル・ケアの最大の目的は、再自殺の防止にあります。意識回復に三、四日かかると警察に報告したのも、実はその点を見込んでのことなんです」

警察という言葉を口にする時、決まって眉をひそめる癖がある。何か含むところでもあるのだろう。今回に限らず、患者の利益と衝突する要求を出されたことがあったのかもしれない。

吉岡は皿の縁に残った最後の米粒をフォークで器用にすくい上げ、口に運んだ。それから、ちょっと失礼と断わって席を立ち、コーヒー・サーバーから紙コップを二つ取って戻ってきた。

「ブラックでよければどうぞ」

「ありがとう」

「もう質問はありませんか」コーヒーをすすりながら吉岡が尋ねた。「私はそろそろ仕事に戻らないといけないので」

「では、最後にひとつお訊きしますが、あくまでも仮想の質問として答えてください。彼が狂言自殺を企てた可能性はあるでしょうか？」

吉岡は目をみはったが、それほど驚いた様子には見えない。にやりとして言った。

「本当はそれが訊きたかったのですね」

綸太郎はうなずいた。吉岡はコーヒーを置いて両手の指を組み合わせた。

「ひとくちに狂言自殺といっても、本人が狂言であることを明瞭に自覚している場合と、そうでない場合があります。後者に関しては精神科の領域ですから、私には判断できません。あなたの質問は前者の意味、すなわち彼が作為的に自殺未遂を演じた可能性を訊いているのでしょうか？」

「そうです」

「それなら、ないと答えます」吉岡医師は真顔で断言した。「初めに言った通り、彼は非常に危険な状態にありました。薬物をアルコールと同時に服用すると死亡率は倍加するのです。発見が遅れたら助からなかったかもしれない。もし本当に死ぬ気がなければ、抗うつ剤だけ飲んでいたと思います。狂言の効果としてはそれで十分なのです」

「なるほど」

「それにもうひとつ、発見が早かったのも僥倖《ぎょうこう》に近い偶然の助けがあったからと聞いています。そうした事情を考え合わせると、最初から助かるつもりで狂言自殺を図ったという可能性はゼロに等しい。

いずれにせよ、作為的な自殺未遂者ならば、初療室に入って一目見るだけでわかります。何人もそういう患者を診てきたので、たとえ意識がなくてもピンと来ます。臨床的な勘の部類ですが、今回はそれを感じませんでした。つまり西村悠史は正真正銘の自殺志願者だということです。今の説明で納得できますか？」

「よくわかりました」

「でも、どうしてそんなことを気にするのです」と医師が尋ねた。

「何でも一度は疑ってみないと気がすまない性分なんです」それから苦笑混じりに付け加えた。「いま訊いたことはなかったことにしてください。ぼくがまちがった考えを口にするのを待ち構えている、ハイエナのような連中がいるんです」

吉岡はうなずいて、唇に見えないファスナーを引く真似をした。ちょうど死体を収めた袋の口を閉じるように。

医師と別れ、綸太郎はロビーに戻った。カードの使える電話を探して西村の家の番号にかけると、すぐに女の声が出た。

綸太郎は自分の名前と用件を告げ、今からそちらへうかがってもよろしいかと尋ねた。

「しばらくお待ちください」

感情を抑えているような声が答えた。受話器が遠のいていく足音を拾った後、しばらくは静寂が続いた。

正直に身分を明かしたので、先刻の矢島邦子のようにすげなく断わられるかもしれないという不安はあった。しかし正体を偽って、西村海絵と対面するわけにはいかない。それが最低限の節度というものである。

同じ女の声が受話器によみがえった。

「奥さんはかまわないとおっしゃっています」否定的な返事も覚悟していたのだが、意外な気はしなかった。「こちらの場所はおわかりになるかしら？」

「わかります。では、二十分ほどでうかがいます」

電話を切ってから、ふと小さなことに気づいた。今の声は、手記に登場した森村妙子だったのではないか。他の誰かであるとは思えないが、それは予想していたよりもずっと若やいだ響きであった。

エントランスに向かおうとして、冨樫の存在を思い出した。綸太郎が出てくるのを、駐車場から見張っているはずである。ためらわず足の向きを変え、ロビーから病棟の方に引き返すことにした。

食堂に通じる廊下の途中に、中庭に抜けるドアがあった。外に出て芝生を横切り、小児病棟の脇を回って裏門らしきところにたどり着いた。詰所に守衛の姿があるが、綸太郎には目もくれようとしない。それを幸いに彼の前を黙って通過した。

待つのには慣れていると言ったのは、冨樫の方である。では、たっぷり待ってもらおう。表通りに出ると綸太郎はタクシーを拾い、運転手に西村悠史の住所を告げた。

6

西村悠史の家は市街地の北部、閑静な山の手の住宅街の一角にあった。

家の周りに石と砂を敷き詰め、緑の濃い植木で外からの視線をさえぎる閉鎖的な庭構えが目立つ中で、西村の家は周囲に異彩を放っていた。低い白木の柵をめぐらせた庭は花壇と鉢植えの花で占められて、明るく開放的な空気を振りまいている。

家の中に傷病者がいるせいだろう、努めて沈んだ雰囲気を退けようと配慮した跡が見えた。しかしここ十日ばかり誰も手入れをしていなかったらしく、夏の雑草がそこかしこにのさばり始めていた。

午後の陽射しを受けてひときわみずみずしい緑が映えているのは、コスモスの植え込みである。秋にはいっせいに花が開いて、素晴らしい眺めになるだろう。だが、それを見る人間の中に喜びがあるだろうかと綸太郎は訝《いぶか》らずにいられなかった。

玄関先でブザーを鳴らすと、二十代後半の女性が現われた。

「法月さんですね。お待ちしていました」

さっき電話に出た声の持ち主である。糊《のり》の利いた綿のブラウスと細いひだの入った藤色のスカート。控え目な顔だちにさりげない美しさを忍ばせている。

「失礼ですが、あなたが森村妙子さん？」

「ええ、そうです。奥さんの部屋はこちらです。どうぞ」奥の方を向いたので、うなじで絞るように束ねた長い黒髪が見えた。

綸太郎は改めて意外な気がした。こうして本人に会ってみると、手記の中の「森村さん」というイメージとはずいぶんちがっている。彼はもっと老熟した婦長タイプを想像していたのだ。

「西村さんのお世話をするようになってどれぐらいになりますか？」靴を脱ぎ、差し出されたスリッパに足を入れながら、綸太郎は訊いてみた。

「三年と二ヵ月です」

「それじゃあ、ほとんど家族と同然ですね」

「そうね。嫁みたいなものかしら」と彼女は自分にしか通じない冗談のように言った。

西村海絵の部屋は、陽当たりのよい十畳ほどの洋室で、療養生活の利便のため内装に大小かなりの手が加えられていた。西側の壁に切込みがあるのは、恐らく収納式のバスタブの類が設《しつら》えてあるのだろう。

現在、彼女の夫が閉じ込められている部屋と比べれば、天と地ほどの開きがある。しかしどれほど最新式の調度をそろえても、たったこれっぽっちの空間に十四年間監禁されるとしたら、並大抵の神経ではいられないのではないだろうか。

綸太郎が入っていった時、海絵夫人はベッドの上に引き寄せたワードプロセッサのディスプレイに漫然と目をやっていた。上半身を起こすために、彼女が身を委《ゆだ》ねているベッドが腰の辺りで、くの字に折れ曲がっていた。自力で自分の体を起こすことはできないようだった。

客の姿に気づいて、夫人は手元のコンソールを探った。静かなモーター音とともに、ワープロがスライドして夫人の前から退いた。見たところ、ベッドには他にもそういったハイテク機能が数多く備えられているらしい。

「どうぞ、おかまいなく」と綸太郎は言った。

夫人はこちらを向いて静かに首を振った。

「いいんです、本当に仕事をするつもりなどなかったのですから」深い自省の陰に傷ついた魂を感じさせる声であった。「どうぞおかけになって」

勧められた椅子に腰を下ろし、綸太郎はさりげなく相手を観察した。落ち着いた気品のある顔だちの持ち主だが、眉の形と目の輝きに内に秘めた意志の強さが表われていた。十四年間の幽囚の年月も、そのひたむきな美しさを奪い取ることはできなかったようだ。今でも彼女の表情には、人を惹きつける磁場のようなものが備わっている。

透き通るような白い頰に薄く紅を点《さ》し、艶《つや》のある髪は優雅に波打っていた。しかし、急な来客に合わせておめかしをしたという感じではない。これが彼女の平生の姿なのであろう。

「あなたが、法月さんね」

「こんな時に突然お邪魔して申しわけありません。非常識かと思いましたが、早い方がいいと判断したのです」

「そんなに気を使わないで」夫人はベッドの角度を調節しながら言った。「主人が自殺を図ったと聞かされた時には気が動転して、すぐ自分も後を追おうかとさえ考えましたわ。でもあの人は助かったのです。生きているだけで私には十分です」

「しかし、ご主人の現在の立場は非常に厳しいものです」

「わかっています。あの人はひとりで自分自身を追いつめすぎたのです。今度は私がしっかりしなければいけない番ですわ。めそめそしているわけにはいきませんもの」

見た目よりずっと強い女性なのだと綸太郎は思った。回復の見込みのない療養生活を長く続けると、人はある種の強靭《きょうじん》さを身につけるものなのかもしれない。

沈黙を縫うように森村妙子が部屋に入ってきて、ワゴンの上に冷えた麦茶のグラスを置いた。夫人はありがとうと言って、妙子の手から直接自分のグラスを受け取り、ベッドサイドに置き直した。さりげないが、気心の通ったしぐさである。

妙子はお辞儀をして二人の前から退いた。ドアが閉まると、改まった口ぶりで夫人が尋ねた。

「不思議に思っているのではありませんか？　私がこうしてあなたと話すことを、すぐに承知したのはなぜかって」

綸太郎は隠さずにうなずいた。

「思っていた通り、正直な方なのね」

「どういうことです？」

「あなたの名前は前から知っていました。一日中ベッドの上にいると退屈なもので、暇つぶしにずいぶん推理小説を読んだものですわ」

「では、ぼくの本を？」

夫人はうなずいた。

「まだお若くて、自分に嘘をつくことができないたちでしょう？　私はそう感じました。私の読み方が正しければ、あなたは推理作家である以前に、人間として信頼に値する方だと思います。だから主人と娘のことで、安心して真実を打ち明けられると思ったのです」

自分の肚の底を見透かされたような気がして、綸太郎はとまどいと居心地の悪さを覚えた。その感覚はすぐに去ったが、奇妙な後味を残すものだった。

他人の「内面」に敏感な女なのだ。体の不自由がその種の神経を研《と》ぎ澄ましているのだろう。扱いにくい相手であることは確かだが、ここに来た目的は果たさなければならない。すなわち、質問を投げかけて答を引き出すことである。

「ご主人の手記をお読みになりましたか？」

「もちろんです」夫人は誇らしげに答えた。「あれは私のために書かれたものですから」

「読んでどう思われました？」

「ショックでしたわ」

それきり彼女は口をつぐんだ。続きの言葉を待ったが、尻切れとんぼである。綸太郎は改めて質問をやり直さなければならなかった。

「不愉快な質問かもしれませんが、勘弁してください。あの手記を読んだ時、全体に何かしら信じがたい雰囲気が漂っているように感じませんでしたか」

「信じがたいに決まっていますわ。私はできることならあの手記に書かれたことが、全てでたらめであってほしいと思っているぐらいです」

これは答をはぐらかされたのである。

「では具体的な記述の中で、明らかにご主人が事実を曲げているとしか思えないという部分はありませんでしたか」

「まさか。そんなことはあり得ません。あの人は私のために全てを書き残したのですよ。それに主人は死を覚悟していました。隠さなければならないことなどあるはずがありません。嘘を書く必要などなかったはずですわ」

「しかし、警察ではご主人がまちがった人物に復讐を行なった可能性を検討していまず」

「そんな馬鹿なことが」彼女は目をそらした。もうその質問に対して答えるつもりはありませんという意思表示だった。

綸太郎は話題を変えた。

「お嬢さんのことについてお訊きします。頼子さんが身重の体だったことには、全然気づかれなかったのですか？」

夫人はやりきれないように首を振った。

「体の変化を見過ごしていましたわ。少し太ったかなぐらいにしか思いませんでした。それが四ヵ月の体だったなんて」

母親ならば気がつくのが本当ではないかと思ったが、それを口にすることは控えた。ベッドの上に縛りつけられたまま過ごした長い年月が、他人の肉体に対する無関心を植えつけたのかもしれない。それを彼女に指摘することは、あまりにも残酷すぎるように思われた。

「頼子さんのしたことをどう思います？　あなたもご主人のように裏切られたと感じましたか」

「娘が軽はずみだったことは確かです。でも頼子ひとりを責めることはできません。あの学校に入れたのがそもそものまちがいだったのです。こういうことが起こらないようにと思って、名門の斉明女学院を選んだというのに」

「柊という教師についてはどうですか」

「憎んでいます。あの娘《こ》をだましたうえに、あんな目に遭わせて——」夫人は絶句した。「あの男は私たちの幸せを踏みにじったのです。殺されたことについて、私は何の同情も感じません。主人は正しいことをしたのです。罪に問われること自体、まちがっていると思います」

「もしも頼子さんを殺したのが、彼でなかったとしてもですか」

「そんな仮定には意味がありません」

　夫人はきっぱり答えたきり、堅く唇を縛った。綸太郎は再び壁にぶち当たったような気がした。もっと別の角度からメスを入れる必要があるようだ。

「ご主人があなたを見捨てるような形で、自殺を図ったことをどんなふうに受け止めていますか？」

「あの人らしいやり方です」夫人はいささかも動じるふうはなかった。「ひとりで全てを背負い込んで狭き門より入ってしまうのです。でももし逆の立場だったら、私も同じことをしていたでしょう。あの人の気持ちは痛いほどよくわかります」

「彼のことを恨んではいないのですか」

「まさか。私はあの人を愛しています。その気持ちだけはどんなことがあっても変わりません。私にはあの人しかいないのですから」夫人は十五歳の処女のような率直さで言った。彼女の言葉には、ひどく観念的な響きがあった。もしかすると、それが彼女の全てなのかもしれない。

「では、彼の行為を完全にゆるされるわけですね」

綸太郎はあえて手記の中の言葉を使った。それと気づいたのか、夫人のまなざしが微かに揺れ動いた。

「もちろんです」

「でも頼子さんに嫉妬を感じませんか？　ご主人はあなたを残して、頼子さんのために命を捧げようとしたんですよ」

「あなたには全然わかっていませんのね」彼女はものわかりの悪い生徒に手を焼く教師のような顔をした。「比べること自体が最初から無意味なのです。私がこんなふうになってから、頼子の存在がどれだけ私たちの救いになったか、他の人に説明することなど到底不可能ですわ。この十四年間の喜怒哀楽の全てが頼子と結びついていたのです。その娘を失った親のつらさが、あなたにわかるとおっしゃるの」

「そのことですが、十四年前の事故とはどういうものだったかお訊きしてもよろしいでしょうか」

夫人の表情が初めてはっきりとこわばった。

「ありふれた交通事故ですわ。五月の夕方でした。過《あやま》って車道にとび出し、ライトバンにはねられたのです。その時私が二番目の子供を身ごもっていたことはご存じのはずね」

「ええ」

「事故のショックで子供は死産、私は神経をひどくやられて、こんな体になってしまいました——でもあの事故のことはこれ以上訊かないでください。思い出すだけでもつらくなるのです」

「申しわけありません」

綸太郎は思った、その瞬間に彼女の中の最もナイーブな部分が永久に静止してしまったのだ。死んだのではなく、彼女の内側に凝着したのである。

だからいま彼が見ている女の顔には、十四年という時間の隔たりを持つ別々の表情が二重写しになっているはずなのだ。その隔たりの間を、行き場を失ったさまざまな感情の亡霊がいつまでもさまよい続けている。それが彼女の言動に、ある種のつかみどころのなさを与えているのではないだろうか。

「必要以上に自分を憐れんでいる女と思っているのでしょう」夫人は綸太郎の沈黙をそんなふうに解釈した。「もう十四年も前のことだというのに」

「とんでもない」

「私の体の三分の二は自分の意志ではどうにもならないもてあましものですわ。この機械仕掛けのベッドがなければ、私は満足に生きていくこともできません。下の世話まで他人に任せなければならないのです。そういう状態がどういうものか、あなたにわかるかしら」

綸太郎は首を振った。

「——私は自分のことを観念の化け物だと思っています」

彼女は自嘲の響きすら込めることなく言った。綸太郎はぞっとする戦慄を覚えて、答えることができなかった。まるでさっき自分が考えていたことを彼女に読み取られてしまったような気がした。目の端で、凝結した水滴が一筋の流れとなって麦茶のグラスの側面を滑り落ちていった。

「でも、私はまだ幸運な方ですわね」と彼女は続けた。「私よりずっと重い障害に苦しんでいる人はたくさんいます。私はまだ腕を動かすことができますから。もっとも左手はかなり不自由ですけど」

夫人はやせた左手をぎごちなく持ち上げた。それは針金に紙粘土をつけただけのようなみすぼらしい腕だった。だがその腕は有無を言わせない強制力を備えていた。それから目をそらすことは、ゆるされないことであった。

綸太郎はようやく口を開いた。

「いつからワープロをお使いですか？」

「この機械で四台目ですから、もうずいぶんになります。こんなに普及するずっと前からのつき合いで、今では手書きの執筆なんて考えられません。あなたもワープロ派ですの？」

「ええ」

「愛着があるのは一台目の機械ですわ。今と比べると、あきれるぐらい処理が遅くてよく我慢できたと思いますけど。でも体に負担をかけずに原稿を書けるというだけで、私にとっては宝物でした。主人がプレゼントしてくれたものです——やはり私は恵まれています。この十四年間、必要なものはこうして何もかもあの人がそろえてくれたのですから」

「愛されることもですか」

倫太郎が尋ねると、夫人はかすかに微笑んだようだった。それからちょっと考えて付け加えた。

「あなたのような方がそんな言葉を口にするとは思いませんでした」

やぶへびというものであった。倫太郎はかぶりを振って、彼女の自意識が作り上げた観念のくびきに取り込まれまいとした。まだ訊かなければならないことが残っている。

「高橋という男をご存じですか？　ご主人の高校時代のクラスメートとうかがったのですが」

「知っています」しばらく間をおいてから、そっけない返事が返ってきた。

「最近、その男からご主人に何か連絡がありませんでしたか」

「いいえ」答は早く、その名前に全く関心のないことを語っていた。「今あなたに訊かれるまで、そんな人のことは忘れていたぐらいですわ。もう長いこと、お互いに音沙汰がありませんでしたもの」

「そうですか」

夫人は突然、綸太郎と話し続ける意欲を失ってしまったように見えた。疲れのせいというよりも、むしろ最後の質問が彼女の興味にそぐわなかったからだろう。いずれにせよ、夫人は自分の望んだ言葉の全てを言い終えていた。彼女はためらうことなく、右手をコンソールに伸ばした。

それは終りの合図であった。夫人がスイッチを操作するとベッドはゆっくりと水平になった。彼女は枕の位置を直し、黄昏《たそがれ》が下りるように目を閉じた。

7

夫人の部屋を退くと、森村妙子が階段の上り口のところに立っていた。息の詰まるような西村海絵とのやり取りの後で彼女の顔を見ると、何となく心がなごむ思いがした。

「頼子さんの部屋を見せてもらえますか？」

「ええ。部屋は二階です」

妙子が先になって階段を上った。

「服毒した西村氏を最初に発見したのはあなただったそうですね」

「そうです」

「虫の知らせを感じて駆けつけられたとか」

「それは大げさです」妙子は足を止め、言葉に合わせて小さくかぶりを振った。「あの夜の教授の態度がどう見ても普通でなかったので、気になって電話をしたら奥さんがわたしに助けを求めたというのが本当ですから」

「でもあなたの応急処置が適切だったからこそ、彼の命が救われたんでしょう。救急センターの医師もあなたのことをほめていました」

「看護婦ですもの。当然のことです」そっけなく答えたが、目尻にそれとない満足の色がのぞいた。

死んだ娘の部屋はきれいに整頓されていた。父親が片付けたものだろう。思い出の断片をひとつひとつあるべき位置にはめ込んで完成させたジグソーパズルという印象を受けた。その絵からは、白黒映画の忘れがたいラストシーンのように、失われた存在の重みがひしひしと伝わってくるのだ。

ベージュのカーテン、窓に寄せた机、シェードのついたランプ、白いベッド、衣装ダンスとローボード、その上に置かれたＣＤラジカセ、壁に背を接したスチールラック。ぬいぐるみの類《たぐい》こそ見当たらないが、平均的な十代の女の子の部屋である。

「西村氏はこの机のところにうつ伏せになっていたのですね」

「ええ」

綸太郎はその場面を再現しようとした。

「こんな感じですか？」

「頭をもう少し左に──ええ、そんな感じです」

綸太郎はしばらくその姿勢のままじっとしていたが、だしぬけに顔を上げた。妙子はベッドのそばに所在なげに立っている。椅子を回して彼女と向かい合った。

「西村氏はどういう方でしたか」

「とても奥さん思いの旦那さんです」妙子は語尾の現在形に力を入れた。「まるで彼女を中心に世界が回っているような尽くし方で、あれだけ愛されている奥さんは幸せな方です」

「頼子さんに対してはどうでした？」

「優しくてものわかりのいいお父さんでした」

「それだけですか」

彼女は一瞬、目を細めた。

「どうしてですの？」

「彼の手記の感じとは反対のような気がして。優しくてものわかりのいい夫。娘のためならどんなことでもする父親。ぼくが最初に描いたイメージはそんなふうでしたからね」

「そういう比べ方は無意味だと思います」妙子はきっぱりと言った。

「さっき海絵さんにも同じことを言われましたよ」

「——私はおまえたち二人を、かけがえのない家族を愛している」妙子は手記の最後の一節を引用した。「奥さんに対する愛情と娘さんに対する愛情では、おのずから表現の仕方がちがいますもの。それに男親が娘に向ける愛情は、遠回しなものになりがちです」

「なるほど」

妙子は指先で唇のそばに触れた。そこに目に見えない吹き出物でもあるかのように。

「でも、そう言われてみれば確かに意外な気もしました。教授があそこまで頼子ちゃんのことを思っておられるとは思いませんでした」それが彼女の本音のようだった。

「奥さんを残して、自殺を図るほど？」

「ええ。わたしなら絶対に奥さんを見捨てたりはしません」そう言った後、遠慮がちに付け加えた。「でも本当に愛しあっているからこそ、別離を恐れなかったといえるかもしれませんね」

綸太郎はうなずいて腰を上げた。スチールラックの前に立ち、並べられた本の背表紙をながめる。

「よく本を読んでいたようですね」

「ええ、ご両親の影響でしょう。時々、わたしでもわからないようなむずかしい本を読んでいることもありました」

ブロンテ姉妹、トマス・ハーディ、スタンダール等、古風な小説を読んでいるのが目についたが、『ノルウェイの森』や吉本ばななもある。まんが本も結構買っているのは、現代的な文学少女ということなのだろう。その中でいちばん手に取りやすい場所を占めていたのは、原色の野鳥図鑑の堅い背と、あとはやはり母親の本だった。小口が手垢で黒くなるほど繰り返し読み込んでいた。

棚の奥の方から、書店のカバーをつけたままの本が何冊か見つかった。カバーを外してみると、心理学入門書や夢判断の類の本である。多感な若者が一度は通過する道だが、表紙を隠しておきたかった気持ちもわからなくはない。

丹念に彩色されたペーパークラフトの野鳥がラックの各段に一羽ずつ載せてある。死んだ娘が手ずから心を込めて作ったもののようだった。

「これはみんな、頼子さんが？」

「ええ、もちろん。小鳥が好きで、よくひとりで庭に来る鳥を見ていました。教授の手記にある通りです」

「自分で鳥を飼っていたことは？」

妙子は首を横に振った。

「本当は飼いたかったんじゃないかしら。でも——たぶん両親に気を使って、我慢していたんだと思います」

妙子の言いたいことは何となくわかった。カゴの中に囚われた傷つきやすい小鳥は、下半身不随でベッドに縛りつけられた母親の姿を容易に連想させる。紙で作られた模型の鳥たちは、こわれやすい家族の幸福を目に見える形にとどめておこうとする少女の不安な祈りのようにも見えた。

ラックの一段はミュージック・テープに当てられていた。本数はそれほど多くなく、中森明菜と荒井由実のタイトルが目立った。洋楽もビートルズが二本ある他は、特に聴き込んでいたとも思えない。こと音楽に関しては、いたって平凡な趣味の持ち主だったようだ。

ところが、その中に一本だけそぐわないテープがあった。カセットケースの背にそっけないシャープペンシルの文字で『クローサー／ジョイ・ディヴィジョン』と書いてある。明らかに字体が他のものと異なっていた。ケースの中は空っぽでCDラジカセのデッキを調べると、同じメーカーのテープが入っている。

「これを聴いてみていいですか？」

「どうぞ」

綸太郎は再生ボタンを押した。

曲が始まった。陰鬱なロック・ナンバーである。ドラムとベースが、重苦しい痙攣《けいれん》的なリズムを刻んでいる。ギターの音は弦の代りに、神経繊維そのものをかきむしっているようだ。そして地の底を這いずり回るようなボーカルは、歌というより呪詛《じゅそ》の声に近かった。

曲の半ばで突然、音が途切れた。妙子がラジカセの電源コードを抜いたのだ。綸太郎は驚いて彼女を見た。まるで精神的な拷問を受けていたような表情をしている。

「ごめんなさい」彼女自身、自分の反応にとまどっているらしい。「でも、わたしには何だか死んだ人の声のように聞こえて、それで――」

「あなたの言う通りだ。このボーカリストはもう生きていません。イアン・カーティス、彼はこのレコードを録音した直後に首を吊って死にました」

妙子は目をみはった。握りしめた電源コードを、その先が死者の首につながっているとでもいうように放り出した。

「――頼子ちゃんは、この部屋でいつもこんな音楽を聴いていたんでしょうか」

「そう思います」綸太郎はレーベルの文字を妙子に見せた。「この字に見覚えがありますか？」

「いいえ。少なくとも彼女の字ではありません」

綸太郎はうなずいて、ラジカセのデッキからカセットを取り出した。

「このテープをしばらく借りてもいいですか」

「どうぞ。奥さんにはわたしから伝えておきます」

綸太郎にはひとつ考えがあった。『クローサー』は名盤だが、十七歳の女子高生が気軽に耳にする音楽では決してない。むしろこのテープは、ロックに詳しい知人からもらったと考えるのが正解だろう。その人物が、西村頼子と親密な関係にあったとしても不思議はない。そこから何らかの糸口がつかめるような気がするのだ。半ば直感である。

もちろん、それは柊仲之ではあり得ない。柊がアルバム・タイトルとグループ名を片仮名で書くはずがないからだ。彼は英語の教師なのである。

綸太郎が目を戻すと、妙子はベッドに腰を下ろしていた。彼女にも目に見えない疲れが取り憑いているようだ。早く綸太郎の質問から解放されるのを待っていた。

そのためには、質問を再開しなければならない。

「八月二十一日の夕方、頼子さんが家を出た時、どんな様子だったか覚えていませんか？」

妙子は首を振った。

「わかりません。その日は五時半頃にこちらをお暇していましたから。彼女が出かけたのは、わたしが帰った後のはずです」

「帰るのがずいぶん早かったのですね？」

「ええ。夏休みの間は教授も頼子ちゃんもずっと家にいるので、特に変わったことがない限り、早上がりさせていただくことになっていたんです」

「なるほど。ではあなたの目から見て、普段の頼子さんはどういう娘さんに映っていましたか？」

「素直で、賢いお嬢さんでした。いまどき珍しいぐらいのしっかりした女の子だったんです。あんなまちがいを起こすなんて、今でも信じられません」

「あなたとは仲がよかったんですか」

「ええ。わたしはひとりっ子なの。もし妹がいたら、きっと頼子ちゃんみたいな感じだったでしょうね。だから今度のことでは、わたしも肉親を失ったような気がしています」この答はいささか皮相に響いた。

「頼子さんから見た二人は、どういう人間に映っていたと思われますか？」

「頼子ちゃんにとって父親は男性の理想像だったと思います。教授のことを心から慕っていました。だから彼女が高校の英語の先生に惹《ひ》かれた理由もわかる気がします」

「というと？」

「教授は専攻の政治史の研究のために、若い頃イギリスに留学していたそうで、英語はペラペラなんです。それであの柊という教師に父親の像を重ねていたんじゃないかしら」

その種の断定は危険だと思ったが、綸太郎はそれを口にせず、うなずいただけで次の質問に移った。

「奥さんの方は？」

「それに答えるのはむずかしいですね」妙子は脚を折る向きを変えた。「表面的にはとても仲のよい親子でしたが、頼子ちゃんの方は母親に対してずいぶん複雑な感情を抱いていたようです。思春期の女の子なら誰でも多少はそうした感情を持つものかもしれませんけど、彼女の場合は、奥さんの体が不自由だったことが特別な影響を与えていたと思います」

「特別な影響？」

「ええ。時々、まるで母親に負い目でもあるかのようにふるまうことがあったんです」そう言った後で妙子は悪びれた表情を見せた。「でもわたし、こんな立ち入ったことまで喋ってしまって、よかったのかしら」

綸太郎は質問を変えた。

「あなたにとって、雇い主としての西村氏の印象はどんなものですか？」

「思いやりのある紳士的な方でした」わざと当たり障りのない表現を選んだような答え方である。

「西村氏の方で、あなたを敬遠していたということはありませんでしたか？」

彼女ははっと体を堅くした。

「なぜそんなことをお訊きになるの？」

「西村氏の手記の中に占めるあなたの地位が低すぎるからです。あなたに関する記述があまりにもそっけなさすぎるからです。その点について、何か心当たりはないですか？」

「ありません」

嘘だろうと思った。しかし女の態度は、彼がそれ以上追及したところで無駄なことを示している。

「まあ、いいです」と綸太郎は言った。「話は変わりますが、高田満宏という青年はよくこの家に出入りしていたのですか」

「ええ。教授の愛弟子《まなでし》ですもの。でも彼が何か？」

「いや、さっき病院で会ったものですから。真面目そうな青年ですね。彼もこの家にいる時は、頼子さんとよく話をしていたのですか？」

「そうですね」

「二人の間の雰囲気はどんなものでしたか。年の離れた兄妹か、それともいとこ同士といった感じ？」

「いいえ、むしろ家庭教師とその教え子といった方がぴったりだと思います。事実勉強を見てもらうことも多かったようです」

「なるほど」

二人はしばらく何も言わずにそれぞれの思いにふけっていたが、急に森村妙子が口を開いた。

「実は教授の手記について、ひとつだけ気にかかっていることが――」

この台詞は今日これで二人目である。

「よかったら、話してください」

「ブライアンのことです」

「頼子さんの飼猫ですね。それがどうしたのです」

「ブライアンがこの家からいなくなってしまったことはご存じですね」

「ええ」

「でもいなくなった日が問題なんです」

「いなくなった日？」

「教授の手記の中で、二十二日の夜、この部屋でブライアンに餌を与える場面がありましたよね。あれは少しおかしいんです」彼女は内緒話を打ち明ける時のように、自然と声を落としていた。

「というと？」

「あの日、教授は朝から警察に呼び出されて一日中家を空けていました。わたしは彼から事情を知らされて、その間ずっと奥さんに付いていたのですが、途中でブライアンのことを思い出したんです。頼子ちゃんが前の晩から帰っていないのならずっと餌がもらえなかっただろうって。それでわたしが代りに餌をやるつもりでブライアンを探したんですが、どこにもいないんです。家の中は隅から隅まで探しました。もちろんこの部屋も」

「外にいたのではありませんか？」

「ブライアンは座敷猫で、自分から表に出ていったりはしないと思います。それで結局どこにもいなかったんです」

「そのことを後で西村氏に言いましたか？」

「いいえ。教授が帰ってきた時には、もうそれどころの騒ぎではありませんでしたから」

「するとブライアンは、二十二日にはすでに姿を消していたはずだと？」と綸太郎は念を押した。

「ええ」

「確かに西村氏の手記と矛盾していますね」

「お役に立ちますか」

うなずいた。

そろそろ辞去する潮時である。彼女にそう言って死んだ娘の部屋を後にした。

妙子は玄関まで彼を送りに出た。綸太郎は去り際に、なにげなく彼女に尋ねた。

「ここに来る以前は何をしていたんですか？」

「妻でした」彼女は静かに答えた。「二十歳そこそこで結婚しましたが、四年目で別れました。子供がいなかったのが救いでした。看護婦の資格を持っていたので、この仕事に就くことができました。今の自分には満足しています」

「つまらないことをお訊きしました。申しわけありません。では、また。奥さんにお大事にと伝えてください」そう言って、綸太郎は頭を下げた。

玄関を出ると、表の道路に見覚えのある亜麻色のスプリンターが駐まっていた。ドアにもたれかかるようにして、冨樫が立っている。綸太郎の顔を見て手を振った。

「君も人が悪いな」冨樫はにやにやしながら綸太郎を見た。抜け目ない目つきである。「すっぽかされるのに慣れていると言った覚えはないね」

綸太郎は相手にしないでそのまま立ち去ろうかと思ったが、急に気が変わった。山の手の住宅街で車を拾うのはむずかしい。道を横切って、冨樫の鼻先まで歩み寄った。

「さっきどこにでも送ると言いましたね。あの申し出はまだ有効ですか？」

「もちろん」

「じゃあ、あざみ台のメゾン緑北まで乗せていってください」

「最初からそう言えばいいんだ」してやったりという笑みが満面に浮かんだ。「ここまでのタクシー代も無駄にせずにすんだのに」

そんなことはない、どうせ同じ相手に請求書が届くのだ。だが綸太郎は黙って助手席に乗り込んだ。

8

冨樫が車を出した。起伏のある丘陵を縫うように広い道路を南に下る。抜けるような青空に引っかかった音符のない送電線のスコアを背景に、集積回路のようにびっしりと建ち並んだ団地の列が窓の後ろに流れ去っていった。

「何か収穫はあったかい？」富樫がさっそく探りを入れようとした。「西村の家ではかなり長い間、話し込んでいたようだが」

「ええ」うなずいたが、答える気など毛頭ない。綸太郎は借りてきたジョイ・ディヴィジョンのカセットを取り出した。「音楽をかけてもいいですか」

「何のテープだ？」

「死んだ娘が聴いていた曲です」

綸太郎はカーステレオにカセットを落とし、再生ボタンを押した。イアン・カーティスの声が車内を満たすと富樫は露骨に眉をひそめた。

「今時の女子高生はこんな音楽を聴いているのか」

「そうですよ」とだけ答えて、目的地に着くまでそれ以上口を利かなかった。

いずれにせよ、短いドライブである。元石川の交差点で左折し、フィールド・アーチェリー・クラブを横目に見ながらまた左に曲がる。まっすぐ進めば田園都市線にぶつかる通りをすぐに右折して、急勾配の坂を上ると、賃貸マンションが建ち並ぶあざみ台の住宅街に入っていた。

メゾン緑北は西村悠史の手記にあった通り、斉明女学院の敷地を見下ろす高台の中腹に位置する独居者向けのアパートだった。建物は比較的新しいのだが、煉瓦色に塗った外壁やバルコニーの造りなど、今ひとつ垢抜けない印象を与える。

綸太郎は冨樫を車に残して建物に近づいた。管理人室の位置を確かめて、一階の端のクリーム色のドアをノックした。

「どなた？」

顔を出したのは、着古した麻のアロハをだらしなく羽織った四十過ぎの男である。外斜視の気味があり、煙草の脂《やに》で歯が黄色い。

名前と事情を告げ、柊伸之の部屋を見せてもらえないかと尋ねると、管理人の目が細くなった。

「もう一度あんたの名を言ってくれないか？」

名前を繰り返すと、管理人はかぶりを振った。

「すまないが、さっき警察から電話があってね、あんたのことを言ってきたんだ。法月という男が来ても絶対に部屋を見せるなって。警察の言うことだから仕方がないだろう？　それにむやみとこの辺をうろつかれると、こっちも迷惑するんだ。あんたには悪いけど、帰ってくれよ」

たぶん中原の差し金だろう。緑北署でやり合った後、すぐに手を打ったにちがいない。そこまで気が回らなかった自分もうかつだったが、中原の反応も異常と言えば異常である。それだけ痛いところを衝かれたということなのだろう。

「中原を怒らせたのはまずいな」仕方なく車に戻ると、冨樫はそんなふうに評した。「部屋を見せたからどうなるというものでもあるまいに。それとも何か見つける当てでもあったのかい？」

「いえ」

「じゃあ、あきらめるんだな。それより娘が殺された公園に行ってみないか？　ここから近いんだ」

Uターンして坂を下り、駅に続く通りをいま来た方に横切った。人家のまばらな一画をコンクリートで固めた用水路に沿って少し走ると、緑に囲まれた公園に突き当たった。車だとほんのすぐで、歩いても十分ほどの距離である。

五角形の敷地のぐるりに子供の膝丈ぐらいのコンクリート垣をめぐらせ、内側に沿って生垣が組んである。そうして道路とは一線を画しているのだ。

二人は車を下りて、公園の中を歩いた。頭上に生い茂る橡《とち》の木の葉が日光に透けて、黄がかった緑の光線が遊歩道を明るく染めた。冨樫はすでにジャケットを脱いでいる。

「死体が見つかった場所は？」

綸太郎が尋ねると冨樫はあごをしゃくって、遊歩道の脇の灌木の繁みの間を示した。ガラス瓶に差された真新しい花が地面に立てられている。学校の友達が置いていったものらしい。

しゃがみ込んで辺りに目を走らせたが、西村頼子の死の痕跡はそれだけしか見当たらなかった。無理もないことかもしれない。事件が起きてから二週間たっている。もう新学期も始まっているのだ。

誰かの話し声が風に乗って耳に届いたかと思うと、前の道路を三人の少女が自転車で通り過ぎていった。そろいの白いブラウスとチェックのプリーツスカート、斉明女学院の制服である。

それを見送って、冨樫が口を開いた。

「五分ほど歩いた先に斉明女学院の敷地がある。ここは正規の通学路から外れているが、生徒にとってはなじみの場所だったらしい。部活動の早朝ランニングに使われていたぐらいだからね」

「確かにそんなに物騒な雰囲気はしませんね」

「今の時間帯はそうさ。周囲に人家もあって治安の悪い地域じゃないんだが、夜になるとこの一角だけふっつりと人通りが絶える。土地のエア・ポケットみたいなものだ。何かいわくがあるのかもしれない、妙な場所だよ」

綸太郎は道路から園内に目を戻した。連日の晴天で砂地の地面は真っ白に乾き、何となく薄っぺらい感じがした。錆止めの塗料をぬったブランコと低い鉄棒、砂場のそばには藤棚になり損ねたコンクリートの柱がローマの廃墟のように立っている。

手足のひょろ長い高校生ぐらいの少年がひとり、コンクリートのベンチに坐ってうつむいていた。懐かしいスライ&ザ・ファミリー・ストーンのアルバムジャケットをネガ・プリントした黒いTシャツを着ている。

少年が不意に顔を上げ、綸太郎と目が合った。どこかで見たことのあるような目つきである。ふと気がついた。緑北署で見たポスターの蒼白い顔の少年と同じ目をしているのだ。顔が似ているというのではなく、視線のうつろさに相通じるものがあった。

少年は悪いことをしている現場を見とがめられたかのように目をそらすと、立ち上がりながら砂場に向かって横ざまに唾を吐いた。そして膝をわざと破いたジーンズのポケットに手を突っ込み、くるりと回れ右をしてどこかへ姿を消した。

「案外、あいつが通り魔事件の犯人かもしれない」

冨樫が乱暴なことを言った。綸太郎は肩をすくめて連れから離れ、少年が坐っていたベンチの方へ足を向けた。

二時半だった。ひとしきり耳を圧していた蟬の声がふっと途切れると、公園全体がひっそりと静まりかえる。綸太郎は足を組んでベンチに坐り、遊歩道に目をやった。今の少年は、この公園が西村頼子の死体が見つかった場所と知っていたのではないか。根拠は全くないが、そういう気がした。

冨樫がコーラの缶を両手に握って、綸太郎の隣りに腰を下ろした。

「これはぼくのおごりだ」と言って、コーラ缶をよこした。自分の分はダイエット・コーラである。綸太郎はプルタブを引いて、喉をうるおした。

「これまでにこの公園で起こった通り魔事件について、教えてくれませんか？」

「いいとも」冨樫はダイエット・コーラの炭酸でげっぷをした。「最初の事件が起きたのは三月末、被害者は県立高校に通う十六歳の娘だった。ちょうど春休みで、友達の家からの帰りにこの公園の横を抜けていこうとしたらしい。午後九時過ぎに、歩いて友達の家を出たことがわかっている。ここに差しかかったのは、遅くとも十五分後だろう。翌朝ジョギングの途中に立ち寄った主婦が、繁みの中から突き出した被害者の脚に気づいた。遺体には乱暴された跡があり、AB型の精液が検出された」

「死因は？」

「扼殺だ。だが、その前に頭部を含めて何ヵ所か殴りつけた跡がある。恐らく犯人は路上で彼女に襲いかかり、昏倒させてから遊歩道に運んだのだろう。遺体に地面を引きずった跡があった。遊歩道の上で彼女を犯した後、首を絞めて息の根を止めたのだ」

「行為後に殺したという点は確かですか？」

「ああ。解剖結果がそれを証明している。膣口に生活反応があったようだ。犯人は死体で満足するような種類の変態ではないんだ」

「精液の他に、犯人の手がかりは？」

「体毛が数本、それだけだ。不審者に関する目撃証言などは一切なかった。警察は周辺の変質者リストに当たったが、成果はなかった」

冨樫はコーラを飲み干すと、缶を握りつぶしてごみ入れに投げた。狙いは正確で、空き缶は乾いた音を立ててごみ入れの中に落ちた。

「次の事件が起こったのは？」と綸太郎は訊いた。

「六月の中旬だ。女子中学生が襲われそうになったが、幸い未遂で難を逃れた」

「どういう状況だったのですか」

「塾の帰りで、遅くなったらしい。時刻は九時半頃だった。夕方から天気がぐずついて、その頃には雨が降り始めていた。襲われた娘は自転車の傘さし運転をしていたので、表通りを避け用水路沿いの道を走っていたそうだ。

　この公園に差しかかったところで生垣の陰から黒い人影がとび出し、自転車の前をさえぎった。驚いてブレーキをかけると男が襲いかかってくる。彼女は傘のせいでバランスを失い、自転車と一緒に倒れてしまった。しかし幸運だったのは、彼女が痴漢防止用ブザーを持ち歩いていたことだ。倒れる拍子にスイッチが入り、けたたましい警報音が鳴った。男がその音にひるんだ隙に彼女は自転車を立て直し、無我夢中でその場を走り去ったそうだ。その後、雨の中をびしょ濡れで走っているのを警ら中の巡査が保護して、事件のことがわかった」

「彼女は相手の顔を見なかったのですか」

「警察もその点に期待をかけて何度も彼女に確かめたようだが、思わしい答は返ってこなかった。暗がりで一瞬のできごとだったうえに、彼女も気が動転していて相手の顔どころではなかった。しかも犯人は黒いナイロンのレインコートを着て、顔はすっぽりフードで覆っていたらしい。下がズボンになっている奴だ。相手が自分より背の高い男であると気づくだけで、精一杯だったろう。結局、それ以上の手がかりは何ひとつ得られなかった」

「警察はどんな対応をしたのです？」

「三月の事件との関係を重視して、変質者リストの再チェックと周辺住民の訊き込みに力を入れた。しかしこの時点でも見るべき成果はなかった。そして八月二十一日、警察の無能をあざ笑うかのように西村頼子の事件が起こった。その後のことは君も知っての通りだ」

綸太郎はベンチを離れ、コーラの缶をごみ入れに捨てた。冨樫はベンチから動こうとしない。綸太郎は立ち止まったまま尋ねた。

「警察はどこまで通り魔説に自信を持っているのですか？　いま聞いた話では、三件の事件が同一人物の犯行であるという証拠はないようですが」

「そんなことはないさ。同じ場所、犯行時刻が午後九時以降であること、それに最初の事件と西村頼子の事件では、扼殺という犯行手段も共通している」

「でも、彼女は乱暴されていなかった」

「おとなしくさせるつもりで、誤って殺してしまったからだ。死体を犯すことをためらってどこに不思議がある？」

綸太郎は肩をすくめた。冨樫が続ける。

「もうひとつ重要なのは、三つの事件の間の時間的間隔が二ヵ月半と一致していることだ。言うまでもないだろうが、性犯罪者は周期的に同じような犯行を繰り返す傾向がある。これだけ事実がそろっているのにまだ不満があるのかね？」

「状況証拠ばかりですからね」

「何もかも、君の書く本のようには行かないよ」冨樫は急に立ち上がり、綸太郎に歩み寄ってなれなれしく肩に手を置いた。「――というのは、全部中原の受け売りさ。ぼくだって、警察の言うことを何もかも鵜呑みにしているわけじゃない」

綸太郎は肩を回して穏やかに冨樫の手を振り払った。そのまま車の方に歩いていく。

冨樫が後を追いかけてきた。

「どこに行くんだね？」

「あなたも知っているでしょう」

「何のことだい」冨樫は車のドアを開けながら相変らずのおとぼけである。

「もうすぐ三時ですよ」

綸太郎はスプリンターの助手席に体を滑り込ませた。冨樫はシートベルトを締め、エンジンをかけたがなかなか車を出そうとしない。

「斉明女学院の理事長と三時に学校で会う約束があると、さっき病院に行く途中で、あなたにそう言いませんでしたか？」

「いや」眼鏡越しにこちらの真意を見抜いているような視線をよこした。「そんな話は聞いてないね」

「そうでしたか。ぼくの思いちがいだったかな」

思いちがいでも何でもない。冨樫がしっぽを出さないか、鎌をかけてみただけである。だが、引っかかってはこなかったようだ。

「とにかく斉明女学院にやればいいんだね」

そう念を押して、冨樫はようやく車を出した。いつの間に覚えていたのか、ジョイ・ディヴィジョンのメロディを口ずさんでいる。もっともお世辞にもうまいとは言えないものだったが。

9

正門から学校の構内に入ろうとすると、紺サージの制服を着た初老の門衛が合図して車を停めさせた。居丈高な態度で入構証を見せろという。

　綸太郎が名乗って、理事長と約束がある旨を告げると、うさん臭そうに車の中をのぞき込んだ。春本《しゅんぽん》のセールスマンか何かと疑っているような目つきである。詰所に引っ込んで内線で問い合わせていたが、こちらに戻ってきた時には人が変わったような愛想笑いを浮かべていた。

「どうも失礼しました」と門衛が言った。「理事長は高等部の本館にいらっしゃいます。この道の突き当たりを左折してください。時計塔のある建物ですから、すぐにわかります」

　さしずめ、王宮の衛兵を気取っているのだろう。彼の態度がこれだけ豹変《ひょうへん》するところを見ると、理事長とじきじきに会うだけでも大変なことらしい。

　車を進めると、さっそく時計塔と四階建の本館が見えてきた。塔はマーブル・カラーの円柱の一部を弦に沿って垂直に削ぎ落とした格好で、平らな面をこちらに向けている。時計といっても文字盤はなく、L字を作った銀色の針が陽を浴びてきらきらと輝いていた。

　時計塔の真下の部分が玄関ポーチになって、アスファルトの車回しに張り出している。車回しの中央には噴水を備えた楕円形の池があり、三つ叉のように水を噴き上げていた。冨樫はもの怖じすることなく、白線で切った長方形のスペースに車を駐めた。

綸太郎が車を降りると、冨樫も続いてアスファルトに足を着けた。今度こそついてくる気らしい。

「クロスワード・パズルはどうしたのですか？」

「病院の駐車場で全部解いてしまったのでね」

なかなかしぶとい男だ。二人は肩を並べてポーチをくぐった。

玄関で事務員に来意を告げ、しばらく待たされると、グレンチェックのスーツに身を包んだ男が現われた。グレゴリー・ペックの廉価普及版といった面構えである。高等部の校長で、内海《うつみ》と名乗った。

冨樫には別室で待つようにと指示しておいて、綸太郎ひとりをエレヴェーターに案内した。今の二人の様子では、まんざら知らない同士でもないようだと綸太郎は思った。

四階でエレヴェーターを出る。時計塔のてっぺんから三分の一ぐらい下がった高さだろう。大理石を模したタイル張りの短い廊下があって、表面に美しい木目の浮き出た厚いドアに続いている。内海がノックすると、中から明瞭な女の声が応えた。

「お入りなさい」

内海がドアを開き、綸太郎は彼に続いて中に入った。英国貴族の書斎といった感じの部屋で、広い壁はほとんど本棚で埋められている。ちょっとした威圧感さえあった。

五十代半ばの女がマホガニー・デスクに陣取って書類に目を通していた。子鹿色のかっちりしたノーカラースーツを着て、読書用の眼鏡をかけている。

「理事長」内海が女に言った。「法月氏をお連れしました」客の前で自分の威厳が失われないぎりぎりのラインまでへりくだった口調だった。

女が初めて書類から目を上げ、眼鏡を外してこちらを見やった。顔つきは一見柔和だが、刻み込まれた細いしわの数々を見れば、それが見かけだけにすぎないとわかる。墨につけた毛筆のように生え際が白く、先に行くほど黒々となった髪は何となく得体の知れない凄みを感じさせた。

「ご苦労でした、内海」と女が言った。ステンレスのように事務的な声である。「あなたはもう下がって結構です」

そういう扱いには慣れているというように、内海はしなやかに一礼して部屋を去った。

理事長が綸太郎に椅子を勧めた。布張りの両肘椅子で部屋の主に似合わず、坐り心地はいい。理事長は書類に捺印すると既決の箱に放り込み、改めて綸太郎を見やった。

「緑北署で大見得を切ったそうね」いきなりそんなふうに切り出した。「真実の側の人間というのはご立派な信条だわ」

「もう伝わっているのですか。ということはやはり中原刑事は初めから一枚嚙んでいたのですね」

「そういう口の利き方はやめなさい。あなたは自分の立場というものがわからないの？」

「みんながぼくにそう尋ねる。でも、ぼくの立場はぼく自身にしか決められませんのでね」

女が微笑みを浮かべた。それは冷たい、優越感をむき出しにした笑みだった。

「まあ、いいわ。今のうち好きなだけ粋がっておきなさい。どうせあなたは、私の歩《ポーン》なのだから」

「局面が変われば、ポーンはクイーンにもなれるということをお忘れなく」

これは思わず出た台詞だった。理事長はもう笑っていないで、かぶりを振った。

「お利口なお喋りで時間をつぶすためにあなたを呼んだわけではないの。本題に入りましょう。私たちの基本姿勢をはっきりさせておくわ」

私たちの、と言った声には目に見えない磁力のようなものがつきまとっていた。その磁場によって、綸太郎をまるごと包み込もうというように。

「ここで私が繰り返さなくても、事件の経緯と現状についてはは十分わかっているはずね」

「ええ。それに、ぼくに振られた役回りの特殊さもよく承知していますよ」

先回りして言ったのをあからさまな皮肉と受け取ったらしく、理事長はちょっと顔をしかめた。

「そうかしら。とても中原にたてついた人の言葉とは思えないわね」

「承知していることと、それに従うことは別ですからね」

「私はそうは思わないわ」女の目尻が深い峡谷のように切れ込んだ。「そもそも事件の再調査を引き受けた以上、あなたはその役回りをないがしろにすることはできないはずではないかしら？」

「なぜです」

「私、いえ斉明女学院にとって、この事件には白か黒、いずれかひとつの結果しかあり得ない。そして手記の内容が正しいと思っているのなら、あなたはこの事件を引き受けるべきではなかった。依頼を断わらなかった以上、あなたは私たちの側の人間であって、手記に書かれたことの一切を認めるべきではないのです」

「それはおかしい。あなたのように、何もかも図式的に決めつけるのは無謀です。白か黒かで割り切れるものなんて、真実の名に値しませんよ」

「日和見の逃げ口上は、私には通用しないわ」女は強い語調で綸太郎を黙らせた。「小説家が登場人物を神の視点で見下ろすのとはわけがちがう。当事者にとっては、白黒を決められることのみが真実の証《あかし》なの。そして、今朝からあなたはこの事件に十分コミットしている。もう立派な当事者なのよ。どっちつかずの言動は慎むべきだわ」

彼女の言うことは乱暴な極論にすぎなかったが、真っ向から歯向かうと余計に話がこじれてしまいそうだった。こういう時は、論点を変えてしまうのが最良の方策である。

「手記の一切を認めるべきではないとおっしゃいましたね。でも、それは無理な相談です。西村頼子を妊娠させたのが、あなたの学校の教師であることは否定できない事実だ。したがってあなたの言う真実とやらも、少なくともその地点まで後退しなければばならないはずです」

「そんなことはないわ」

「どうしてですか。とうに警察もそのことは確認しています。あなたがそれを知らないはずがないでしょう」

理事長は唇で笑みの形を作った。その話題が出るのを待っていたと言わんばかりの表情である。

「柊先生の部屋で見つかった診断書のことを言ってるのね。あれは警察の早合点よ。紙切れ一枚では、何の証拠にもならないわ」

「でも、現実にそれが彼の部屋にあったことをどう説明するのです？」

「あの娘はトラブルを抱え、悩んだ末に、柊先生を相談相手として選んだのでしょう。去年の担任で、信頼していたからそうしたのよ。先生は彼女が持ってきた診断書を預かっただけで、お腹の子供とは何の関係もなかった。斉明女学院の教師が生徒と関係を持つなんてことは絶対にあり得ないわ」

「あまり説得力がないですね。彼の他に、子供の父親の可能性がある人物がいるなら話は別ですが」

理事長は肩をそびやかすように背を伸ばし、体の重心を左に移して肩の力を抜いた。彼女の思い通りに会話が運んでいることを示すしぐさだった。

「それについては心当たりがあるの」自信に満ちた口ぶりで言った。「あなたを呼んだのも、ひとつにはそのことがあったから。私が根も葉もないでたらめを言っているのではないという証拠を、これから見せてあげるわ」

理事長の左手がピンク色の蛇のように伸びて、卓上のインタホンのスイッチを押した。気取った感じの声で命じる。

「二人を私の部屋まで連れてきてちょうだい」

応答の声を確認すると彼女はスイッチから指を離し、こちらに目を戻した。短い沈黙が生まれ、綸太郎は彼女の視線を強く意識した。

突然、その視線がみだらなものに変わった。臆面もなく男の肉体を値踏みする、オールドミスの熱っぽい目つきである。ブラウスの下の胸が息を吸い込んで膨張していた。綸太郎は女が満たされていないことを知った。

同時に西村海絵のやせ細った左腕が脳裏によみがえった。思えば、あまりにも対照的な二人である。一方は観念の箱庭に自分を縛りつけ、他方は権力の砦の中に自分の肉体を溶け込ませようとしている。お互いにこれほどかけ離れた存在もないだろう。

にもかかわらず、二人の間に紛れもない、ひとつの共通点があることに綸太郎は気づいた。それは、他者を己の内部に取り込もうとする自意識の磁場の強さである——。

ノックの音が思考の流れをせき止めた。理事長は居ずまいを正して、お入りといった。ドアが開いて三人の女が入ってきた。

先頭は化粧の薄い三十歳ぐらいの小柄な婦人で、白い衿のついた紺のワンピースを着ている。後ろの二人は制服姿の女生徒で、ひとりが眼鏡をかけていた。ここに呼ばれるまで別室で待機させられていたらしく、二人とも表情の端に倦《う》んだところがある。

理事長が紺のワンピースの女性を、2—B担任の永井先生と紹介した。確か手記の中に名前が出ていたはずだ。彼女が歩み出て、綸太郎に一礼した。

「西村頼子は私のクラスの生徒でした」と永井が言った。「頭のいい素直な生徒でしたが、こんな不祥事を起こすとは思いもよりませんでした」

本を棒読みにしているような、抑揚のない口調だった。台詞と動作だけをプログラムされたロボットのようだ。言い終えると振り向いて、二人の生徒に前に出るよう目で促した。

進み出た二人は張りつめた表情で、綸太郎よりも理事長と女教師の顔を交代に見比べている。理事長が咳払いすると、電流に触れたように身をすくめ、気をつけの姿勢をとった。今度は顔をまっすぐ綸太郎に向けているが、目に感情が入っていない。永井が二人に自己紹介するようにと言った。

「今井望です」

向かって右側のおさげの少女がまず名乗った。心なしか声がうわずり気味である。

「河野理恵です」と左のショートカットの娘が言った。眼鏡をかけている方で、前の娘よりはしっかりした感じだった。

「二人とも私のクラスで、西村頼子と一番親しかった生徒です」と永井が言い添えた。

名前に聞き覚えがあるのは、永井と同じく、手記の中に現れた名前だったからだ。西村悠史が柊伸之の名前を訊き出したクラスメートである。

二人があまりにも緊張しているようなので、綸太郎は声を出さずに口の形で、休めのサインを送った。今井望は気づかなかったようだが、河野理恵には意が通じたらしい。眼鏡の奥で瞳がきらっと光って、口許に小さなくぼみができた。だがせっかくの彼女の表情も、理事長の声によって元の厳しさに引き戻された。

「子供の父親に心当たりがあると言ったのは、事件の後でこの二人から事情を聞いたからなの。警察も知らない新事実がそれで明らかになったわ。死んだ娘にはこっそりつき合っていた男がいたのよ」

彼女は言葉を切ると、肩から上のしぐさで永井に合図を送った。

「今井さん」女教師が彼女の肩に手を置いて、裏地に針を仕込んだような猫なで声で言った。「昨日、理事長にお話ししたことをもう一度ここで話してちょうだい」

今井望は体をこわばらせると、子供が嫌いな野菜を飲み込む時のように喉を上下に動かした。

「頼子は、いえ西村さんは去年から、県立高校の男子とよく会っていたそうです。本人がそう言っているのを何度も聞きました」

嘘をついている様子ではないが、どことなく上すべりな調子だった。自分の声で喋っているという実感が、本人にもないようだ。肩に置かれた腕を通じて操られているようにも見える。

「その相手の名は？」

「松田卓也という人です。西村さんとは、小学校の同級生だったそうです」

永井は腕を離し、質問の相手を変えた。

「河野さん、あなたは彼女と同じ小学校の出身だったわね。松田卓也という少年を知っていますか？」

「はい」

「二人がこっそり交際していたというのは本当？」

河野理恵はほんの一瞬、目の中に反抗的な光を浮かび上がらせたが、それはすぐにかき消えた。

「――はい」

答えた後、口の中で歯を食いしばっていた。初めから不本意な答を強制されていたようだった。本当はもっと言いたいことがあるにちがいない。だが理事長の目が光っている前で、それを口にすることはできまい。

「これ以上の説明はいらないわね」と理事長が言った。「斉明女学院の生徒がよその生徒といかがわしい交際をしていたと認めるのは心苦しいけれど、少なくとも柊先生の無実は明らかになったわ」

あまりにも唐突な切り上げ方だった。

「これだけでは証拠が薄弱ですね」

「そうかしら。父親のしたことを思えば、そんな抗議は通用しないと思うけど」

「ひとつ訊きたいことがある」綸太郎は理事長の言葉を無視して、河野理恵にじかに尋ねた。「お葬式の翌日、頼子さんのお父さんと話した時、どうしてその松田という少年のことを黙っていたのかい」

　唇を動かしかけた理恵を強引にさえぎって、永井がそれに答えた。

「彼女たちは父親に心配をさせたくないと思ったのです。娘がよその学校の不良生徒とつき合っていたと知って、喜ぶ父親がいるでしょうか？　柊先生の名前を出したのも、決して彼が曲解したような意味ではなく、生前の彼女の学校での生活ぶりを率直に伝えようとしただけなのです。手記の中の会話もたぶん父親が脚色したものですわ」

　訊かれていないことまで答えている。学校が作った模範解答なのだろうが、綸太郎にはうなずけなかった。松田卓也はいつの間に不良と決まったのだろうか？　河野理恵の目が綸太郎に訴えかけるように、はっきりとノーと言っていた。

　理事長は目ざとくその場の不穏な空気を察知したようだった。射すくめるような目で女生徒二人を見つめると、さりげない口調に威嚇《いかく》の響きを混ぜて、ゆっくりと言った。

「あなたたち、土曜日というのに遅くまで残らせて悪かったわね。でも今日はこれで終りです。この部屋で見聞きしたことを外で喋らないように」

魅入られたように二人の少女がうなずくと、理事長は永井に部屋を引き取るよう命じた。露骨な打ち切り宣告である。

彼女は最初から二人に喋らせるつもりなどなかったのだ。西村頼子に男友達がいたことを証明するために、彼女たちの口を借りたにすぎない。綸太郎はそんなやり方に苛立たしさを覚えた。

三人はお辞儀を繰り返し、永井を先頭に部屋を出ていった。ドアが閉まる寸前、振り返った隙間から河野理恵の唇が、綸太郎に向かって何かを告げたように見えた。綸太郎の席からしか見えない角度である。四つの音節からなる単語のようだった。

10

二人だけになると、理事長は椅子から立ち上がり机と本棚の間で軽く伸びをした。首筋に手が行くところを見ると、ご多分に洩れず、肩こりに悩まされているのだろう。もともと心労の多い地位にいる女なのだ。今度の事件でいっそうストレスが募っていたとしても、不思議はなかった。

しかしこちらを振り向いた時には、弱味などみじんも感じさせない鉄のような表情に戻っていた。

「不満のありそうな顔だわね」と彼女が言った。「私があの娘たちに無理やり嘘をつかせたとでも疑っているの？」

「面と向かってそこまでは言いませんよ。でも彼女たちの言ったことが事実なら、ぼくみたいな人間を連れてくる必要はない。その松田という少年を問い質《ただ》せばすむことです。そうしないのは、何かそれだけの理由があるからじゃありませんか」

理事長は微かに笑った。苦虫を噛みつぶしたような顔だが、それでも笑ったのは確かだった。内心ではこの会話を楽しんでいるのかもしれなかった。

「うがった見方をしようと思えば、どこまでも勘ぐることができるものね。あなたを引っぱり出したのは、こういう事件のエキスパートだと聞いたからにすぎないわ。それに、私たちがじかにその少年を問いつめるわけにはいかないじゃないの」

「では、ぼくが彼に会って話を聞きましょう」

理事長はうなずいたが、あまり心のこもったしぐさではなかった。頭の中ではもう別のことを考えているのだ。

「ここに来る前に、どんな人と話をしてきたの？」

「西村頼子の周辺の人間と会ってきましたよ。もうご存じだと思ってましたが」

女は目を細めた。

「どうして」

「『週刊リード』の冨樫という男が面白い話を聞かせてくれましたよ。斉明女学院の株を下げるために事件の背後で、あなたの兄上のライバル議員が糸を引いているというんです。娘の父親の旧友が、向こうのブレーンになっているそうですね。でもぼくはむしろ、冨樫自身があなたの陣営のＰＲマンではないかと勘ぐっています。ぼくの行動についても逐一報告が来ているのではありませんか」

理事長は立ったまま、ガラスの文鎮を弄《もてあそ》んでいた。回りくどい言い方をしたので、こちらの意図が通じなかったのではないかと一瞬うたがったが、綸太郎の言葉はちゃんと伝わっていた。

不意に彼女は椅子に戻ると、またインタホンのスイッチに手を伸ばした。

「何でしょうか、理事長」内海の声だった。

「例の記者を出してちょうだい」

「はい。しばらくお待ちください」

彼女は綸太郎に目を向けた。

「つきまとわれるのが気に入らなければ、そうおっしゃい。目の届かないところにやらせるから」

「そうしてください」

「冨樫です」インタホンのランプが点灯した。「何でしょうか」

「あなたはお払い箱よ。この件からは手を引いてちょうだい。兄には私から伝えておくから」それだけ通告すると、すぐにスイッチを切った。

「ずいぶんあっさりしたものですね」

「兄が差し向けたのよ」理事長は両手の指をからませながら言った。「あなたのことをよほど見くびっていたみたいね。私なら、もっと気の利いた人間を送っていたわ」

「中原みたいな男をですか？　同じことですよ」

彼女はじっと綸太郎を見つめた。前とちがって熱っぽさのない、距離を感じさせる視線だった。

「あなたが何を考えているのか、よく理解できないわ。私たちの命令に従わないわりに、事件の調査は熱心にやっているようね。そういう矛盾した態度にどういう意味があるのかしら。この事件から、いったい何を掘り出すつもりなの？」

「案外、何も考えていないのかもしれません」綸太郎はおもむろに席を立った。「職員室の柊先生の机はまだそのままになっていますか。できれば、彼の私物を調べてみたいのですが」

「残念だけど、彼の持ち物は片付けさせたわ。それにわざわざ調べる必要もないでしょう」突然、理事長は顔をしかめた。わけもなく自分の考えに不機嫌になったようだった。「あなたと喋るのに時間を使いすぎたようね。これ以上話すこともないし、引き取ってもらおうかしら」

辞去の言葉を返して、ドアの方に歩きかけたところを呼び止められた。

「何か必要なものがあれば、今のうちに言っておきなさい。あなたが私の歩でいられる間に」

「では明日、車を一台ぼくの家に回してくれませんか。自分の車が修理中で足がないものですから」

「わかったわ」部屋を出がけに、肩越しに目を走らせると彼女はじっと身動きしないで、こちらの後ろ姿を見送っていた。

玄関ポーチから外に出ると、冨樫のスプリンターはもう姿を消していた。車が止まっていた場所に小石を載せた名刺が残してある。拾って裏返すと、鉛筆で「ハセガワサエコ」と走り書きがしてあった。

女の名前だが、何のことかわからない。何かの手がかりのつもりなのだろうか。いずれにせよ、冨樫という男も相当な天邪鬼のようである。またすぐに接触してくるつもりだろう。とりあえずしまっておいて、正門の方に歩き出した。

さっきの門衛が用もないのに声をかけてきた。

「お連れさんが先に出ていきましたよ」

「ああ、いいんだ」

表に出ると、通りに面した喫茶店の店構えが目に入って、綸太郎は思わずそちらに足を向けた。『シエスタ』という名前である。

店内を見透せるウィンドウの前に立ち、シ・エ・ス・タと発音してみた。ガラスに二重写しになった口の形に見覚えがある。理事長室を出ていく時、河野理恵がよこした昼のサインと同じであった。

この店で待てという意味にちがいない。やはり何か伝えたいことがあるのだ。さっきの状況では、このぐらいのメッセージを残すので精一杯だったろう。冨樫を追い払って正解だった。車だったら気づかずに通り過ぎていたところだ。

店に入って、窓寄りの席に坐った。校門の方に目を向けた時、淡い既視感を覚えた。そのはずである。五日前、西村悠史が同じこの場所で柊伸之を見張っていたことに思い当った。

待ち始めたのが四時前で、だが四時半になっても河野理恵は姿を見せなかった。あきらめかけた頃に目の前のテーブルに落ちる光線の加減が変化した。人の影であった。コツコツという音がして、窓の外に目をやると、理恵が舗道に立って窓ガラスを中指の第二関節でたたいていた。

「ごめんなさい」中に入ってくるなり、理恵はさっきとは別人のようなきびきびした声を綸太郎に浴びせた。「今までずっと、永井先生にお説教されていたの。理事長の前で態度が悪いって」

彼女は、綸太郎に店を出るように言った。

「なぜだい」

「こんなところで話していたら、見つけてくださいって自分から言ってるようなものよ。いい場所を知ってるの。そこで聞いてほしいことがあるんだけど」

駅前の『アポストロフィ』という店の場所を教えられた。今井望も先に行って待っているという。一緒に出ていくと目につくので、別々に『シエスタ』を後にした。娘たちもなかなか心得ている。

『アポストロフィ』の一階はケーキショップで、フロアの奥の階段を上がると、こぢんまりしたティールームになっている。河野理恵と今井望が背の高いストゥールに腰かけて待っていた。

　綸太郎も席に加わった。テーブルはケーキの皿でいっぱいで、二人は墓掘り人のように黙々とフォークを動かしている。気持ちが沈んでいる証拠だった。ケーキのやけ食いでそれを紛らわそうとしているのだ。

「この場所はすぐにわかった？」手を止めて理恵が訊いた。学校の外では眼鏡を外している。

「ああ。入る時、少し気が引けたけどね」

「だからいいのよ。ここなら絶対、先生に見つかりっこないから」

「そんなに締めつけが厳しいのかい？」

「頼子のことは何も喋るなって、何度も釘を刺されたわ。理事長たちは、頼子と頼子のお父さんだけ悪者にして学校の体面を守るつもりなのよ。私たちそんなの我慢できないけど、正面きって歯向かうことなんてできっこないし」

「――私、頼子にひどいことをしたわ」今井望が突然、泣きそうな声を洩らした。「男の子とつき合ってるなんて、本当はあんなふうに言うつもりはなかったんです。でも理事長ににらまれたら、私なんか気が弱いから」

　言葉がふっつり途切れ、望はうなだれてしまった。不意に彼女の小さな肩がふるえ始めた。理恵が自分のハンカチを望の手に握らせて、涙を拭くように言った。望は何度もうなずきながら、ハンカチを目尻に当て、また何度もかぶりを振ってようやく顔を上げると、ごめんねと小さくつぶやいた。

「話したいことがあると言ったね」綸太郎は何も見なかったような態度で言った。「松田卓也という少年のことかい？」

理恵がうなずいた。

「卓也君が頼子の相手だったとは思えない。だってあの二人はそんなふうじゃなかったもの」

「そんなふうじゃなかった？　すると、二人がつき合っていたというのは嘘だったのか」

「そういうことじゃないの。二人が一時期よく会ってたのは本当だけど、あれはセックスに短絡しちゃうようなべたべたした関係じゃなかったわ」理恵は顔も赤らめずに言った。

「実際はどんな関係だった？」

「――寝苦しい晩に冷蔵庫の扉にほっぺたをくっつけてしんと耳を澄ますと、どこかにつながっていくような気がするでしょう。好きとか嫌いじゃなくてそんな気持ちのつながりだって。前に頼子に聞いたことがあるのよ」

これはさすがに何だかよくわからない。綸太郎は質問の角度を変えた。

「二人は小学校の同級生だったそうだが、その頃からつき合ってたのかい？」

「いいえ。私も同じクラスだから知ってるけど、その頃はべつに仲がいいというわけじゃなかった。中学の時もそう。私たちはここの中等部に入ったから卓也君の噂なんてほとんど耳にしなかったわ」

「二人が再会したきっかけは？」

「去年のゴールデン・ウィークに、小学校のクラス会があったの。頼子と卓也君、最初はただ席が隣り合っただけなのに、何だか急に二人で真剣に話し込んじゃって。そこだけ周りと空気の色がちがうって感じだった。わかるでしょ、そういうの」

「ああ」

「その時は何の話をしていたのかよくわからなかったけど、後で頼子に訊いたら、そのころ卓也君の両親が不仲だったらしくて、それで彼が落ち込んでいたのを慰めていたんだって、そういう返事だった。それ以来、時々会って話をするようになったそうなの。でも話し相手になるだけで、彼氏みたいなつき合い方ではなかったのよ。いかがわしい交際なんてひどい言いがかりだわ」

「しかし最初はその気がなくても、男女の仲は思わぬ発展をすることがある」

「頼子はそんな子じゃなかったわ。いちど自分でこうと思い切ったら、てこでも動かないところがあったの。卓也君のこともそうで、恋愛感情めいたものは一度も持たなかったはずよ。だから発展することなんてあり得ないと思う」

彼女の主張はぐるぐる回るこまのようなもので、確信の軸を支えているものは一種の循環論法であった。しかし、その点を争っても仕方がない。

「二人は最近までそういう関係を続けていた？」

理恵はすぐに首を振った。

「去年の秋頃から会わなくなったみたい。だから頼子が妊娠したのは、ぜったい彼のせいじゃない。だって今年の五月にはもう、お互いに顔も見ないようになっていたはずだから」

「どうして会わなくなったのだろう」

「詳しいことは知らないけど、卓也君がバンドの活動に熱を入れるようになって、そっちの方で忙しくなったからじゃないかしら」

「バンド？　それはロック・バンドかい」

「もちろんよ」バンド少年なら、ジョイ・ディヴィジョンを聴いていても不思議はない。

「さっきの質問の繰り返しになるけど、そういったいきさつを彼女のお父さんに隠していたのはなぜなんだ？」

「隠していたつもりはないわ。あの時黙っていたのは、わざわざ話す必要のないことだと思ったから。それに何ていうか、お父さんに話したら、かえって卓也君を傷つけることになるような気がしたの」

「柊先生の名前を出したのは、どうして？」

理恵は頰をすぼめてひょいと首をかしげた。

「それについては、さっきの永井先生の説明が当たっていたと思う。私たちが柊先生のことを話したのに、そんなに深い意味はなかったの。あの日の会話を一字一句覚えているわけじゃないけど、むしろ頼子のお父さんの方が学校の先生のことを聞きたがっていたような気がする」

望がようやくおぼつかない表情でうなずいた。理恵に借りたハンカチは、しばらく前からテーブルの端で乾き始めている。理恵が続けた。

「でも、だからといって理事長の肩を持つ気はないわよ。私は何となく、頼子のお父さんの方が正しかったような気がするの。証拠はないわ。何となくそういう気がするだけなんだけど」

「五月の中旬以降、彼女の様子が変わったことに気づかなかった？　例えば、柊先生との接し方に変化があったとか」

「そういうことがあったとしても、わからなかったと思う。頼子はどこかで、誰にも心を開かない部分を持っていたの。これ、悪い意味で言ってるんじゃないわ。私だって、自分にもそういうところがあるって知ってるから。だから、もし頼子が本気で隠し通すつもりでいたなら、私たちには絶対気づかせなかったはずよ。もし自分がそういうことになっても、隠し通す自信はある」

「彼女の相手が柊だったとしても驚かない？」

「驚くわよ」理恵の唇がコーン紙のようにふるえた。「だって、頼子はそんな子じゃないもの」

「でも、君は今――」

「そうじゃないの。私は頼子が、柊先生と関係があったなんてとてもあり得ないことだと思ってるけど、問題は理事長や先生たちの態度なのよ」

「というと？」

「望から聞いた話があるの」

理恵に促されて、望が重い口を開いた。伏せがちの目に何とも名状しがたい昏《くら》い光が宿っている。

「二つ上の姉がいて、その姉も斉女の生徒だったんです。今度のことがわかってから姉が教えてくれたんですが、柊先生は以前にもこれと同じようなことをしたことがあったみたいです」

「昔、というと？」

指先を頰に突いて、考えるしぐさをした。

「――姉が中等部に入学する前の年の話だから、柊先生がまだ教師になって間もない頃かしら。教え子に手を出したという噂が出て、父兄の間で問題になったそうです。でも、相手の生徒の方が問題のある人だったらしくて、結局その子が三月に自主退学して騒ぎはうやむや、先生はおとがめなしだったみたいです」

これは思いがけない情報だった。それが事実なら、柊は立派な前科持ちということになる。

「でも私がこの話をしたことは、ぜったい誰にも言わないでくださいね」望がささやくように言い添えた。「学校に知れたら、どんな目に遭うか」

「だいじょうぶ。絶対に口外しないと誓うよ」

理恵がストゥールから爪先をフロアに落とした。

「そろそろ出ましょう。卓也君の家に案内してあげる。ここから近いのよ」

席を立とうとして、テーブルの隅のアップルパイの皿に目が行った。二人の少女は一度もそれに手をつけようとはしなかったのだ。

「頼子の分よ」

理恵が綸太郎の視線に気づいて、ひとことだけ言った。

11

三人は『アポストロフィ』を出て、理恵を先頭に週末の買い物客でにぎわう夕刻の商店街を歩いた。輝きを失った太陽が、かさついた空気を黄色く染めている。やがてゆるやかな丘陵の斜面を切り開いた集合住宅地区に行き着いた。

なりばかりでかいくせに、外観の趣に乏しい公団アパートの列に取り囲まれると、空の底がいっぺんに低くなってしまう感じがする。松田卓也の居住棟は団地の中心部にあった。八階建の細長い建物で、一階につき十世帯が住んでいた。

理恵が入口の郵便受けで部屋番号を再確認した。それで彼女自身、久しぶりにここを訪れたとわかった。C—二〇三号、二階の部屋である。頭のCは棟の表示らしい。

三人は階段を上がった。

理恵は三つ目のドアの前で足を止め、綸太郎にうなずいてみせた。表札に「松田修平、麻子、卓也」と記されている。綸太郎はドアの前から一歩退いて、理恵にブザーを押させた。中からくぐもった女の返事が聞こえてドアが開いた。

目の大きな、四十歳ぐらいの女が顔を出した。丸首の伸びきったスエット姿で、夏負けしたようなどことなくやつれた表情である。理恵の顔を見て一瞬とまどいの色が浮かんだが、昔の顔見知りの相手であることにすぐ思い当ったようだ。

「まあ、久しぶりだわね」

「こんにちは、おばさん。あの、卓也君います？」

「あいにくだけど、さっき出かけたところなの」理恵がこちらを振り向いたせいで、女の視線が綸太郎に突き刺さった。「——どなたですの？」

「法月と申します。卓也君のお母さんですね」女はうなずいた。「息子さんと話したいことがあってうかがったのですが。いつごろお帰りになりますか」

母親の目の中に当惑の色が忍び込んだ。

「あの、うちの卓也に何のご用でしょうか」

ここに来る道すがら、こういう質問に備えていくつか嘘の口実を考えていたのだが、女の顔を見たとたんにそうした策を弄《ろう》する気は失せてしまった。

「西村頼子というお嬢さんをご存じですね？」

「ええ。小学校で息子が同じクラスでした」反射的に顔を暗くして、理恵に目を移した。「――お気の毒なことをしたわね。いいお嬢さんだったのに」

「ぼくは、彼女が殺された事件について調べています。その件に関して、卓也君に会って訊きたいことがあるのですが」

母親の顔は瞬時にいくつもの混乱した感情のモザイクとなった。綸太郎は鼻先でドアを閉められてしまうことをいちばん恐れていたが、理恵がいなければそういう結果になっていたかもしれなかった。

「一体、どういうこと？」ようやく声を取り戻した母親は、理恵に説明を求めた。

「まさか卓也があの事件と関係があるっていうの？」

「いいえ、ちがいます。私たちは卓也君が事件と関係ないことを確かめに来たんです」

理恵の答はある意味で相手の質問を肯定するものだったが、母親の方はそこまで気が回らず、どうにか落ち着きを取り戻したようだった。綸太郎は内心で理恵に感謝した。

「警察の方ですの?」母親が尋ねた。

「いいえ、個人的に調査をしているものです」と答えて、さっきの質問を繰り返した。「息子さんはいつごろお帰りですか」

「今日は戻りません。出かける時に、そう言っておりました」

「どこに行ったか、わかりますか?」

「東京のお友達のところです。何でも明日、原宿のごぼ天とかいうところで、バンドの演奏をするとかで、泊まり込みで準備をするようです」

ごぼ天というのは、「ホコ天」つまり歩行者天国のまちがいだろう。日曜の原宿ホコ天といえば、今やアマチュア・バンドのライヴ活動のメッカなのである。

「じゃあ、今日はもう連絡が取れないのですね」

「ええ」

綸太郎は肩をすくめた。できるだけ早く松田卓也と話したいのだが。理恵に訊いた。

「彼がやってるバンドの名前はわかる?」

理恵は首を振った。望も同様である。期待しないで同じ質問を母親にしてみると、反応があった。

「――確か、駄菓子のような名前でしたわ。そう、かりんとう、とか言ったと思います」

「かりんとう？」

コミック・バンドでもない限り、そんなグループ名は使わないだろう。ホコ天がごぼ天になるぐらい言語感覚がちがうのだ。かりんとうと似た響きの言葉で、もっとふさわしいネーミングを考えた。

「――もしかしたら、レプリカントというのじゃありませんか」

「ええ、そうですわ」母親はそれが重大な発見であるかのように言った。「あなたが今おっしゃったそれです」

綸太郎はポケットの中から『クローサー』のカセットを取り出して、レーベルを見せた。母親はそれが息子の字であることを認めた。無防備な唇が不安のせいで、固く絞った雑巾のようにねじれた。

「本当に息子は関係ないんでしょうね？　最近ろくに口を利いてくれないもので、何を考えているのか私にもよくわからないわ」

それから女は、父親がだらしなくてみたいなことをぼそっと洩らした。綸太郎は聞こえなかったふりをして、礼を述べ、松田家のドアを後にした。

三人ともしばらく何も言わないで、来た道を戻った。日はほとんど暮れかかっていた。不意に理恵がテープのことを話題にした。

「どこで手に入れたの？」

「頼子さんの部屋にあった」

「ふうん」次の三叉路で少女たちは足を止めた。「私たちはこっちの道なの。そろそろ帰らないと」

「そうだな。今日はありがとう。君たちのおかげでずいぶん助かったよ」

「明日、卓也君に会いに行くんでしょう」理恵がまた熱を帯びた口調で言った。「私たちもついていってはいけない？　顔を知っている人間がいた方が、話は早いと思うの」

綸太郎もそれを考えなかったわけではないが、娘たちを事件に深入りさせるべきではないという判断が優先した。

「その必要はないと思う。ぼくひとりでも彼を見つける自信はあるよ。それにどこで誰の目が光っているかわからない、君たちが動き回っていることが知れたら、また学校がうるさく干渉してくるだろう。そうなると、困るのは君たちの方だから」

理恵は一応、それで納得したようだった。事件に新しい展開があれば連絡することを約束して、二人と別れた。

その背中を見送りながらふと思った。理恵は松田卓也のことが好きなのではないか。彼女が示した熱意は、むしろその点に由来するのではないかと。だが、綸太郎はその考えを弄ぶことをやめた。手垢にまみれた大人流の考えだったからだ。

駅まで歩き、一駅分の切符を買って上りのホームに立った。あとひとりだけ、今日中に会っておきたい人物がいるのだ。

次の鷺沼駅で電車を降り、駅前通りをまっすぐ東に進むと交差点に派出所が見つかった。そこで村上産婦人科の場所を訊いた。

教えられた道をたどり、五分足らずで医院に行き着いた。商店街から道ひとつ隔てた静かな通りである。建築事務所とバレエ学校の建物にはさまれて『村上産婦人科』の青い看板が立っていた。

すでに診療時間を過ぎていたが、外来玄関の灯りは消えていなかった。窓口で受付の看護婦に用件を告げると、内線で医師に取り次いでくれた。十五分ほど待っていただきたいという返事であった。綸太郎は無人の待合室で、妊婦の喫煙が胎児の健康に及ぼす悪影響について警告するポスターを読んだ。そこに灰皿の類が置いてないのは立派だった。

十五分というよりは少し余計に時間がかかって、待合室に村上医師が入ってきた。顔を見ただけですぐに彼とわかった。きっちりとなでつけた灰色の髪と人なつこそうな目は、西村悠史の手記に書かれていた通りだった。

「お待たせしました」と彼が言った。「初産の若奥さんを診ていたので、少し遅くなりましたが、村上です。法月さんとおっしゃいましたね」

「はい。お忙しいところにお邪魔してすみません」

「どうかお気になさらずに。診察室でお話をうかがってもよろしいですか」

「ええ」医師に従って待合室を出た。

廊下の突き当たりの部屋に入ると、村上は仕切りのカーテンを引いて、診察台のある方を見えなくした。それから綸太郎に椅子を勧めて、自分も回転椅子に腰を下ろした。部屋の中はすっきりと整頓が行き届いて、温かな落ち着きがある。医師の人柄を反映しているようだった。

先に切り出したのは、村上の方だった。

「今度のことについては、何と言ったらいいかよくわかりません。西村氏の行動はほめられたものではありませんが、彼の気持ちはわからないでもない。むしろ私は、彼を止められなかったことに責任を感じています」

「どうしてあなたが？」

彼は膝の上で両手を、たくさんの赤ん坊をとりあげた両手をきつく握り合わせた。

「二度も会って話をしながら、西村氏の考えていることに気づかなかったのは、私の不徳の致すところです。診断書のことについても、どんな非難にも甘んじるつもりでいますが、それだけでは彼の助けにはならないでしょう」

綸太郎はかぶりを振った。

「そんなにご自分を責めることはありません。あなたには、どうしようもないできごとだったと思います。それよりもっと前向きになりましょう。あなたに協力してほしいことがあるのですが」

「協力は惜しみませんが、しかし、私で役に立つことがあるのですか」

「西村氏の残した手記をお読みになりましたか？」

「いいえ、まだです」

「手記の写しを持ってきています」コピーの一部を差し出した。「これを読んでいただけませんか？　あなたについて書かれた部分で、事実とそぐわない記述がないか確かめてほしいのです」

「わかりました」答えるのに少しためらいが見られたが、西村悠史に対して同情的な彼がそういう反応を示すのは、ある意味で当然のことだった。

机の抽斗を開けて老眼鏡をかけ、手記のコピーに目を落とした。目がレンズの裏側を手探りするように動く。丁寧な読み方で、一行たりともおろそかにすまいという感じだった。いったん読み通した後、もう一度初めから読み直し、それからようやく目を上げた。

「私に関して書かれていることは、全て事実通りです。西村氏は何のごまかしも、不自然な省略もしてはいません」

それを確認したことが自分自身の誇りであるかのように、医師は胸を張って断言した。きっと実際にそう思っているのだ。

「そうですか」

「私の答はご期待に添いませんでしたか？」医師が複雑な表情で問いかけた。

「いえ」と答えると、相手は老眼鏡を外してそのつるを折ったり戻したりし始めた。

綸太郎は改めて言った。

「もうひとつお訊きしたいことがあるのですが」

「何でしょう？」村上は手を止めた。

「八月二十五日の記述の中で、こういうくだりがありますね。『村上医師の話によると、八月十八日の午後、頼子はひとりで病院を訪れた。ひどく思いつめた様子だったという。頼子はすでに三ヵ月以上生理がないと彼に打ち明けた。診察してみるとまちがいなく妊娠していた。そう告げると、頼子はなぜかほっとしたような表情を見せたらしい』

この最後のところに引っかかったのですが。ほっとしたような表情とあるのは、あなたが実際にそう感じたことなのですか？」

「ええ、今でも彼女の顔つきを思い出すことができます。きれいなお嬢さんでしたよ」

村上医師は老眼鏡を折りたたむと机の上にそっと載せた。持ち主の手を離れた老眼鏡は血の通った時間を拒絶し、それ自身の肢体を太古の生物の骨格標本のように凍りつかせた。

「最初は細い糸をぴんと張りつめたような様子で、態度もぎくしゃくしたものでした。まあ、無理もないことですが。ところが診察をすませて妊娠していると告げるとうってかわって、ほっとしたとしか言いようのない表情を見せたのです。重荷を下ろしたような、あるいは何事かをなしとげたような、そういう満足感がまちがいなく顔に出ていました」

「彼女がどうしてそんな表情をしたのか、心当たりはありませんか？」

医師は指先でこめかみを軽くこすった。太い筆に薄墨をつけてなで書きしたような眉が、指に合わせて伸び縮みした。

「そうですね。私にも確かなことは言えませんが、女の方は妊娠していると知らされると、どなたも母親としての自覚に目覚めるものです。生理が来ないとアンバランスな心理状態が生じますが、いったんお腹の中に子供がいる、生きていると知ると、もうそれだけで女の人はしっかりしてしまうのです。彼女の反応もそうしたものの一種だろうと私は解釈したのですが」

「するとあなたにとって、彼女の反応は決して奇異なものと映らなかったわけですか」

「ええ、そう言っていいでしょう」

「では、この文中の『なぜか』という疑問詞は、あなたが発したものではないんですね？」

「もちろんです。それは、西村氏の正直な気持ちを表したものでしょう。父親であるなら、当惑を感じるのは当然だと思いますが」

確かに彼の言う通りである。何も不自然なところはない。どうしてそんな瑣末《さまつ》なことが気にかかるのか、綸太郎自身にもよくわからなかった。

「――きれいなお嬢さんでしたよ」

沈んだ声がまた同じ文句を繰り返した。口にすべき言葉を他に見つけられないのだろう。

「本当に気の毒なことをしました。娘はいませんが、世の父親の気持ちはよくわかっているつもりです。ここに来る患者さんの全てが、自分の娘だと思っていますから」

言い終えて、医師は長いため息をついた。それから自分を元気づけるように、肩をすくめておどけるふりをした後、綸太郎に尋ねた。

「もう他に質問はありませんか」

「もしご面倒でなければ、参考のために診断書のフォーマットを見せていただけませんか？」

村上医師はいやがるそぶりも見せず、綸太郎の要望に応じた。そして書式の説明をした後に、ふと思い出したように言い添えた。

「近頃これを書いていると、どうしようもなく手がふるえて、字が書けなくなることがあるんです。なぜだと思いますか？」突然、医師の顔が罪悪感の暗い淵となって綸太郎を呑み込んだ。「私が書いた診断書のせいで、二人の人間が死んだからですよ」

12

家に戻ると、親父さんはもう帰っていて、テレビを見ながらビールを飲んでいた。クイズ番組にチャンネルを合わせている。いや、プロ野球中継でさえなければ、何でもいいのだ。

「だいぶ消耗した顔つきだな」綸太郎が居間に入ると、警視はリモコンでテレビの音量を下げた。「留守番電話におまえ宛ての伝言が入ってるぞ」

綸太郎は電話機のところに行って、テープの再生ボタンを押した。

最初の伝言は、民放テレビ局のディレクターと称する男の声で、西村頼子の事件についてのコメントを求める内容だった。次の電話は別の民放局からで、月曜日の午後の番組にゲスト解説者として出演してほしいという依頼である。名門女子高教諭殺害事件を取り上げる予定だという。その後にも、新聞と週刊誌の取材申し込みがそれぞれ二社。内容は似たり寄ったりで、独創性のかけらも見られない。

唯一、西村悠史とも斉明女学院とも関係のない伝言は、彼の担当編集者からかかってきた原稿の進捗《しんちょく》状況を尋ねる電話だけだった。綸太郎は留守ボタンを押して、機械に応答を任せることにした。当分電話には出るまい。

「どうだ、一躍マスコミの寵児《ちょうじ》となった感想は？」

「お父さん、あなたの台詞じゃないが、くそくらえですよ」

「そうはいっても、全て無視するわけにはいかんだろう。仕方がないさ、これも最初から予定の中に入っていたんだからな。いっそのこと、テレビで自分の本のＰＲでもしたらどうだ？」警視はにやにやした。他人事だと思って、半分面白がっているのだ。「ところでおまえ、夕飯はどうした？」

「まだです」

「そうか。実は俺もだ。店屋物でも取ろうや。ひとつ特上の鰻丼なんて、どうだ？」

「動議に賛成」と綸太郎は言った。「勘定は斉明女学院に回しましょう」

　ささやかな晩餐《ばんさん》の後、綸太郎はすぐ自分の部屋に引き上げた。警視とはそれ以上、事件にまつわる話をしなかったのだ。ひとりきりになると、『クローサー』のテープをデッキに放り込み、オートリバースでぶっ通しに回し続けた。

　ジョイ・ディヴィジョン。パンクの嵐がイギリス中を吹き荒れていた一九七七年、マンチェスターで四人の若者がひとつのグループを結成した。グループ名は、ナチのユダヤ人収容所にあった将校用の性的慰安施設に由来する。やがて彼らはパンクの幻想が残した絶望感を背負いながら、一条の希望の光を求めて、混沌の時代の先頭を手探りで歩いていくことになる。

紛れもなく彼らこそ、パンク以後、最も可能性に満ちていたグループだった。そのメンバーは、ギターのバーナード・アルブレヒト、ベースのピーター・フック、ドラムスのステファン・モリス。そして、リード・ボーカルのイアン・カーティス。故イアン・カーティス。

ジョイ・ディヴィジョンはイアン・カーティスのバンドだった。そう断言できるほど、彼のボーカルと詩はバンドの個性そのものであった。クセのあるシンセサイザー、特異なリズムパターンも、イアンの声と自己をとことんまで突き詰める詩のスタイルがあってこそ輝いていた。

彼は混沌と絶望と疑念と恐れを体現する、遅すぎたシジフォスのような存在だったのだ。イアンはいつもぎりぎりのところに立って歌っていた。その声と詩は、彼がその地点からあとずさりするため、また越えるためにあらゆる大敵と戦っているという感じを伝えるものだった。しかし、その戦いは長く続かなかった。

一九八〇年五月十八日。マンチェスターのアパートの一室で、イアン・カーティスは首吊り自殺を遂げた。バンドは三日後に初のアメリカ・ツアーを控えていた。原因は不明。彼は短くこう書き残している。「今この瞬間でさえも、はじめから死んでいればよかったと思う。もうやっていけない」まだ二十三歳の若さで、同じ年の十二月のジョン・レノン射殺事件同様、いっそう閉塞状況に追い込まれていく八〇年代の不毛を予見するかのような悲劇だった。

イアンの突然の死は、残された三人だけでなく、イギリス全土に驚きと深い悲しみをもたらした。すでに三月には、セカンド・アルバム『クローサー』も録音を終えて、彼らの活動がようやく軌道に乗り始めた時期であった。そして彼の死後、活動に終止符を打ったグループ最後のシングル『ラヴ・ウィル・テア・アス・アパート』はインディー・チャートのみならず、ナショナル・チャートさえ駆け上がるヒット曲となった。死んだ男の歌は、彼自身の人生の末尾に付した注釈のようにイギリス中に響きわたったのだ。「またしても愛がぼくたちを引き裂くだろう」

第四部　再調査Ⅱ

いま私にはわかるのだ、なぜあの暗い炎を
おまえたちが時折、目に輝かせていたのかが。
ああ、あの目！　まるでそのまなざしに
すべての力を注ぎこむかのようだった。

「亡き子をしのぶ歌」

13

そのまま眠り込んでしまったらしい。あくる日曜の朝は寝過ごして、法月警視にたたき起こされた。服も着替えずにベッドに伏せていて、ジョイ・ディヴィジョンのカセットがまだ回っていた。一昨日の晩が徹夜だったから、無理もない。

「リース会社が車を届けに来たぞ」警視がドアの方をあごで指した。「引き渡しの書類におまえのサインがいるそうだ。外で待たせているから、早く行ってやれ」

昨日、水沢理事長に手配を頼んだ車だ。綸太郎はコップに水を一杯飲んで玄関に立つと、ドアを開けて客の顔を見た。ところがリース会社どころか、よく知った顔である。

「――あれから、すぐ転職したのですか？」

「人聞きの悪いことを言うなよ」と『週刊リード』の冨樫が答えた。「君こそ、ひげぐらい剃ったらどうだい」

親父さんも焼きが回ったなと綸太郎は思った。リース会社のサービス・クルーとゴシップ誌の記者の見分けもつかないなんて。

「何の用です？　寝起きの取材なら部屋がちがいますよ。ぼくは芸能人じゃないんだから」

「そう邪険にしないでくれよ」昨日と同じジャケットから車のキーを取り出して、鼻先でこれ見よがしにちゃらちゃら振ってみせる。「一応、これを預かってるんだ。コーヒーの一杯ぐらいつき合えよ」

文句を言っても詮ない相手である。それにいずれにせよ、例の思わせぶりな「ハセガワサエコ」の件も聞いておかねばならない。

「じゃあ、このマンションの向かいの喫茶店で待っていてください。ひげを剃ってから行きますから」

『セント・アルフォンゾ』のコーヒーは油の浮いた泥水みたいな味がするので、ふだんなら敬遠する場所だが、この男には似合いの席だ。十五分後、綸太郎が店の扉をくぐると、冨樫はモーニング・セットのパンケーキに食らいついていた。その向かいに腰を下ろし、ジンジャーエールを頼んだ。

「朝から驚かせてすまないね」冨樫は心にもないことを言う。

「どうやってリース会社にもぐり込んだのですか」

「もぐり込んだわけじゃない。ぼくはたまたま君のマンションの前を歩いてただけさ。車を届けに来た奴が、ぼくのことを君と勘ちがいしたんだ」

「まさか」

「いや。道が混んでて、向こうが約束の時間に遅れたらしい。しきりに謝っていたし、実際あわてていたんだろう。ぼくが道まで出て待っていると思い込んだんじゃないかな。人ちがいですと言うのも相手に悪いし、せっかくだからぼくが代りに受取りのサインをしておいたよ」

「ぼくの名前で？」

うなずいた。

冨樫の話には省略された部分があるのだろう。お払い箱になったからといって、情報のあらゆるパイプが即座に断ち切られるわけではない。綸太郎が車の手配を頼んだことぐらい、その気になればすぐに調べ出せるし、最初からそのつもりで玄関先で待ち伏せていれば、搬車係を煙に巻くぐらいたやすいことだ。たまたま歩いていたなんて口実を真に受けるものか。とはいえ、この男にあれこれ言っても時間の無駄である。

「車は何です？」

「店の前に派手な車が駐めてあったろう。気がつかなかったか」

気づいてはいた。

「――真っ赤なアルファロメオ・スパイダー？」

「そうとも」冨樫は底意地の悪い笑みを浮かべた。「あれが君の車だ」

ちょっと勘弁してくれと言いたくなった。たぶん理事長の手の込んだいやがらせだ。趣味の問題は別としても、場合によっては目立つ車が行動の妨げになることもある。しかし、これればかりは冨樫を責めるわけにもいかない。話題を変えた。

「でも、あなたはもうこの事件から降ろされたんじゃないですか」

「――やはりそうか」冨樫はむっつりした言い方をした。「ぼくがいきなり追っ払われたのは、君が理事長に何かご注進に及んだせいだろう？」

「ええ。自分だったら、もっと気の利いた男を送っていただろうと言ってましたよ」

「ふん。あの気取り屋が言いそうなことだ」冨樫は鼻白んだ様子を見せた。

「水沢代議士の手先だったと認めるわけですね」

「うん。まあ、その点に関しては今さら否定しても始まらないか」冨樫はコップの水をすすった。口の中で氷のかけらをかみ砕く音がした。「自慢にもならないが、君と話すのもこれっきりだ。もううるさくつきまとったりはしないよ」

あっさり言ったが、本気とは取れなかった。

「じゃあ、例のありそうもない筋書きは？」

「選挙がらみの陰謀って奴かい。でたらめに決まってるだろう。議員の側近が半日で考え出した机上のフィクションだ」

ジャーナリストが聞いてあきれる。最初から眉唾だったとはいえ、それでも念のため、西村海絵に高橋という人物の消息を訊いてみるまでしたのだ。全くのでたらめでは立つ瀬がない。

「ひどい話ですね」

「言っておくけど、ぼくだって好きであんな役回りを引き受けたわけではないぜ。浮世のしがらみで、泣く泣く連中の言いなりになったんだ。週刊誌の契約記者が、金バッジの先生の命令にノーと言えるもんか」

愚痴っぽい言い回しも冨樫の口から出ると、共感を誘うポーズにしか見えない。たぶんあまりにも口先だけの言葉を操りすぎた後遺症なのだ。

「そうやって泣きごとを言うために、ぼくを引っぱり出したんですか」

「そうじゃない」冨樫は眼鏡を外して、目をこすった。「実は君に有用な情報を流してあげようと思ってね。あんな仕打ちを受けたお返しってわけじゃないが、めっきのマドンナを困らせるネタがある」

「どういうことです？」

「昨日、斉明女学院の駐車場に名刺を置いていったんだが、気づいてくれたかい？」

「ええ」綸太郎はシャツのポケットから、拾った名刺をテーブルの上に出した。「ハセガワサエコっていうのは、何者ですか」

「柊伸之の元フィアンセさ」

「元フィアンセ？」

冨樫はうなずいて、紙ナプキンに「長谷川冴子」と書いた。

「柊の大学の後輩で、二十九歳だ。六年前に婚約を解消して今は目黒の旅行代理店に勤めている。住まいは高円寺のマンションだ。これから彼女に会って話を聞くといい」名前の下に女の住所と簡単な地図を書き添えた。

「――何の話を？」

「柊のことに決まってるじゃないか。どうして婚約を破棄したか、その理由を訊くんだ。ただし上手に訊かないと、教えてくれないかもしれないぜ」

「もったいぶらずに、どういうことだか教えてくださいよ」

冨樫はとぼけるようにそっぽを向いた。

「そんなに口の軽い男と思われては困る。教えられるのは、女の居所までだ。その先どこまで探り出すことができるか、お手並み拝見といこう」

冨樫の言うことは相変らず身勝手で支離滅裂に聞こえるが、当人は筋が通っているつもりだろう。マスコミ人種に通底する発想かもしれない。

彼らは情報社会におけるマックスウェルの悪魔を気取っているのだ。二つの系の間に立って、両者を行き交う情報を自在に選別する実体のない権力のシンボルで、冨樫はその悪魔のミニチュア版というわけだ。

今になってわかった。彼はどんな系にも属していない。自分の特権を誇示するため、情報を転がしているだけなのだ。誰かの側につくこともその一部でしかない。裏切りも信義も意味を持たず、ただ肥大したエゴの自己宣伝があるのみだった。

14

冨樫との会話を切り上げ、アルファロメオをオープンにして重いクラッチをつなぎ、高円寺へ向かう。還七通りを北上して、青梅街道を左に折れた。冨樫の地図によれば、サンコーポ高円寺はＪＲ高円寺駅と丸ノ内線新高円寺駅の中ほどにある。実物は瀟洒《しょうしゃ》な造りの七階建マンションだった。

煉瓦のアーチをくぐり、エントランスの郵便受けを確かめた。三〇二号のボックスに、長谷川冴子の名前が記されている。手書きのきれいな文字だった。階段を上がって三〇二号室の前に立ち、ドアチャイムを鳴らした。

「どなたですか？」ドアを四十五度ばかり開けて女が顔を出し、目を細めて綸太郎の顔を見た。

しわの寄ったデニムのシャツを着るというより、肩に引っかけている感じだ。細口瓶のように首がすらっと長く、ソバージュ・ヘアの間から形のよい耳がのぞいた。すっきりと無駄のない顔だちだが、引きしまった唇と切れ長の目に少しつんけんした印象を受ける。頬の辺りがこころもち腫《は》れぼったい。

「法月と申します。長谷川冴子さんですね？」

「ええ。何の用ですか」

綸太郎は単刀直入に言った。

「柊伸之という方について、少しお話をうかがわせていただけませんか」

女の表情がみるみる険しくなる。口の中を切った時のように頬の内側で舌が動いた。柊の名前を声に出さずに繰り返したようだ。

「先日、彼が殺されたことはご存じですね？」

冴子は反射的にうなずいた。うなずいてから、もはや知らぬふりができないことに気がついた。

「――警察の方？」

「いいえ」綸太郎は先回りして付け加えた。「それにマスコミの取材でもありません。個人的な関わりで、彼の死の真相を調べている者です」

「帰ってください」やにわに女がはねつけるように言った。「これから出かけるところなんです」

しかし、それで終りというわけではなかった。出かけるというのはとっさに口にした嘘のようだ。彼女はドアを閉めようともせず、その場に立ちつくして、顔色をうかがうように綸太郎を見つめた。肩から下の筋肉が、目に見えない何かに魅入られたようにぎゅっと凝り固まっている。

「時間は取らせません。それにここにうかがった用件は、殺人事件とは直接に関係のない事柄です」

「あの人とはもう全然関係ありません。だいいち、何年も顔さえ見ていないんです。それにいま私には来春、結婚を約束している相手がいます。今さら厄介なことに巻き込まれたくありません」

冴子の口ぶりは本音というより、むしろ自分自身に対する説得のように響いた。もし、本当に話す気がないのなら、今すぐにでもドアを閉め、鍵をかけてしまえばいいはずである。

「決してご迷惑はおかけしません。それに最近、会っていないことは承知していま す。六年前に婚約を解消されたそうですね？」

「ええ」女はしぶしぶうなずいた。「でも、お互いに納得して決めたことです。人からとやかく言われる筋合いはありません」

「とやかく言うつもりはありません。ただ、どうして婚約を破棄せざるを得なかったか、あなたの口からその理由を訊きたいだけなんです」

不意に女の瞳が自分自身の中に沈み込んで、会話はふっつり途切れた。沈黙のうちに、長谷川冴子は綸太郎の提案に傾いてきているようだった。ただし希望的観測である。

隣りの部屋のドアが開いて、やはりＯＬ風の若い女が表に出てきた。こちらに気づいて、おはようございますと声をかけながら、詮索するような色を露骨に浮かべた。冴子も挨拶を返したが、ややぎこちない感じである。女は綸太郎にもお辞儀をすると、迷ったあげく何かを思い出したふりをして、また部屋の中へ戻っていった。

「――わかりました」隣りのドアがばたんと音を立てて閉まると、冴子が唐突に言った。「立ち話も何ですから、もっと落ち着いて話のできるところへ行きましょう。道路の向かいに喫茶店がありますから、そこで待っていてください」

返事をする間もなく、彼女は奥に引っ込んでしまった。綸太郎はドアを離れた。さっき富樫に言ったのと同じ台詞を聞かされたのがおかしかった。

サンコーポ高円寺の向かいの事務所ビルの一階が、『ブラック・ページ』という喫茶店になっている。アール・デコ調の店内に客の姿は見えず、頭の薄い店主がスチーヴン・プロザロウの『火と灰』を読んでいた。綸太郎はカウンターから一番離れた席に腰を下ろして、冴子を待った。

二十分ばかりたって、冴子が現われた。さっぱりした水玉模様のブラウスと、ブルーのタイトスカートに着替えている。こうして見るとなかなかスタイルのいい女で、自分でもそれをさりげなく意識しているようだった。左手の薬指にルビーのリングが光っていた。

「ずいぶん待ったでしょう」と彼女が言った。「来ないと思ったんじゃありませんか?」

「いいえ」

冴子はグレープフルーツ・ジュースを注文するとパウチからシガレットケースを出して、自分で煙草に火をつけた。虚勢を張ったしぐさではなく、ごく自然な物腰である。化粧のせいか表情のきついところがやわらいで、人が変わったような感じさえした。何かをふっきってきたような様子だった。

「——事件のことはどの程度ご存じですか」

「新聞で読んだだけです」

「詳しい事情を聞きたいですか?」

「いいえ、結構です。もうあの人のことに興味はないですから」煙草の吸口を指の間で転がした。青い煙の筋が不安定に揺れる。「本当を言うと、あの人が殺されたと知った時も、何の感興も湧きませんでした。ああ、今の私にとって、それぐらいどうでもいい存在になっていたんだなって、改めて実感したほどです。薄情な言い方に聞こえるかもしれませんが、本心だから仕方がありません。今さら昔のことを掘り出しに私を訪ねてくる人がいるなんて、思いもしませんでした」

「すみません」綸太郎は頭を下げた。「でも、柊先生のことであなたを煩わすのは、たぶんぼくで最後になると思います」

「そうだといいんですけど」一瞬、放心したような表情を見せた。

前置きはそれぐらいにして、用件に入る。

「彼と知り合ったのは大学時代ですね」

「私が一年後輩でした。大学のユースホステル同好会で一緒だったんです。一年の秋頃からつき合い始めて、そのままずっと——。よくある話ですけど彼が卒業する年には、親にも内緒でほとんど同棲に近い生活をしていました」

よくある話と言いながら、彼女にとっては幸せな時代だったのだろう。青い煙のヴェールに包まれて、瞳を刹那《せつな》にノスタルジックな輝きが通り過ぎていった。

「その頃から、将来結婚するという意志は固まっていたのですか?」

「ええ。私はそのつもりでした。口にはしませんでしたが、あの人も心を決めていたはずです」

冴子はふと気づいて、指の間でけぶっている煙草を灰皿につぶした。二本目は吸わない。軽く咳をした後にジュースで喉をうるおすと、話に集中した。

「伸之は文学部で、教員の資格を取るとすぐ斉明女学院に職を得ました。何でも親戚にコネがあったんだそうです。両親に彼を紹介して、正式に婚約という段になったのは、私が四年生になって間もない六月のことでした。

あの人は、私が卒業したらすぐに式を挙げて、生活を固めるつもりだったようです。でもせっかく大学で四年間勉強したことを無駄にしたくなくて、私はその年に旅行代理店に就職を決めました。伸之はそれが気に入らず、その頃は会う度に喧嘩ばかりしていたものです」

冴子の顔色が徐々に赤みを帯び始めた。無意識のうちに、別れた男のことをファーストネームで呼んでいる。

「それをきっかけにして、二人の間に溝が生じたのですか？」

「いいえ。その時は何とか彼を説得して、私の考えを理解してもらいました。当時はまだ、そんな小さなことで溝ができてしまうような私たちではありませんでした」

だが、彼女の声は歯切れが悪く、苦い悔恨の色にまみれていた。言葉とは裏腹に、責任の一端が自分の肩にかかっていたことを、今でもどこかで否定しきれずにいる証拠だった。

「それでも四月から勤め始めると、都内に住まなければならないという会社の方針があって、どうしても会う機会が少なくなるのはやむを得ませんでした。そんなこんなでいろいろ行きちがいはありましたが、私の方ではずっと仲之のことを大切に思っていましたし、いずれ仕事が落ち着いたら式を挙げていい奥さんになるつもりで少しずつ準備もしていました。ところが、寝耳に水のできごとが起こって、何もかもぶち壊しにしてしまったんです」

寝耳に水のできごとということが、綸太郎の記憶をまさぐった。『アポストロフィ』で今井望に聞いた話が脳裏によみがえる。

「彼が教え子に手を出したと疑いをかけられた騒動ですね」

冴子は唇を噛んだ。

「――ご存じでしたの」

「そういう噂があったことは聞いています」

「噂ではありませんでした」

やはり事実だったのか。女は目を伏せると、指先でタンブラーをなぞり始めた。心のうちを象形文字化しているようなしぐさである。短いため息をつき、顔を上げた。

「私が会社に勤めるようになって、二年目のことでした。彼は教員三年目で、最初のクラス担任を持った年でした。受け持ちのクラスに素行の悪い娘がいて、つい関係に至ってしまったそうです」

「ということは、彼はそのことをあなたに打ち明けたのですか？」

「ええ。言われてみると、思い当ることがないわけでもありませんでした。ちょうど自分の仕事が面白くなり始めた時期で、彼のことを邪険にしたことも度々ありましたから。それであの人にも、心の隙ができたのかもしれません」

努めて冷静を装っているような態度だが、淡々とした口ぶりがかえって同情を誘った。本人はしっかりしているつもりでも、傍目《はため》には危なっかしく、目を離せないような気にさせる女である。

「それを理由に、婚約を破棄したのですか？」

「いいえ」彼女はきっぱりと言った。「それだけなら、時間はかかってもきっと水に流したでしょう。話を聞くと、確かにその件に関しては彼ひとりを責められませんでした。それに何よりも私は、彼のことが真剣に好きで、失いたくなかったんです。おかしいでしょうか？」

倫太郎は首を振って、

「じゃあ、それ以外に決定的な何かがあったのですか？」

冴子は陰鬱に顔を歪めた。顔の骨格に滲み込んだ記憶の澱《おり》が、肌を通り抜けて表情に現れたようだった。自分でそれに気づいて、顔を隠すように半分そむけると、少しかすれたような声で答えた。

「そのことはきっかけにすぎませんでした。彼の弁明を聞いているうちに、他にも何か隠しごとをしているような気がして。それにどうも以前から、首をかしげるような高価な持ち物を身に着けていて、おかしいなと思うことはあったんです」

「高価な持ち物、ですか？」話の雲行きが少し変わりつつあるようだ。

「ええ。もっと不思議に思ったのは、騒ぎをめぐって学校側が彼に下した処遇の甘さでした。厳しい校風で知られる斉明女学院です。教師の不祥事となれば、懲戒免職もやむを得ないと思いませんか？」

「確かにそうです」

「話を聞いた時には、私もある程度の覚悟はしていました。現に相手の生徒は、自主退学という形で学校を追われているのです。ところが彼は、その点に関してはぜったい大丈夫、今の自分の首には心強い保険がかかっているんだと口を滑らせました」

「心強い保険？」

「ますます不審を覚えて、彼をしつこく問いつめました。私の中にも一種の胸騒ぎがあったのかもしれません。最後には向こうも開き直ったようで、洗いざらい白状しました。あの男は、斉明女学院の教師になって以来ずっと、理事長と体の関係を持ち続けていたんです」

「何ですって」倫太郎は思わず声を上げたが、同時にそのひとことで、いくつかの謎が解けることに気がついた。「――本当ですか？」

「彼自身がはっきり認めました」

冴子はタンブラーに手を伸ばし、残ったジュースを一息に飲み干した。ストローが頬の横をかすめて床に落ちたが、拾おうともしなかった。

「最初は理事長の方から持ちかけたそうです。きっと慢性的な欲求不満に悩まされていた女なんです」

昨日、理事長室で肌に感じた女の視線をありありと思い出すことができた。あの女丈夫に対する判断を改めて訂正する必要さえ感じなかった。

「しかし、彼は逆らわなかったのですか？」

「新任教師という立場上、断わりきれなかったと言いわけをしましたが、いいえ、恐らく彼の方にこそ水心があったにちがいないと思います。その証拠にそれ以来、二年以上にわたって、求めがある度に要求に応じていたんです。もちろん、私がにらんだ通り無償でそうしていたわけではありませんでした」

極端な言い方をすれば一種のツバメだが、同時に理事長の弱点をしっかり握った立場でもある。情交の事実が明らかになれば、理事長と学校の権威はいっぺんに失墜してしまうからだ。確かに斉明女学院に籍を置く教師として、これにまさる心強い保険はなかった。

「別れることを決心したのは、そのためですね？」

「そうです。あの時初めて、目からうろこが落ちる気がしました。教え子に手を出したことより、平気でそんな関係を続けていられる神経の方が私には耐えられませんでした。

一度きりの過ちなら、許すこともできます。でも打算を隠して嘘をつき続ける男に、自分の人生を委ねることはできません。その場で別れる決意を固めました。あの決断に関しては、今でも全然後悔していません。むしろ、あの男の素顔を知るのが遅すぎたと思うぐらいです」

確かに彼女は後悔していないように見えた。だが今の態度は、六年がかりでようやく築き上げてきたものなのだろう。たぶん彼女の六年間は、ただそのためだけに費やされてきたにちがいないと綸太郎は思った。

「柊はあなたの決断を素直に受け入れたのですか」

「ええ。あの人が気にかけたのは世間体のことだけで、その頃には私に対する気持ちも離れていたんです。それどころか、彼は責任を全部私に押しつけようとしました」

「というと？」

「すぐ結婚していれば、こんなことにはならなかったはずだと言うんです。あんな恥知らずな男だとは思いもしませんでした。百年の恋が冷めるなんて言いますけど、お互いにそれを地で行くような感じでした。裏切られて、初めて見えてくる部分というものは確かにあるんです。その後、必要があって三回ほどやむを得ず、同席することがありましたが、ろくすっぽ口も利かずに別れるありさまでした」

「それから一度も顔を合わせていないのですね？」

「ええ。いえ、一度だけ酔っ払って、家に電話をしてきたことがありました。別れてから一年ぐらいたっていたと思います。声を聞いただけで鳥肌が立って、電話を切りました。それが本当に最後です」

「その後、彼に関する噂を耳にしませんでしたか」

「いいえ」彼女はためらいがちに付け加えた。「まだ独身でいるとは思いませんでした」

「あなたと別れた後も、理事長との関係を続けていたと思いますか？」

冴子は強くうなずいた。

「きっとごく最近まで、性懲りもなく同じことをしていたでしょう。クビにされない限り、いつまでも続けるつもりでいたと思います。そういう生き方しかできない人間がいるものです」

話し始めた時と比べると、口ぶりにずいぶん変化があった。綸太郎はめまぐるしい感情のジェット・コースターに同乗させられたような気がした。

冴子は不意に自分の手に目を落とし、薬指にはめたリングをいとおしげになでた。来春、結婚を決めた相手がいると言っていた。どんな男か知らないが柊伸之よりはましな人間であることを、彼女の将来のために祈りたい気分だった。

15

環七を南下し、井の頭通りを原宿に向かう。車をカーポートに預け、ハンバーガーをあわただしく腹に詰め込んで、歩行者天国の方へ歩き出した。

日曜の午後ともなると舗道は人波であふれ返り、まだ日焼けの痕が残る肌を色とりどりの装いに包んで行き交う人々の流れが、息つく間もなくその彩りを変える巨大なモザイクのように路上を埋めつくしている。ほとんどが十代の若者、とりわけ目立つのが渋カジ・スタイルの女子中高生だ。

歩を進めるにしたがって、陽光の下は巨大な音のるつぼと化していった。全ての音を音符に直したら、おたまじゃくしの異常繁殖と見まがうかもしれない。道路の両側にはアマチュア・バンドがひしめき合って、その周りをびっしりと女の子が取り囲んでいる。夏休みが終ったことなど関係ない。空前のバンド・ブームを象徴する光景だった。

ギターケースを背負って、さっそうと通りを横切っていく少年たち。ボーイズ・ビー・シド・ヴィシャス！　路上にアンプとドラムセットを据え、マイクスタンドを並べると、いよいよストリート・ロックの実演ショーが始まる。限られたスペースをめぐる競争は熾烈《しれつ》なはずだ。夜明け前から機材を持ち込んで、やっと確保した貴重な縄張りにちがいない。

彼らのヘア・スタイルは千差万別だった。長髪、脱色、丸刈り、金髪、スキンヘッド、櫛《くし》の歯のように逆立てたり、マーク・ボランみたいな帽子をかぶったり。せめて音のスタイルも、あれぐらい変化に富んでいればいいのだが。

しかし群れ集う少女たちにとって、音楽のオリジナリティなど二の次らしい。性急なタテ乗りのビートに合わせて、身近な歌詞をうたう等身大のヒーローがいれば十分なのだ。ボーカリストの飛び散る汗が降りかかるほどの距離で、娘たちは跳びはね、首を振り、腕を差し伸べ、叫び、こぶしを突き上げる。コンビニエンス世代のカルト宗教そのものだ。

演奏が終ると、ロックンロールの伝道師は声高に叫ぶ。ヘイ、エヴリバディ！　オレたちのビシバシの新曲が入ったテープを買ってくれ。イェーイ、信者たちは競って財布を開け、なけなしの小遣いをカセットテープと交換し、ライヴハウスのチケットが飛ぶようにさばけていく。

ロックは死んだ。パンクの幻想も風化して、ビジネスだけが残った。だが、ビートは止まらない。レミングの群れのように、虚無に向かって突き進んでいく。ＯＫ、イアン。次のコードは何だ？

道行く少女たちの中で比較的、話の通じそうな娘を選んで、レプリカントというバンドを知らないか尋ねてみたが、実のある答は返ってこない。松田卓也の所属するバンドは、まだまだ無名のようだ。相手によっては、逆に「レプリカント？　ねえ、それっていま流行ってんの」などと問い返される始末である。どうも見通しが甘すぎたようだ。

三十分ほど人混みの間をそうやって行き来していると、いきなり誰かに背中をたたかれた。振り向くと、亀の子タワシみたいな髪を黄色く染め、ありったけの絵の具をぶちまけたようなTシャツを着たパンクスの少年が突っ立っている。

「レプリカントに用があるって、あんたかい？」

綸太郎がうなずくと、にやっと唇を歪めた。

「オレはコージってんだ。垢なめのリーダーで、この辺じゃちょっとは顔の知れた男だぜ」

「あかなめ？」

「オレたちのバンドの名前だよ。妖怪垢なめ。覚えときな」ストーンズのトレードマーク、から着想したネーミングなのだろうが、あまりいいセンスとは思えない。「レプリカントの奴らとは同じ場所でライヴ演《や》ってる。案内してやるから、ついてきなよ」

垢なめのコージはくるっと踵《かかと》を回すと、慣れた足取りで人混みをかき分けていく。

見かけに似合わず気のいい少年のようだ。綸太郎は彼に従った。

「ねえ、あんた」道すがら、コージが尋ねた。「もしかして、レコード会社のスカウトじゃないか」

「いや」

「じゃあ、芸能プロのマネージャー？」

「ちがうよ」

コージが足を止めた。

「だったらあんた、レプリカントに何の用だよ」

「松田卓也って子がいるだろう？　知らないか」

「タクヤなら、オレのダチさ。するとあんた、あいつのギターを引き抜くつもりか？」

「そうじゃない。ちょっと彼に話があるんだが、バンドのこととは関係ないんだ」

「へえ」この世にバンドと関係ないことがあるものかというような、腑に落ちない顔をした。

まあ、無理もないことかもしれない。綸太郎のような普通の格好の人間がバンドを捜して歩けば、プロのスカウトとまちがえられても仕方がない。実際大手レコード会社によるアマチュア・バンドの青田刈りが、さかんに行なわれているご時世だ。

さらに五十メートルほど歩くと、舗道の縁に二十人ばかりの少女が半円形の人垣を作っているグループにぶつかった。コージが振り向いてここだぜと告げると、とつぜん人垣から歓声が上がった。

「ちょうどよかった」とコージが言った。「今からレプリカントの演奏が始まるところだ。あんたも聴いていきなよ」

綸太郎は人垣の前に出た。レプリカントの四人は思い思いの格好で、音のバランスをチェックしている。チューニングに余念のないギタリストの横顔に見覚えがあることに気づいた。昨日、公園のベンチに坐っているところを見かけた少年である。同じスライ&ザ・ファミリー・ストーンのTシャツを着ているからまちがいなかった。

「あいつがタクヤだ」コージが耳元で言った。

レプリカントの演奏が始まった。レザー・ベストのボーカリストがぴょんぴょん跳びはねながら、歌詞をがなり立てる。リズム・セクションはそこにいることがわかる程度のものだ。そして荒っぽい金切り声のフレーズを際限なく吐き出し続けるギター。

どのナンバーも典型的なビート・パンクで、曲の構成といい、詞の内容といい、ブルーハーツやジュンスカの影響が顕著だった。おおむね二番煎《せん》じで、インパクトに欠ける。

管理教育に対する月並みな抗議の歌を何曲か聴かされた後で、バンドはいきなり山本リンダの古いヒット・メドレーを演奏し始めた。娘たちも一緒に声を張り上げて歌っている。理解できない。どうしてこんな歌を知っているのだ？

演奏が終ると、四人はさっさと舗道の後ろへ退いていった。垢なめのコージがすかさず卓也に駆け寄り、肩をつかんで何か言った。こちらを指差している。綸太郎は近づいていった。

「話があるって？」と卓也が言った。ぶっきらぼうを絵に描いたような態度だ。汗でTシャツが肌に貼りついている。

「——君とは初対面じゃない」自分の名を名乗った後にそう付け加えた。「昨日の二時半頃、あざみ台下の公園にいただろう？」

「何の用です」額にしわを寄せ、綸太郎をひたと見つめて尋ねる。語尾に逡巡が含まれていた。

「西村頼子という娘を知っているね。彼女のことで君に話がある。少しつき合ってくれないか」

少年は長靴を飲み込んだような顔をした。だが爪先で地面の土を蹴るばかりで、返事をしない。綸太郎は『クローサー』のテープを差し出した。

「彼女の部屋で見つけたんだ。君のだろう？」

受け取ったカセットを手の中で二、三度はずませると、卓也はふうっと息をついた。顔を上げ、西村頼子を知っていることを認めた。

「向こうで話そう」

誰もいない木陰を指して歩き出すと、卓也は特に逆らう態度でもなくついてきた。もっと拒絶反応も予想していたのだが。足を止めて向き合うと、卓也が強がった口ぶりで訊いた。

「刑事なら、警察手帳を見せてよ」

「いや。頼まれて事件を調べているけど、警察とは関係ない。本業は小説家だ」

「――見えないな」と卓也が言った。綸太郎が肩をすくめると、少年の態度は少し落ち着いた。

「河野理恵という娘から君のことを聞いたよ。去年の夏まで、頼子さんとつき合っていたそうだね」

「ああ」卓也は腕を組むと、天を仰ぐように体をそらした。「でも、最近は会ってなかったよ」

「そうか。ところで、君の血液型は？」

「何だって」あごをぎゅっと引き絞った。

「君の血液型を尋ねたんだ。すまないが文句は後にして、それだけ答えてくれないか」

「――A型だけど」

「なら、いい」綸太郎は卓也の肩をたたいた。「悪かった。疑っていたわけじゃないが、君自身のためにはっきりさせておく必要があってね。ここだけの話だが、君が頼子さんを妊娠させたと信じたがっている連中がいるんだ」

「あり得ないよ」厳しく締めつけるような目で綸太郎を見た。「誰がそんなことを」

「斉明女学院の理事長と教師たちだ」

「――ひどい連中だ」卓也は急に黙り込んだ。

「頼子さんについて訊きたい。君たちが再会したのは、去年の五月だったそうだね」

うなずいて、重い口を開いた。

「クラス会があってさ。小学校の卒業式以来だった」

「彼女と意気投合したきっかけは？」

「それがよくわかんないんだ。最初はただ隣りに坐っただけで、何の話をしたっけな――」視線がすっと遠くなった。「そうだ、オレが親父の悪口を言い始めると、西村が急に身を入れて話を聞き出した」

「君のお父さんの悪口？」

「うん。かっこわるい話だけど、ちょうどその頃、親父が外に女を作って、家に帰ってこなくなったんだ。そのことで家の中がめちゃめちゃになってた。もう今はオレもあきらめてるから言わないけど、その時はどこに行っても、誰と会ってもそういう話をしてた、大人は身勝手だとかそんなことさ」

家庭の事情《イッツ・ア・ファミリー・アフェアー》というやつだ――スライ＆ザ・ファミリー・ストーン、一九七一年。

少年の口調には弾みがつき始めていた。思い出が自らの重さによって否応なく加速していくように。

「そうしたら、西村が何のかんのとオレに説教するんだよ。普通はそういう説教って押しつけがましくて、放っといてくれって言いたくなるもんだけど、あの時のあいつはちがったな。単なる同情じゃなくて、何ていうか、言ってることに変なリアリティがあって、思わず納得しちゃうんだ。たぶんあいつもあいつなりの悩みを抱えてたんだと思う。それでオレの愚痴にシンクロしちゃったんじゃないかな」

「それでつき合うようになったのかね？」と綸太郎が言った。

「つき合うっていうのとはちがうと思う」少し考えてから、卓也が答えた。「いや、オレの方は最初そんな気が全然なかったわけじゃない。だって西村は、何ていうか、好きになれそうな子だったからさ。このテープだってかなり考えて贈ったんだ、愚痴を聞いてくれたお礼って言ったら目を丸くされたけど。一番好きなオレの魂みたいなレコードなんだ。これを聴くといつも自分の中にカタルシスを感じるよ。でもボーカリストが死んじゃったんだ」

「イアン・カーティスだろう。知っているよ」

「だったら、わかってくれるかな。オレが結構真剣につき合うつもりでいたことも。でもいくらこっちがその気だって、向こうにそんな気持ちがなかったら、どうしようもないもんな。オレたちキスしたこともなかったよ」

最後のひとことは目が靴の爪先を見つめていた。ギターを弾く姿からは予想もできないナイーブな心の持ち主らしい。不意に我に返って、ばつの悪そうな顔をした。

「——だけどオレどうしたんだろう？　初めて会った人にこんな話をしてしまうなんて」

「言いたいことを全部吐き出せばいいさ」

　綸太郎は公園で見た少年のうつろな視線を思い出しながら言った。ここにも少女の死によって深手を受けた者がいる。まだ当人は若さゆえ、その傷の深さを測りかねているようだが。

「言い回しは別として、実際、君たちはどんなふうにつき合っていたんだ？」

「学校がちがうから、会えるのは週末だけだった。電話はかけないようにしたよ、あいつの家族が気にするといけないから。だから向こうからかけてこない限り、いつどこでってのは決められなくて、オレとしてはじっと待ってるしかなかったんだ。で、電話がかかってきて、日曜の朝十時に渋谷のプライムでって具合に約束して、当日はそっちで落ち合う。家の近所で一緒にいると、西村が落ち着かないんだ。ほら、あいつの学校は男女交際とかうるさいから。それで会ってコーヒー飲んだりしながら、何ていうのかな、あいつの人生論を聞くのさ」

「それで？」

「それだけだよ」ぽつりと言った。

「そんなんで面白いのか？」

　卓也は両手をだらりと下げて、何となく辺りを見回した。それから、夜が明けていくように彼の唇がゆっくりめくれ上がった。

「――オレは、それでよかったよ。面白いかどうかは別にしてもさ。あいつの顔を見てるだけで気が休まるし、それに西村は堅苦しい話ばっかりしてたわけじゃない。読んだ本の話とかずいぶん聞かされたけど、それはそれで退屈はしなかった。

そうかと思えば、いきなりあいつから言い出して、電車に乗って郊外のへんぴな駅で降りてさ、日が暮れるまで河原に黙って坐ってたりとか。あんまり喋らないんで、何しに来たんだって訊くと、鳥を見ているのって」

「好きだったんだ、鳥を見るのが」

「それは知ってる。でも変なんだ。だって西村は猫を飼ってたんだぜ。どうして鳥の好きな奴が猫を可愛がるんだよ？　おかしいじゃないか。鳥を見るのが好きなら、猫なんかじゃなしに小鳥を飼ってればいいのに」

上げ潮のようなものが唐突に表情に満ちてきて、卓也は絶句した。死んだ少女の確固たるイメージが彼の唇から言葉を奪ってしまったようだった。かよわい鳥に目を注ぐやさしさと、暗がりで爪を研ぐ猫の攻撃性を愛でる心理は決して矛盾しないと綸太郎は思った。十七歳の娘の内部では、それらが立派に共存し得るのだ。

綸太郎は話題を変えた。

「彼女の方は、どういうつもりで君と会っていたのだろう？　そもそも本当に、君のことを好きではなかったと断言できるものかい」

　少年は頬をすぼめると、上半身を振り子のように左右に揺すった。顔つきが急に大人っぽくなった。

「そんなことわかんないよ。でも西村と何度も会っているうちに、ふと思ったことはある。あいつはオレに説教するふりをしながら、同じことを自分自身に言い聞かせていたんじゃないかって」

「自分自身に？」

「変な言い方だけどさ。確かに最初は家のゴタゴタで落ち込んでたオレのことを、西村が元気づけてくれてたような気がするよ。オレもずいぶんあいつにつまらない愚痴を聞かせて、それでかなり救われたところもあったからさ。でも、ある時ふっと気づいた。どんなに親切で他人のことを放っておけない奴でも、同情には限度があるはずだ。あいつがオレを気にするのは、オレの中に自分の姿を見てるからじゃないのかって。こんな言い方でわかるかな」

　綸太郎はうなずいて、先を促した。

「さっきも言ったけど、西村がオレ同様、何か悩みを抱えてるんじゃないかってことは、うすうす感づいてた。それで夏休みになって、八月の半ばかな、いつもオレの愚痴ばっかり聞かせてもしょうがないから、おまえこそ悩みはないのかって訊いたことがある」

「それで？」

「あいつはびっくりしてた。むきになって悩みなんてないって言い張るんだ。それで話が途切れたんだけど、しばらくして西村は自分の母親のことを話し始めた。あいつのお母さんが、体が不自由なことはオレも知ってた。そのことがあいつの心の中ではかなり負担になっていたらしい。得体の知れない罪悪感が、西村の心に取り憑いてるみたいだった」

「罪悪感だって」言葉はちがうが、森村妙子が同じようなことを言っていたのを思い出した。

「うん。西村自身どうしてそんな感じにつきまとわれるか、わかってないみたいだった。ただ時々、すごくひとりぼっちな気分に襲われることがあると言ってたっけ。あいにくそれ以上は打ち明けてくれなかったけど。でもあいつがオレにこだわったのは、そこらへんとも関係があったみたいなんだ」

「そこらへんというと？」

卓也は的確な言葉を求めるように、広げた指で胸の前の空気を掻き寄せた。

「――親子関係っていうか、うまく言えないけど、父親のこととかさ。西村はオレと親父のいさかいをまるで自分の身に起こったように受け止めてた。あいつの親父さんのことはよく知らないけど、もしかしたら仲が悪かったのかもしれないな」

「いや、逆だよ」と綸太郎は言った。「父親は娘を誰よりも可愛がっていた」

「じゃあ、オレの思いすごしだね。とにかくそんなことがあって次に会った時、西村に言ったんだ。お母さんの体が悪いのはおまえのせいじゃないんだから、くよくよ考えても仕方ないぜって。あいつは何か変な顔して帰ってしまった。その時からだよ、西村がオレと会うのをやめてしまったのは」

理恵の話と食いちがっていることに気づいて、綸太郎は卓也をさえぎった。

「君たちの間が切れたのは、君がバンドの練習に力を入れ始めたからじゃなかったのか」

「誰が言ったか知らないけど、そうじゃないんだ。バンドよりも、西村が会いたいって言えば、そっちを優先したよ。こっちに熱を入れたのはあいつがオレに知らん顔をするようになってからさ。いや、知らん顔っていうのはちょっとちがう。むしろ他に興味が移ってしまったって感じかな」

「例えば、誰か好きな男ができたとか」

「柊っていう教師のことかい」露骨に顔をしかめ、汚物を吐き捨てるようにその名を口にした。憎んでいるのだ。「それもどうかな。ただそれとは別に、前からひとつ引っかかってることがあるんだけど」

「というと？」

「去年の十月の日曜に、渋谷の街で西村が中年の男と歩いているのと鉢合わせしたんだ。五十代の後半で、すり切れた背広を着てた。地方から出てきた感じで、西村とはちぐはぐな二人連れだった。

名前を呼んだら、西村はオレに気づいて少しうろたえたようだった。男の方はそうでもなかったな。誰なのかって西村に訊いたら、親父さんの友達だって答えた。妙な取り合せだなとは思ったけど、男の態度は自然だったし、うろたえたのもオレのせいだろうと思って、そのまま別れたんだ」

「お父さんの友達？　名前を訊かなかったかい」

「待ってよ。向こうが名乗ったような気がする。確か——」目を閉じて思い出そうとしている。

「高橋というんじゃないか」と綸太郎が先回りして言った。

「ちがう」ぱっと目を開けた。「イガ何とか、ああイガラシだ。イガラシですって、男が頭を下げたことを覚えてる」

イガラシ。初めて耳にする名前である。いったい何者なのだ？

16

アルファロメオを出しにカーポートへ戻る。ゆっくりと時間をかけて歩きながら、卓也の目撃談をどう解すればいいか考えていた。

イガラシという中年の男。父親の友達という曖昧な答には、何となくごまかしの匂いがした。だいいち西村悠史とは、年齢にだいぶ開きがある。ひょっとすると彼女には、真実の関係を明らかにできない事情があったのではないか？

想像をたくましくすれば、死んだ娘が売春めいたことをしていた可能性もある。渋谷なら、円山町のホテル街が目と鼻の先だ。現に彼女は、今年の五月に妊娠していた。それが最初の性体験だったという確証はどこにもない。それどころか街で知り合った名もない男が、彼女を妊娠させたかもしれないのだ。もしそうした事実があったなら、この事件のアウトラインそのものが崩れてしまう――。

いや、これはだめだ。想像自体に根拠のない飛躍がありすぎる。そそっかしい思い込みに、屋上屋を架すような考えだ。

そもそも「イガラシ」が彼女の年長の愛人だったなら、卓也がその場で気づいたはずである。話してわかったが、彼はそれほど鈍い少年ではない。背伸びした不純な性の匂いをかぎつければ、そのまま二人を行かせたりはしないだろう。

綸太郎は憶測に流れがちになる自分を戒めた。今は「イガラシ」と称する謎の人物について、恣意的な判断を下すべき時期ではない。なにしろその男のことは、この事件との関連の有無を含めて、まだ何ひとつわかっていないのだから。

まず「イガラシ」と称する男の正体を特定することが先決だろう。手がかりは多くないが、とりあえず西村頼子の言葉を信じて当たってみるしかなさそうだ。父親の友達。西村悠史の周囲に「イガラシ」に該当する人物がいないか確かめる。仮に彼女が嘘をついていた場合でも、それがわかるだけで前進である。

この後、高田青年と都内のホテルで会う約束をしているが、まだその時刻までかなり余裕があった。アルファロメオを受け取ると、二四六号線を西に向かって走らせた。目的地は西村悠史の家である。

西村家の玄関に立ったのは三時前だった。ブザーに応えて、森村妙子がドアを開けた。綸太郎の顔を見ると、気安さと当惑がないまぜになったような表情を浮かべた。

「いきなりお邪魔してすみません」綸太郎は頭を下げた。

「何かあったのですか？」

「奥さんに尋ねたいことがあって来ました」

「とりあえず、お上がりください」と妙子が言った。今日はボタンがずらりと並んだベージュのワンピース姿で、髪をアップにまとめている。

昨日のようにまっすぐ病室に通されるかと思いきや、縁側を介して庭に面した洋室に案内された。ドアを開けた時、しばらく人の出入りがなかった空間特有の、それ自体が意志を持つようにひっそりとたたずむ空気に迎えられた。調度類を見ると、もともと客間として使われていた部屋らしい。

「お会いになるか、奥さんに訊いてきます」

綸太郎がうなずくと、妙子は出ていった。ほどなく戻ってきたが、すまなそうに告げた。

「申しわけありません。今日は誰ともお会いになりたくないそうです。実は今朝から、気分がすぐれないとおっしゃって」

「体の具合が悪いんですか？」

「いいえ。たぶん精神的な疲れがたまっていたせいでしょう。軽い自律神経の失調だと思います。しっかりしているところを見せようと、昨日も無理をしていたようです。わたしも気づかなかったのですが」自責の念が磁力のように、彼女の両腕を体の前に吸い寄せた。

「すみません」と綸太郎は言った。確かに無神経だったかもしれない。「ぼくのせいですね？　昨日お訊きしたことが――」

妙子は首を振った。

「昨日のことに限りません。もっと前から、さまざまな心労が重なっていたはずです。とりわけ教授がなかなか意識を回復しないことで、奥さんがどれだけ心を痛めているか。もっともこればかりは、わたしにもどうしようもありませんけど。でも、奥さんはあなたが気を悪くされないかと心配していました」

「いや。突然押しかけたぼくが無神経でした。また日を改めておうかがいします」

席を立とうとすると、妙子が控え目なしぐさで綸太郎をとどまらせた。

「あの、どういうご用件でしたの。もしよかったらわたしの口から奥さんに尋ねてみましょうか？」

「かまいませんか」

「神経にさわらない、簡単な質問だけですよ」

「では、お願いします」と綸太郎は言った。「西村教授の知り合いで、イガラシという名前の方がいないか知りたいのですが」

妙子は自分の記憶を探る短い間、指の背を唇に押しつけていた。

「――わたしの知っている範囲では、そういう名前は聞いたことはないですね。古いお友達かもしれません。でも、どうしてそんなことを？」

綸太郎は少し考え、卓也の目撃談を要約して打ち明けることにした。ただし卓也の名前は出さず、学校の友達から聞き出したように話を潤色したが。

「渋谷で、中年の男の人と？」話を聞き終ると、妙子は紙で作った模型の鳥のように表情をこわばらせた。「頼子ちゃんらしくないことだわ」

だが、彼女はらしくない死に方をしたのだ。

妙子はしばらく待つように告げると、綸太郎を残して部屋を出ていった。とりあえず、夫人には「イガラシ」という名前だけ訊いてみるという。それ以外のことは神経を刺激するといけないから、黙っておきますとのことだった。

ひとり待たされている間、飾り棚の上に伏せられた写真立てに目が行った。何となく気になり、取り上げて表の写真を見た。

古びた家族写真だった。褪《あ》せた色彩が年月の経過を物語っている。雰囲気はずいぶん変わっていたが、この家の庭先で写されたものだ。季節は春である。背景には楡《にれ》の木があって、緑の若葉が伸び始めていた。この木も今はない。その幹の前に若い西村家の家族が立っている。一目見て、十四年前の写真であることがわかった。

　西村悠史は未来を無条件に信じる青年の面影を残している。この時、三十二歳だったはずだ。ワイシャツのボタンを喉まで留め、背筋をぴんと伸ばしている。手編みらしい毛糸のベストを着ていた。

　彼の右隣りに身重の妻の姿があった。マタニティ・ウェアのお腹のふくらみがかなり目立っているから、事故の直前に撮ったのだろう。夫の腕がいたわるように彼女の肩と肘を抱いている。現在よりもずっとふっくらとした顔つきで、血色もよく、優しく穏やかな笑みを満面にたたえていた。

　そして、まだ幼い西村頼子の姿があった。髪はおかっぱで、ひらひらしたレースの衿のついたピンクのワンピースが似合っている。年は三つのはずだ。両手で父親の右腕にぶら下がって、赤い靴の爪先で立っていた。薔薇色のほっぺたが微笑んでいる。今にもくすくす笑う声が聞こえてきそうな笑顔だった。

　三人とも幸福に満ちあふれた表情だった。写真の中の三人は、将来もこれと同じ幸せが続くことをいささかも疑っていないように見えた。

だが、実際はそうでなかった。苛酷な運命はこの直後に八ヵ月の長男を奪い、西村海絵の体の自由を奪い、そして十四年の歳月を経た後、今度はひとり娘の生命を奪い去ったのだ。

写真を見ていると、西村悠史の行動が理解できなくもないような気がしてきた。彼は斉明女学院や、柊伸之に対して復讐を決行したというより、容赦ない運命に果敢な反抗を挑もうとしたのではないだろうか。

「みんないい方ばかりなのに。どうしてこんなひどいことばかり起こるんでしょうね」

気づかないうちに森村妙子が後ろに立って、肩口から写真をのぞき込んでいた。綸太郎は写真を飾り棚の上に伏せないで戻すと、姿勢を正して尋ねた。

「どうでした？」

妙子は目を伏せ、しおらしく首を振った。場ちがいな感想だが、そういうしぐさが絵になる女性である。

「奥さんはそういう名前の方に心当たりはないそうです」

「そうですか」

夫人の答に期待をかけていたが、知らないという返事では仕方がない。「イガラシ」の追及は一時、棚上げにせざるを得ないようだ。

ずいぶん落胆したように見えたのだろう、妙子が見かねて言葉をかけた。

「もう一度、頼子さんの部屋を調べてみます？　名前の心覚えか何かが見つかるかもしれません」

「いや、それには及びません」

好意に甘えすぎるのはよくないと思ったのだ。もともと彼はこの家にとって招かれざる客である。

それに部屋を調べても収穫はないだろう。「イガラシ」につながる手がかりが残っているなら、当然先に西村悠史が発見しているはずだった。

「ごめんなさい、お役に立てなくて」悪いと思っているらしく、妙子は別の話題を振った。「そういえば夕べ、矢島邦子さんがここに見えましたけど」

「矢島さんが？」

妙子はうなずいてから、しまったというようなしぐさをした。自分で持ち出しておきながら、困ったような顔をしている。

「彼女、あなたのことで、ずいぶん神経をとがらせているみたいですね」と綸太郎に言った。「あなたに心を許してはいけないと、奥さんに——」

婉曲《えんきょく》な言い回しだが、妙子の表情はもっと強いニュアンスを伝えようとしていた。「斉明女学院の回し者」という決まり文句も出たにちがいない。どうやら矢島邦子には、よほど毛嫌いされているようだ。

「病院でちょっと話しただけですが」

「そうですってね。きっと誤解しているんです、あなたのことを。普段はとてもいい方なんです」妙子にとっては、この家に関わる人間全てが、いい方なのだ。「落ち着いて話す機会さえあれば、誤解も解けるんじゃないかしら」

「そうだといいんですがね」綸太郎は悲観的に言った。

「でも、気になさらないで」間髪を入れず、妙子がとりなすように付け加えた。「奥さんは昨日のやり取りであなたの人柄を信頼していますから。今日お会いにならなかったのは、決して邦子さんのせいではありません」

綸太郎が気にしないと答えると、妙子は安心したようである。それで話を切り上げ、部屋を辞した。

外に出た。さっき写真を見たせいだろう。綸太郎は足を止め、庭を見渡した。緑のコスモスの葉の重なりがいっせいに風に揺れた。十四年前、三人はこのコスモスの植え込みの前のところに並んで、カメラのレンズに微笑みかけたのだ。

昨日立ち寄った時には見過ごしていたものに気づいた。その辺りの土が、最近誰かの手で掘り起こされたように盛り上がっている。綸太郎はしゃがみ込んで地面を調べた。

土はまだ固くなっていなくて、素手で掘り返すことができた。

腐乱した猫の死骸が埋まっていた。

17

気づかれないように死骸を埋め直し、車に引き返して運転席に坐った。汚れた手を拭いて腕を組み、自分が掘り出したものについて考える。今までは想像の域を出なかった疑いが、一挙に具体性を帯び始めた。

エンジンをかけ、西村悠史の家を離れた。これから都心にUターンだ。五時に高輪《たかなわ》のホテルのロビーで、高田青年と会う約束をしている。彼とは腹蔵なく話し合うつもりだが、その結論を考えるといささか気が重い。

アルファロメオのエグゾースト・ノートにもそろそろ飽きてきたところだった。何の気なしにグローブボックスに手を入れると、前のドライバーが忘れていったのかカセットテープが出てきた。カーステレオのデッキに落とすと、意外にもドアーズの曲が流れてきた。

『ジ・エンド』だ。ジム・モリスンの詠唱する声が風に溶け込んでいく。

いにしえの荒野に傷だらけで取り残されて
子供たちはみんな気が狂ってしまった
そして　正気を失った子供たちは
夕立ちが来るのを待っている

多摩川を過ぎた辺りから、後ろを走るスカイラインの存在が気になってきた。ルームミラーに何度も見え隠れする距離の取り方がわざとらしい。どうやら尾行されているようだった。

フロントシートに男が二人坐っているから、冨樫とは考えられない。斉明女学院の理事長がもっと気の利いた人間を送ってきたのか？　しかし、その可能性は薄いような気がした。

まいてやろうかと思ったが、自分の腕を考えるとちと苦しい。アルファロメオでカーチェイスをやったら絵になるだろうが、この渋滞の中で車をコントロールする余地はなかった。おまけに左ハンドルはこれが初めてなのだ。尾行に気づかないふりをして、相手の出方をうかがった方が賢明だという結論に達した。

ホテルに着いて、車を駐車場に預けた。約束の五時に五分前である。エントランスの回転ドアを通り抜け、高い吹き抜けのロビーを見渡すとフロントに近いソファに高田が坐っていた。学会誌の編集会議の後ということで、紺のブレザーにネクタイという改まった格好をしている。向こうも綸太郎の姿を認めて席から腰を上げた。

その時である。いきなり背後から、ロック・クライマー顔負けの握力で肩をつかまれた。振り向くと、絹のシャツにとびきりゴージャスなネクタイを締めた電話ボックスみたいな巨漢が、チョークを並べたような白い歯をむき出して微笑んでいる。

もうひとり背中をたたく者がいた。電話ボックスの歯から目を離して恐る恐る顔を戻すと、イタリア製のスーツを着こなした投資コンサルタント風の男が立っていた。『アメリカの友人』のデニス・ホッパーに似ている。縁日で売っている巻き笛みたいなひゅるひゅるした声で話しかけた。

「法月綸太郎さんですね？　これから、私たちと一緒に来ていただけませんか」

「人ちがいですよ」とっさに応じた。「そんな時代劇みたいな名前は知りません」

「人ちがいでも結構。我々のボスがあなたと話したがっています。こんなところで騒ぎを起こしたくはありません。おとなしく言う通りにしてくださいよ、法月さん」

「困ったな」

肩をすくめようとしたが、電話ボックスにがっちり押さえられて思うにまかせない。高田青年はロビーの途中で足を止め、まごついた顔でこっちを見ている。これ以上近づくなと目で彼に合図した。

「悪いけど、これから美人の彼女と食事の約束があるんです」とデニス・ホッパーに言った。「それをすませてからにしてもらえないかな」

「それはあいにくですな。というのも我々のボスは忙しい人で、分刻みのスケジュールで生活しておいでだ。あなたと話せる時間は今しか取れないのですよ。ですから、ガールフレンドとの約束より、我々の方を優先していただけませんか」

「あんた方のボスとは誰です」その時、ふっと頭をよぎった考えがあった。「そうか、わかったよ。最近のマスコミはずいぶん芝居がかった出演交渉をするんだね。おたくたちは、どこのテレビ局です？」

二人組は顔を見合わせた。今の質問で気分を害した様子である。デニス・ホッパーがかぶりを振って綸太郎に目を戻した。

「テレビ局とは参りましたね。でも、先生の前では絶対にそんな口を利かないでください。大のマスコミ嫌いですから」

「――先生？」

訊き返すと、デニス・ホッパーが意味ありげにうなずいてみせた。ということはこの二人、やはり冨樫の後任として差し向けられたのか？

「今度は水沢代議士から、じきじきのお呼出しということですか」

二人組はまた顔を見合わせた。電話ボックスの歯の間から鳩が鳴くような笑いが洩れる。的外れなことを言ったらしいが、他には分刻みのスケジュールに追われる先生の心当たりなどなかった。この道化コンビの登場は、全くもって理解不能だ。

「どうも誤解されているようですな」デニス・ホッパーが改めて言った。「しかしいちいち説明している時間はありません。とにかく一緒に来てもらいましょう。今のところ、危害を加える意図はありませんから」

デニス・ホッパーが相棒に目配せする。電話ボックスが応えてウィンクをした。婉曲な脅しである。ついてこないと、ひどい目に遭わすぞという含みなのだ。もちろん衆人環視のロビーで何ができるわけでもなかろうが、後難の虞《おそれ》というものがある。車を追突されるとか、郵便で爆弾を送りつけられるとかこの先そういう危険が待っているかもしれない。

だが、むしろそれ以上に彼らのボスなる人物に対して興味が湧いていた。ひょっとして「イガラシ」からの招待かもしれないと思ったのだ。もちろん何の根拠もない、やみくもな妄想なのだが。

「――仕方ありませんね」

「最初からそう言えばいいんです」とデニス・ホッパーが言った。この男はゲイではないかと、その時不意に思い当る。彼が指を鳴らすと、やっと電話ボックスが肩から手をどけた。

その場で回れ右をしてドアに向かう。結果的に高田青年をすっぽかしてしまうことになるが、ここで声をかけてトラブルに巻き込むわけにもいかない。生きて戻れたら謝ろうと思った。希望的観測が混じっている。

二人にはさまれて外に出た。案の定、少し先の路上に見覚えのあるスカイラインが違法駐車してある。デニス・ホッパーが運転席に坐り、綸太郎は電話ボックスと一緒に後部シートに押し込まれた。

デニス・ホッパーは古川橋から明治通りに車を入れた。運転ぶりはエレガントで、渋滞を苦にするふうもない。ペパーミントガムを噛みながら、無駄口ひとつたたたかず、ハンドルを握っている。

一方、電話ボックスはポケットから輪にした紐を取り出すと、退屈しのぎにあやとりを始めた。子供がやるような単純なものではない。複雑で高度なテクニックを駆使して、予想もしないパターンを作り上げていく。武骨な指の形に似合わず、その動きは繊細かつ優雅であった。いつしか綸太郎は、もの言わぬ電話ボックスの指先の技量に見とれていた。

スカイラインは新宿も通り過ぎた。デニス・ホッパーは池袋方面を目指しているようだ。

サンシャイン通りに面したビルの前で車が止まり、降りるように促された。会員制のフィットネス・クラブがテナントを占めるビルである。入口には警備員らしき男の姿があった。ものものしいその態度を見ると、相当ハイクラスのクラブらしい。下々の者が気軽に出入りできる雰囲気ではなかった。

デニス・ホッパーと電話ボックスは受付を難なく通過した。常連なのか、顔パスである。カウンターの受付嬢はにこやかな笑顔を振りまいて、綸太郎までそのおこぼれにあずかった。

エレヴェーターで地下に降りた。地下二階のホールを歩いていくと、ぱしゃぱしゃと水音が聞こえてくる。電話ボックスが突き当たりのカラフルなドアを開けた。緑色がかった照明が水面にはね返り、光のさざなみとなって綸太郎の目に飛び込んできた。

屋内プールなのだ。

がらんとしたプールサイドに、男がひとり立っていた。ドアの音に気づいて振り向いた。豹《ひょう》のような目をしている。おもむろにこちらへ歩いてきた。

四十代半ばの精悍《せいかん》な体つきの男で、プレスの利いたワイシャツにネクタイ、ゆったりした黒のスラックスという姿だった。顔の色は典型的なゴルフ焼けで、額が狭く、自然なウェーブのかかった髪には櫛《くし》目の跡が鮮やかである。足取りは自信に満ちて、靴音が高い天井に甲高く響いた。彼が近づくと、二人組が姿勢を正す気配が感じられた。

「突然、呼びつけて申しわけない」男の声はクロムめっきしたように滑らかで、冷ややかだった。「こちらの時間の都合がどうしてもつかなくてね。こういう形で来てもらうしかなかったんだ」

綸太郎が態度を決めかねていると、男はデニス・ホッパーと電話ボックスに席を外すよう命じた。二人は軽く頭を下げ、音も立てずにホールへ退いた。

「その顔では、まず自己紹介をしなきゃならんようだね」と男が言った。「高橋だ。たぶん名前ぐらいは君の耳にも届いていると思うが」

そういうことか。綸太郎はきのう冨樫に聞かされた話を思い出した。さっき二人組が笑ったのもうなずける。水と油を取りちがえていたのだ。

「――確か、西村氏の古いお友達でしたね」

「そうだ」高橋はうなずいて、綸太郎をプールサイドへ誘った。

「ずいぶん芝居がかったご招待ですね」

「ああ、今の二人のことか」と高橋が言った。「だが、楽しめただろう？」

「でも、こんな手口はもう流行りませんよ」

「君はロマンティックな男だと聞いたのでね」高橋は気分を害したふうもない。「誰でも心の底で、非日常的な場面に遭遇することを待ち望んでいる。君も例外ではない。断わろうと思えば簡単なのに、わざわざ言いなりになってここまで来たのは、芝居がかったやり方に興味が湧いたからだろう？」

しかし、この招待の目的はやはり腑に落ちない。高橋が西村父娘の事件に無関係であることは、すでに今朝冨樫が自ら認めた通りだ。とすれば、この会見の狙いはいったい何なのだ？

高橋はプールサイドで立ち止まった。綸太郎は彼の横に並んで水面に目を落とした。

白い水着をつけた男がたったひとり、クロールでプールを往復している。さっきから聞こえる水音の主だった。年配の男でストロークもゆったりしているが、スタミナは十分だ。綸太郎が見ている間に二十五メートルを二往復した。このフロアをひとりで貸し切りにしているらしい。

「耳の早い記者の間で妙な噂が立っている」高橋が水面から目を離さないまま、口を開いた。「うちの先生の地元で起こった殺人事件に、この私が一役買っているらしい。斉明女学院の評判を落とすために西村の娘の死に乗じて、教師の教え子殺害というスキャンダルをでっち上げようとしたそうだ。次の選挙の布石という名目になっている。娘の葬式の後、私が西村と密談しているのを見た者がいるという話も聞いた。信じられん。私は、西村の娘の葬式になど行っていない。それどころか、もう十年以上あいつとは会っていないんだ」

「そのことは奥さんから聞きました」

綸太郎が口をはさむと、高橋は横目でちらっとこちらを見た。

「もちろん、噂は噂でかまわない」また同じ調子で続けた。「根も葉もない噂なら、放っておいてもいずれ立ち消えになる。ところが、その噂を証明しようとしている人間がいるという。証明することは土台不可能だが、まことしやかな噂に事実の裏付けなど必要ない。証明しようとする人間がいるだけで、その噂は真実になる。それが例えば、君のようにマスコミ受けのする人物ならなおさらだ。はっきり言おう、法月君。君がこの事件を掘り返すと、たとえ結果がどうあれ、うちの先生が迷惑する。先生はそのことで、ひどく神経をとがらせておいでだ」

綸太郎が反論しようとした時、梯子《はしご》に手をかけて水の中の男が上がってきた。もう老人と言っていい年齢だが、貫禄十分の体格は意外に肉が締まっていて、肌の張りも失せていない。皮膚の表面に浮かび上がった染みは隠しようがないが、まだ体全体を覆うほどではなかった。水に濡れた銀髪が、鉢を伏せたような形の頭の後ろにぺったりと貼りついていた。

高橋がタオルを持って近づいた。老人は肩に埋もれそうな太い首をこちらに回し、差し出されたタオルを受け取った。その時、綸太郎の存在に気づいたようだった。競泳用のゴーグルを外すと、肉の中に沈んでしまいそうな小さな二つの目が現われた。

高橋が老人に綸太郎の素姓を告げた。まだ若僧じゃないかと洩らす声が綸太郎の耳に届いた。老人はタオルを上半身に巻きつけると、体を揺らしながら二、三歩こちらへ足を運んだ。

「油谷だ」と老人が言った。肩書きも何も付け加えようとしない。国権の最高機関に籍を置く人間に長い自己紹介など必要ないということだ。

「法月と申します」踵《かかと》をそろえて、頭を下げた。

「もっと前に来なさい」だみ声で言った。「時間がないので、率直に尋ねる。わしに対する不当な宣伝活動に従事しているというのは本当かね」

「いいえ」

「しかし、わしの耳にはあまり面白くない報告が入っておる。現に君は昨日、斉明女学院の理事長と会って話をしたそうじゃないか」

「それは事実です」こちらも率直に応じることにした。「しかし、ぼくにも考えがあって引き受けた調査です。彼らの思惑通りにはなりません」

「だが、そうもいくまい。彼奴《きやつ》らは君の考えなど関係ないところで、君を利用する腹づもりなのだ。彼奴らの思惑通りにならぬためには、この件から手を引く以外に方法はないぞ」

「手を引く気はありません」綸太郎はきっぱりと言った。「それに、彼らにぼくを利用させるつもりもありません。ぼくは叡智《えいち》をつかさどるミネルヴァの神以外、誰にも利用される気はありません」

「今のを聞いたか？」と高橋に問いかけた。孫のやんちゃぶりを面白がっている好々爺《こうこうや》のような声つきである。「ずいぶん威勢のいい坊やだ。だがいくら威勢がよくっても、内実が伴わねば馬鹿と同じだ。なあ法月君、それだけ言いきるからには、何かよほどの材料があるのだろうな」

綸太郎は少し考えてから言った。

「ぼくは斉明女学院の理事長を黙らせる材料を持っています」今朝、長谷川冴子から仕入れた情報のことである。「それを伏せ札に使えば、ぼくを人寄せパンダにする意図はくじくことができるでしょう」

老人の小さな目の底がきらっと光った。

「君が持っているという材料はどんなものかね？」

「それを申し上げることはできません。ぼくは、あなたの側の手先になるつもりもありません」

「わしの側の手先？　ふん、若僧がえらく大口をたたいたな」老人は体を大きく揺らして笑った。「まあ、いい。はったりかもしれんが、そこまで言うなら信用してやろう。その代りこれだけは言っておくぞ。あまりくだらんことでわしを悩ませるのは、これできっぱりとやめてもらいたい」

「ぼくは一度もあなたを悩ませようとしたことはありません」綸太郎は強気を崩さずに答えた。

「だったら、今後もそういう配慮を忘れんように。その気になれば、我々の人脈を通じて君の父親に圧力をかける方法もあったのだ。だが、そうしないで君と直接話すことを選んだのは、お互いの信頼関係を確立しておきたかったからだ。不意討ちで圧力をかけるのでは、マスコミの連中と変わらん」うなり声を洩らした後に言い添えた。

「――とりわけ連中には踊らされんことだな」

「この事件に関する取材の申し込みは全て無視しています」

「それが一番賢明だ。だいたいマスコミという種族を、わしは絶対に信用せん。あいつらは寄生虫同然だ。自分では何ひとつ生み出そうとせんのだから。わしの言いたいことはそれだけだ」

油谷は自分の言葉にうなずいてみせると、くるりと背を向けてロッカールームの方へ行きかけた。その足をふと止めて、太い首がこちらを振り向いた。

「そうじゃ、君は小説を書いておるそうだな。どんなものを書いているのかね？」

「推理小説です」

「推理小説」老人は鼻で笑ったようだ。「悪いが、わしはそんなものはひとつも読んだことがない。だいたい推理小説なぞを読むような連中は、左翼の腰抜けだと思っていたからな。君がそうだと言うつもりはないが——」不意に目つきが真面目になった。「ところで、今の若い小説家の目から見て、日本浪曼《ろうまん》派をどう思う？」

「不勉強で、よく存じませんが」

「だめだな」もったいぶった言い方である。「それでは小説家失格だ。筆に生きる者が保田與重郎《やすだよじゅうろう》ぐらい読まなくてどうする。わしはこれからの日本を支える精神を、日本浪曼派に学ぶべきだと思う。今の時代こそ君のような若い者が、保田與重郎を読むべきだ。そうすれば、もっと自分の国の美点を称《たた》えることができるようになるだろう」

「——日本浪曼派、ですか」

「そろそろお時間です」高橋がト書きを読むような口調で言った。

「ああ、わかっている。ではさよなら、法月君。いい小説を書きたまえ。それから、さっきの忠告を忘れんようにな」

　老人は体を揺すりながら、今度こそ綸太郎の前から姿を消した。

せた。

18

老人の背中がロッカールームに消えると、高橋はあきれたように小首をかしげてみせた。

「怖いもの知らずという奴だな。普通なら、君など声もかけてもらえないような人物だぞ。よくあんなに図々しい口が利けたものだ」

「そうですかね」綸太郎も負けずに言った。「日本浪曼派は、戦前の天皇制ファシズムの温床になった思想じゃありませんか。平気であんなことを言う人物に国政を任せておいて、日本は大丈夫なのかな」

高橋はじわりとにやついてみせた。

「そんなことを言うから、左翼の腰抜け呼ばわりされるんだ。だが、まあいい」唇の端がぎゅっと絞られた。「君に訊きたいのだが、正直なところ西村の事件はどういうことになっているのかね？」

ここに呼び出した本当の目的は、この質問をするためではなかったか。綸太郎はふとそう勘ぐった。

「かなり妙な雲行きになっていますよ」

「というと」

「——嵐になるかもしれません」曖昧な言い回しで確答を避けた。「ところで、あなたに力を貸してほしいのですが」

「力を貸す」高橋は口の中で音を立てた。「何か私で役に立つことがあるのかね」

「西村氏のことで話を聞きたいのです。少し時間をお借りできませんか？」

シャツの袖をたくし上げ、時計に目を落とした。

「三十分ぐらいならつき合える。上のラウンジで話そう」と言った。

エレヴェーターで四階に上がる。ラウンジにはビリヤード台があって、プール・バー風の作りになっていた。『ロフト49』という表示がある。

二人は奥の談話室に落ち着いた。ラウンジとはドアで仕切られて、ウィンダム・ヒルの曲が会話の妨げにならない程度の音量で流れていた。

高橋は煙草に火をつけながら、綸太郎に訊いた。

「西村の奥さんにも会ったようだが、体の方は相変らずなのかね？」

「ええ」

「仕方がないか。よくなる見込みはないと言っていたから」ため息とともに紫煙を吐き出した。「西村の話というが、最近のことは答えられないな。さっきも言ったが、もう長いこと会っていないから。年賀状のやり取りぐらいがせいぜいだった」

「どうして疎遠になったんですか？」

「海絵さんの事故の後、西村は極端に人づき合いが悪くなった。一時的なものだったと思うが、顔を合わせにくかったのは確かだ。それに私の個人的な転機も重なった。それまで勤めていた広告代理店を退社して、独立した直後だった。自分の仕事が忙しくて、自然と足が遠のいてしまった」高橋は考え込むような顔になって言い添えた。「それから、たぶん私が結婚したのも理由のひとつだ」

不意にある考えが、綸太郎の意識の表面に浮かび上がってきた。訊いてみる価値はありそうだ。

「ところで、矢島邦子さんをご存じですね？」

「ああ」案の定、高橋の声つきが変わった。「すると、相変らず西村の家に出入りしているのだな」

「ええ。今、彼女が奥さんの代りに病院で西村氏の看病をしていますよ」

高橋は眉間にしわを寄せた。

「会ったのか？」

綸太郎はうなずいた。

「彼女のことが気になるのですか」

「ああ」今度はしばらく黙っていた。「ということは、まだ矢島の姓のままなんだな」

「ええ」どうやら正しいところを衝いたらしい。

「昔、本気で結婚を申し込んだことがある」と高橋が言った。クロムめっきをしたような人工的な話し方はすでに鳴りをひそめていた。

「あなたが矢島さんに？」

「そうだ」

「もしよければ、その話を聞かせてください」

「かびの生えた昔話だぜ」高橋は新しい煙草に火をつけた。「馴《な》れ初《そ》めは高校時代で、私たちは夢のように若かった。クラスは別々だったが、生徒会で一緒になってね。西村が会長で、矢島邦子は副会長だった。あの二人は成績もよかったな。海絵さんは確か書記だったよ。旧姓は永島といった。私は——いや、実は私は役員でも何でもなかった。西村とは同じクラスの親友で、毎日生徒会室にたむろしていたものさ」

「西村氏と奥さんは、その頃からつき合っていたのですか」

「というか、私と矢島邦子であの二人をくっつけたんだ。最初は海絵さんの片思いだった。いや、西村は鈍い男だったから、海絵さんの気持ちに気づかなかったというのが正解かな。それで海絵さんは矢島邦子に恋の悩みを打ち明けた。矢島邦子が親友のために一肌脱ぐ気になったことは言うまでもない」

「なるほど。そこで矢島さんは、西村氏の親友だったあなたに協力を依頼した」

「その通り。そんなに珍しい話でもないのさ。私は彼女と共謀して、二人を結びつける算段に熱中したんだ。まるで石坂洋次郎の小説みたいだな」高橋は自分で言って目を細くした。「当時の矢島邦子は、男まさりの勝ち気な女でね」

「今でもそうです」

「私たちはいいコンビだったと思うよ。いろんなことをやったものだ。二人をあおるために、私たちが恋人のふりをしてみたりね。そんな努力のかいあって、西村と海絵さんはめでたく恋人どうしだ。ところが私の方はそれで収まらなかった。もちろん最初は芝居のつもりで矢島邦子と組んでいたんだが、そのうち芝居が芝居でなくなっていた。しかし始まりがそんな調子だから、私も改まって矢島邦子に気持ちを打ち明けることができない。西村たちを含めて周囲は私たちを公認カップル視していたが、実情はそんなものだった。ようやく決心を固めて正直な気持ちを伝えたのは、高校の卒業式の日だった」

「その時、結婚を申し込んだのですか？」

「おいおい、私はそんなおっちょこちょいではないよ」高橋は苦い笑いを頬に刻んだ。「だが、ちがう意味でおっちょこちょいなところはあった。うぬぼれていたのだな、当然ＯＫの返事が返ってくると信じていた。ところが、そうはならなかった。その場でごめんなさいと言われたよ。他に好きな男があるから、私の気持ちを受け入れられないと言い添えた。その好きな男というのが誰のことだと思う？」

「まさか——」

「そのまさかだ。西村のことがずっと好きだったと言うんだ。私は自分の耳が信じられなくて、じゃあどうして、海絵さんと西村をくっつけるような真似をしたのかと問いつめた。すると、海絵は親友だったからと答えたよ。あの年頃の女というのは何を考えているのか、未だによくわからん」かぶりを振った拍子に煙草の煙が目に入ったらしく、続けざまにまばたきをした。

「それで？」

「だがその頃には、西村と海絵さんの間は余人を容れるようなものではなくなっていた。矢島邦子だって、そんなことは承知していたはずだ。だから私は彼女の気が変わるまで、いつまでも待とうと言った。矢島邦子はありがとうと言ったが、そんなことは絶対にないだろうと思っているようだった」

「その後、四人の関係に変化はありましたか？」

「いや。私たちはそのことを西村たちには黙っていた。矢島邦子がそう望んだのだ。だから高校を卒業した後も、私たちの友達づき合いは表面的には変わりなく続いた。矢島邦子は相変らず、私と仲よくしてくれた。変化といえば、四人の中で私ひとりが大学をすべって、一浪したことぐらいだろう。おかげで次の年の四月、私は矢島邦子のことを先輩と呼ぶ羽目になった。

手っとり早く言えば、東京オリンピック前後の時代だ。古いものと新しいものが奇妙に混じり合って誰もが浮き足立っているような、そんな青春時代だった。今ふんぞり返っている連中も、その頃はみんなただの生意気な若僧だった。ビートルズなんてジャリの音楽と一蹴されたものだ。

西村はT大の法学部で英米法をやっているうちにイギリスの政治史にのめり込んで、大学に残って研究を続ける決心を固めていた。素封《そほうか》家の次女だった海絵さんは、実家の近くのお嬢さん大学で四年間を過ごした。矢島邦子はW大の文学部で社会学をやっていたな。私は同じW大の仏文科だが、すぐに芝居の熱に取り憑かれてね、授業にもほとんど出なくて、リエゾンとエリジョンの区別もつかないうちに卒業してしまった」自分でその言い回しが気に入ったというふうに、高橋は軽く肩を揺すった。

「あなたと矢島さんは二人で会うことはなかったんですか」と綸太郎が訊いた。

「いや、私たちは西村たちを抜きにしてもよく会っていた。芝居や文学の話を飽きることなく続けたものだ。大学が同じだったせいもあるが、お互いに遠慮するような人間ではなかったんだな。ああいうのを腐れ縁というのだろう。もっとも当時、私はそんなふうには思っていなかったがね。ざっくばらんに何でも話せる仲だったが、西村のことには、お互いに触れないよう気を配っていた覚えがある」

「あなたが結婚を申し込んだのはいつです？」

「社会人になってからだ。大学を出て、私は知人の紹介で、ある広告代理店に勤めることになった。今みたいに学生の人気業界という時代ではなかったが、いい会社だった。有能な先輩が多くて、仕事も面白かった。矢島邦子ともちょくちょく会っていた。彼女は私より一年早く卒業して、児童文学を出している出版社で働いていたんだ」

　高橋は椅子に深く坐り直し、テーブルの下で脚を組み替えると話を続けた。

「その年の夏、最初の四ヵ月分の給料に借金を足して指輪を買った。安い石だったが、新入社員の私には目が飛び出るような値段だった。五年越しの一大決心だった。

矢島邦子を呼び出して、何も言わずに手渡した——何も言わずに突っ返されたよ。また五年待とうと私は言った。矢島邦子は唇を噛んだまま首を振っただけだった」

「まだ西村氏のことを?」

高橋はうなずいた。

「その頃、彼と海絵さんはどうしていました?」

「すでに家どうし、婚約の了解はできていた。西村は希望通り大学院で勉強を続け、海絵さんは卒業後実家で英語塾みたいなことをしながら、婚約者が一人前の学者になるのを待っていた。

しかしあの二人は周りがやきもきするぐらい、結婚には慎重だった。西村がそういう男だった。海絵さんが素封家の娘だっただけに、財産目当てと思われたくなかったのだろう。自分が学問で独り立ちするまでは結婚しないと決めていたようだ。その後、ロンドン留学の話が出た時には、先に式だけでも挙げていけとずいぶん説得したものだ。だが、あいつは頑固に意地を通しやがった。海絵さんを日本に残したまま二年間イギリスに行って、帰国してからやっと籍を入れたんだ。二十八か九の時だよ。西村も西村だが、本当に偉かったのは海絵さんだな」

「矢島さんは、西村氏に自分の気持ちを伝えようとしなかったのですか?」

「ああ。留学前に海絵さんと式を挙げろと西村を説得した時、逆に、おまえはなぜ矢島邦子と結婚しないのかと詰問されたことがある。その時ばかりは答えようがなかったよ。まさか、おまえのせいだとも言えまい。結局、西村は矢島邦子の気持ちには一度も気づかずじまいだった。今にして思えば、素直に気持ちを伝えた方が、矢島邦子にとってもよかったような気がするな」

「話を戻しましょう」と綸太郎は言った。「それから五年後に、またプロポーズしたのですか」

「いや」高橋は首を振った。「ちょうど西村と海絵さんが結婚した時期と重なってね。そんな時期にプロポーズするのは、相手の弱味につけ込むようでいやだった。私の方も弱気になっていたんだろう。同じ頃、仕事の方で欲が出始めたというか、真剣に独立を考えるようになっていた。そんなこんなで機会を逸しているうちに、自分の事務所を持つ話がとんとん拍子にまとまって、私は世話になった会社を退社した。その時スポンサーについてくれた人から、見合いの話を持ちかけられたんだ。特に強いられたわけではないが、私にとっていい話であることは確かだった」

「矢島さんには何と言ったのです？」

「私はその時三十二歳で、長年の矢島邦子への思慕に決着をつける最後の機会だと思った。三度目の正直に賭けたんだ。矢島邦子の気持ちをはっきり確かめて、イエスと言ってくれたら見合いの話を断るつもりだった。だが半ば予想した通り、矢島邦子は報われない道を選んだよ。もう次はなしだと私は言った。矢島邦子はうなずいた。それでおしまいだ。あっけない別れだった」

高橋は短い沈黙に追憶の苦さを包み込んだ。灰皿の中がひしゃげた吸殻でいっぱいになっていた。

「私はすぐに見合いの話を決めて、その年の秋には結婚した。その間に海絵さんの不幸な事故があって彼女を励ますために、矢島邦子が西村の家に顔を出すことが多くなった。私は矢島邦子と顔を合わせるのを避けるため、西村の家の敷居をまたがなくなった。月日の経つのは早い。それからもう十四年が過ぎた。私の長男も中学生だ。

今の仕事かね？　油谷先生には八〇年の衆参同日選のキャンペーンで声をかけられて、可愛がってもらったよ。それからもう十年近くお世話になっているわけだ。矢島邦子の名前を思い出したのもほとんど十年ぶりだが——どうも私も焼きが回ったらしい。長ったらしい昔話で、かえって退屈させたかもしれないな」

「いいえ。矢島さんのことだけでも、ずいぶん参考になりました」愛想ではなく、本心で言った。

高橋は綸太郎の目を深くのぞき込んだ。まるでこちらの考えを読み取ろうとしているようだった。そして本当に読み取って言った。

「――君も私同様、矢島邦子にはずいぶん手こずらされたようだな」

綸太郎はにやりとした。その共通点が高橋を饒舌《じょうぜつ》にしたのかもしれない。

「肝心の西村については、何度も言った通り、最近の詳しいことは知らない」と高橋が言った。話に締めくくりをつけようとしている口ぶりである。「西村の娘さん、頼子ちゃんも本当に小さい頃の顔しか見たことがないのでね。母親似の可愛い子だった。人見知りをするというか、私がお菓子を土産に持っていっても絶対に近づいてこない、西村の膝から離れようとしなくてね。お父さんっ子という感じだったな。丹精込めて育てた娘にあんなふうな死に方をされて、西村もさぞ無念だったと思う。あいつの気持ちもわからんではないよ」

高橋は腕を伸ばして時計を見た。

「少し話に熱中しすぎたようだ。もう行かなきゃならん」声が冷たさを取り戻しつつあった。

「もうひとつ訊きたいことがあるのですが」

「何だね」

「イガラシという名前の人物に心当たりはありませんか？　西村氏の古い友達と聞いたのですが」

「イガラシ。イガラシねえ」高橋は指先でくるくると円を描いた。「どこかでそういう名前を聞いたような気がするんだが——どうも出てこないな。海絵さんには訊いてみたのかい？」

「ええ。心当たりはないという返事でしたが」

「そうか」首をかしげた。「じゃあ自信はないな。一応調べてみるが、あまり期待しないでくれ」

「もしわかったら、ここへ連絡してください」綸太郎は自宅の電話番号を高橋に教えた。

ラウンジを出て、エレヴェーターで一階に降りるとデニス・ホッパーと電話ボックスが待っていた。電話ボックスは相変らず両手の指に紐の輪をかけている。高橋が二人に、綸太郎を高輪まで送り届けるように命じた。

帰りの車中、電話ボックスに紐のスペアを持っていないかと尋ねた。見ているうちに、自分もやってみたくなったのだ。彼はにやっと白い歯を見せて、自分の指にかかった紐をよこした。

「得意な奴をやってみろ」

電話ボックスが喋れるとは知らなかった。

四段ばしごを作ってみせると電話ボックスはまた鳩のように笑い、手ずからミクロネシアの引き潮というパターンを教えてくれた。形は四段ばしごに似ているが、ある手順を反復すると段数がどこまでも増えていく。段のひとつひとつが海岸の岩を示すという。つまり潮が引いて、徐々に岩が頭を出していく姿である。逆の手順で段数を減らしていけば、満ち潮になる。合理的だ。

「数学的帰納法のトポロジカルな表現だ」と電話ボックスが説明した。見かけに似合わず、学のある男だった。

ホテルの前に戻った時は七時半になっていた。

「どうもご迷惑をおかけしました」デニス・ホッパーが相変らずひゅるひゅるした声で言った。「美人の彼女によろしくお伝えください」

綸太郎は肩をすくめただけで返事をせず、舗道に降りた。ドアを閉めようとすると、電話ボックスが声をかけてきた。

「思い出した時に、今の手順を練習する。そのうち指が動きを覚える。そうすれば絶対に忘れない」

綸太郎はうなずいた。そして、「数学的帰納法のトポロジカルな表現だね」と言って微笑した。

電話ボックスの白い歯の残像を残して、スカイラインは走り去っていった。

念のためにロビーに寄ってみた。もしかしたら、高田青年が待っているかもしれない。綸太郎はツイていた。確かに彼は待っていた。

19

「大丈夫ですか？」と高田が尋ねた。「妙な連中に連れていかれたので心配していたんです。あいつら一体、何者ですか」

手短かに事情を要約して伝えた。高橋という名に心当たりがないか訊いてみる。

「名前は聞いたことがあります。面識はありませんが。その男が事件と関係があるのですか？」

「関係ないことを納得させるのが、彼の目的だったらしい。興味深い話を聞けたから無駄足ではなかったが、その代り君に迷惑をかけてしまった。どうもすまない」

「かまわないです」高田は手を振った。

「ずっとここで待っていたのだろう?」

「ええ。取り残されてどうしようかと思いましたが、他に当てもないし、ここで待っているより仕方ないと思いまして」

気にしていないような口ぶりだが、二時間半も待たせたことになる。綸太郎は重ねて非礼を詫びた。

「いえ、いいんです。預かった原稿のチェックができて、かえって好都合だったぐらいですから」高田は真顔になって言った。「それより教授の手記のことが気がかりです」

彼の言う通りだった。そのことを議論するのがそもそもの目的である。

「二時間半も待たせて言うのも何だが、まだこれから時間の都合はつくかい?」

「ええ。今日はこの後予定はありません。電車の最終の時間までは大丈夫です」

「雑音を気にせず、ゆっくり話せるところに席を移そう。この辺にいい場所はないかな?」

「いい店を知ってます。少し遠くなりますが」

「ぼくの車がある。案内してくれ」

三田の『キング・コング』という店に落ち着いた。名前に似合わず、バロック音楽が流れる静かなビストロだ。明るい店内に客はまばらである。

「西村氏の容態に変化は?」コーナー席に腰を下ろして料理の注文をすませた後、綸太郎が尋ねた。

「順調に回復しているそうです。明日の朝、集中治療室から一般病室に移すと先生が言っていました」

「それはよかった」

高田は複雑な表情を見せた。

「午後には県警の事情聴取があるそうです」

「予定よりずいぶん早くなったんだね」

「かなり圧力があったようです」高田の表情がいっそう複雑さを増した。

あまり悠長に構えていることはできない。綸太郎は持参した西村悠史の手記のコピーを広げた。

「じゃあ、さっそく本題に入ろう。これからこの手記を足がかりに、新しい視点から一連の事件を見直してみる。お互いに率直な意見をぶつけ合わせれば、事件の真相が見えてくるはずだ。初めにぼくが自分の考えを述べるから、君はそれについて是非の判断をしてくれないか」

高田は緊張した面持ちでうなずいた。

「出発点は、昨日も触れた八月二十六日の記述の後半の一行だ。君も気づいている通り、西村氏はその部分で明らかな誤りを犯している。

『私は一昨々日の文章の中で、この当然の疑問に対するひとつの有力な仮説を試みている』

と記した後、西村氏は、斉明女学院が警察に対して不当な圧力をかけた可能性を再び取り上げているが、実際に彼がその疑いを手記の中で表明したのは八月二十四日のことだった。最後から五段目のパラグラフの中に該当する記述がある。

つまり二十六日から見れば、一昨日に当たる日であって、決して彼が書いているような一昨々日の文章ではない。これは手記自体がはらむ矛盾だった。

もっともただそれだけのことなら、ごくささいなまちがいにすぎない。単なる記憶ちがいか書き損じの類であって、手記全体の信憑性を揺るがすようなものではなかった。人間のすることにミスはつきものだから、日付の誤りぐらいは十分あり得る。目くじらを立てるほどのことではない。

ところが、もうひとつの事実がぼくの注意を引いた。一日当たりの記述の長さという問題だ。

まず問題の八月二十六日の記述は非常に分量が多く、手記全体を通じて最も紙数を費やした一日だ。その内容は、冒頭で頼子さんの葬儀の様子を書いた後、残りのおよそ六分の五が見えざる犯人の正体を推論によって明らかにしていく過程に当てられている。

一方、その翌日の二十七日は、手記全体の中で一日当たりの記述が最も短い日となっている。言うまでもなく、この日は西村氏が柊伸之というターゲットを発見した重要な一日だった。

これからこの二日間の記録について、もう一歩踏み込んだ検討を行なってみよう。

まず二十六日。ぼくはこの異例の長さに疑問を持った。その日の西村氏の状態を考えてみたまえ。この日は頼子さんの葬儀があって、一日が終る頃には彼は心身ともにぐったりと疲れ果てていたはずではないだろうか。これは単純な精力の問題にすぎない。彼にはあれだけ根をつめて、犯人像を絞り込んでいくほどの元気が残っていただろうか?

続く二十七日についての疑問は、それとは正反対だ。この日の記述はどうしてこんなに短く、単なる事実の羅列に終始しているのか。ついに頼子さんを殺した犯人の目星がついたというられしさにあふれているなら、もっと書きたいことが多くあってもいいとは思わないかね？　人間の心理としてはその方が自然であろう。にもかかわらず、この日の記述は短い。不自然なほど短い。

　二十六日の記述は長すぎ、二十七日の記述は短すぎる。ところがこの二日間の平均を取ると、ちょうど一日分の記述として納得のいく分量になる。

　この点を踏まえて、さっきの日付の誤りの意味を考え直してみよう。西村氏は二十六日の記述の後半部で、一昨日と書くべきところを一昨々日と書きまちがえている。だが、もしそれが書きまちがいでなかったとしたら？　言い換えれば、西村氏は二十六日の記述の、少なくとも後半部分を実際にはあくる二十七日の時点で書き足していたのではなかったかという疑いが生じる」

　綸太郎はそこでいったん言葉を切ると、高田青年に意見を求めた。

「ぼくが気になったのもその点でした」むずかしい顔で考えを絞り出すように高田が言った。「記述の長短までは考えませんでしたが、むしろ二十六日の記述の中の推論があまりにも正確に的中しすぎていることに、何となく作為的な匂いを感じました。例えば、頼子さんが自転車を家に置いていったことから、犯人の自宅が高台にあると結論するくだりがあるでしょう。あれなど特にできすぎているような気がしたんです。まるで後知恵の論理のようで――」

「後知恵の論理か。なるほど、うまく言ったね。恐らく君の考えが当たっているだろう。西村氏は娘のクラスメートとの対話を足がかりにして柊伸之というターゲットを発見した後に、彼と一致する犯人像を事前に予想していたような記述を、前日にさかのぼって書き加えておいたにちがいない。要するに結論が先に存在していて、それに見合うような条件を逆に導き出していたということだ。したがって推論が全て正確に的中したのは不思議でも何でもないし、また二十六日分の記述が書き加えた分だけ長くなったのも当然のことだった」

「そのために費やした時間の分だけ、二十七日の記述が駆け足になったわけですね」と高田は得心した顔でうなずいてみせたが、「でも、教授は何のためにそんな小細工を弄したんでしょうか？」

「手記の読者に、柊伸之こそ頼子さんを殺した人物だと納得させるためだ」綸太郎はきっぱりと言った。「柊の出現が唐突な印象を与えないように、あらかじめ白紙状態を装って彼を指向するデータを提示し、読者に先入観を持たせようとしたのだ。すなわち、彼が柊を発見した二十七日の時点で、読者にも犯人はこいつ以外にあり得ないと思い込ませる巧妙な演出だったのだ。そういう意味で、この手記は最初から読者の存在を意識しながら書かれたものと結論できる」

高田は混乱した表情を隠そうともしなかった。

「――すると、例の〈フェイル・セイフ〉作戦にも裏に秘められた狙いがあったということですか？」

「そう。自分の真意をカムフラージュするため、十分条件を満たさなければ殺人を実行し得ないといった慎重さを強調する文句をばらまいて、読者を煙に巻こうとしたうえに、柊が殺人を認める架空の場面を手記中に描くための布石としても利用した。つまり〈フェイル・セイフ〉作戦とは西村氏の良心を守るためではなく、柊の犯行という与えられたドグマに、読者が疑いを抱くことを未然に防ぐための安全装置だった」

「では、まさか、柊は頼子さんを殺した犯人ではなかったと――」高田は続く言葉を失った。

「その通りだ」綸太郎は唇をなめた。「そして西村氏はそのことを承知していた。なぜならば柊伸之という人物こそ、濡れ衣を着せるために彼が作為的に選び出した犠牲者だったからだ」

「じゃあ、教授は最初から頼子さんを殺した真犯人を知っていたというんですか？」

うなずいた。

「――その犯人をかばうために、無実の柊伸之を殺人犯に仕立てようとした？」高田の声は悲痛なものになりつつあった。

「そういったところだな」

「ちょっと待ってください」高田は必死に考えを整理しようとしながら、「――しかし、そうすると頼子さんを妊娠させたのも柊ではないという可能性が出てきて、事件がまた振り出しに戻ってしまうのではありませんか？」

「いや、少なくともその点については決着がついている」と綸太郎が答えた。「警察が柊の部屋で、頼子さんの第一の診断書を発見しているんだ。それに彼の教え子や元フィアンセの証言から、柊が以前にもそういう不祥事を起こしていたことが明らかになっている。したがって彼女が二十一日の夜、メゾン緑北に行ったことは確かだと思う。殺人は彼女が柊と別れた後に行なわれたはずだ」

高田の額に疑問符のようなしわが刻まれた。

「――教授は誰をかばおうとしたんだろう？」自問するようにつぶやいた。

「誰だったと思う？」

「人ひとり殺してまで、教授がかばおうとした人とは――」彼の目の中を鈍い光の筋がぎごちなく通り過ぎた。ためらいながら言った。「まさか、奥さんが頼子さんを――」

倫太郎は首を振った。

「それはあり得ない。彼女の体では頼子さんを絞め殺すことは不可能だ」一呼吸おいて、高田に質問した。「君は今、つき合っている女性がいるかい」

「いいえ」曖昧な声で答えた。「それが、何か？」

「——君が頼子さんを殺したのではないか」

高田は仰天した。

「ぼくが!?　そんな馬鹿なことが。どうしてぼくが頼子さんを殺さなければならないんです」

「だが、こういうシナリオはどうだろう？　君は以前からよく西村家に出入りしていたそうだね。そのうちに彼女のいない君は、頼子さんに淡い恋心を抱くようになっていた、そう仮定しよう」

高田は口を半分開いたまま、どっちつかずの表情になった。頭から否定できないということか。

「二十一日の夜、たまたまあの公園を散歩していた君は、柊のアパートから帰る途中だった頼子さんにばったり出くわした。その様子にただならぬものを感じて、君はその場で彼女を問いつめた。頼子さんは君のことを兄のように信頼していたから、全てを包み隠さず打ち明けた。彼女の告白を聞いて君は激しいショックを受ける。日頃の可愛さがあまって憎さ百倍、君は自分を抑えきれず、その場で彼女を絞め殺してしまう」

高田の顔は能面のように白く、唇も細い線のように結ばれていた。

「死体を放置したまま君は逃げ出したが、良心に責めさいなまれたあげく、潔く父親に全てを打ち明ける決心をした。君にとって西村教授は学問の上のみならず、人生においても師と仰ぐ人だったからだ。彼は話を聞いて驚いたが、君を司直の手に突き出したくはなかった。娘の恨みはあるものの、君は彼にとって息子の代りにも等しい存在だ。彼は君までを失うことは耐えられなかった。

そもそも最も憎むべきは娘を妊娠させた男だ。西村氏はそう考えたにちがいない。彼はその男に仕返しをし、かつ君の罪をかばう一石二鳥の計画を練った。その成果こそ、この手記に書かれた嘘で固めた復讐物語だった——と。どうかな、こういうシナリオは？」

高田は半ば、啞然《あぜん》とした顔つきである。顔に赤味が戻ってきた。綸太郎に尋ねた。

「あなたは本気でぼくを疑っているんですか？」

「いや」綸太郎はあっさりと胸中を明かした。

「それじゃあ、どうしてこんなことを——？」

「念のため、君の反応を確かめておきたかった。というのも、君が一枚噛んでいる可能性をきっぱり打ち消しておきたかったからだ」綸太郎は相手をなだめるように言った。「それから、ぼくが今述べたシナリオは端《はな》から成り立たないものだ。家の近所でもない公園を、たまたま君が歩いていたという条件の説明が皆無であることを無視しても、これだと、西村氏が海絵夫人ひとりを残してまで自殺を図る理由が見当たらない。それにもうひとつ、猫が殺されていたことの説明もつかない」

「猫ですって？」

綸太郎は西村家の庭で、行方不明になったブライアンの死骸を掘り出したいきさつを説明した。

「——そういうわけで、森村さんの証言と考え合わせるとブライアンは恐らく、二十一日の夜に殺されたものと思われる」

高田は首をひねった。

「どうして教授は二十二日の夜、ブライアンに餌をやったなどという嘘の記述をしたんでしょうか？」

「ブライアンが姿を消したことを、頼子さんの事件と結びつけて考えられるのを恐れたからだろう。二十二日の夜、ブライアンがまだ家にいたと思わせることで読者の注意をそらそうとしたにちがいない」綸太郎はちょっと言葉を切ると、改まった口調で言い添えた。「ブライアンは飼主の巻き添えになって殺されたのだ」

高田の顔色が濃い塩素の霧にさらしたようにさっと蒼白になった。

「それじゃあ――」

「ああ。頼子さんはあの夜、自宅で殺されたんだ。彼女を殺した犯人は、父親の西村氏に他ならない」

20

洞察に富む頭脳を持ちながら、高田青年はその結論を全く予期していなかったようだった。その驚きは、さっき彼自身が殺人犯だと名指しされた時よりはるかに激しいものだった。

「そんなことは絶対にあり得ない」

みるみる顔を紅潮させ、酔っ払った子供のように突っかかってきた。綸太郎は冷水を浴びせる代りに機械的に首を振った。

「さっき言ったシナリオの中の君の役回りを、そのまま西村氏に置き換えてごらん。全ての疑問に納得の行く説明が与えられるはずだ」

「ぼくは信じません」

「二十一日の夜、頼子さんは柊伸之の部屋からまっすぐ自宅に戻ってきた」と綸太郎は言った。「娘の様子に不審を感じた西村氏は、頼子さんを厳しく問いつめたにちがいない。もちろんそれは、父親として当然の行為だった。ところが、その時まだ興奮状態にあった頼子さんは思わず、自分は妊娠していると口走ってしまったのではないだろうか？

西村氏はそれを聞いて驚きのあまり自分を失い、発作的に頼子さんを絞め殺してしまったのだ。相手の男の名前を訊くことさえ忘れるほど逆上していたのだから、明確な殺意があったとは思えない。仮にこの時柊の名を訊き出していたら、二十六日分の記述を後から書き足すような小細工をする必要はなかったはずだ。さらにちょうどそこに居合せたブライアンは、飼主を助けようとしたのか、巻き添えを食ってやはり殺されてしまった。その時病室にいた海絵夫人は恐らく眠っていたのだろう、事件はおろか、頼子さんが帰宅したことさえ気づかなかった」

「全てあなたの勝手な憶測にすぎません」と高田が横槍を入れた。

「彼はとりあえず夜のうちに頼子さんの死体を車で公園に運び、ブライアンの死骸を庭に埋めた。言うまでもなく、自宅が犯行現場だったことを隠すために。ところがその時は気が動転していたために、頼子さんの自転車を公園に持っていくことを思いつかなかった。後になって西村氏は自分の手落ちに気づいたが、あの坂道と高台の推理を手記の中に書き込んでその失点を巧妙にカバーしたのだ。

それから彼は夜通しかけて、事の始末をどうすべきか考えた。恐らく彼は、わが手で娘を殺してしまった罪に責任を取るため、その夜のうちに自殺する決意だけは固めていたと思う。しかし娘を殺した父親という汚名を背負って、この世に別れを告げるわけにはいかなかった。とりわけ、海絵夫人に顔向けできないという気持ちが強かったはずだ。

それればかりでなく、彼は頼子さんを妊娠させた男をゆるすことができなかった。実際に手を下してはいないものの、そもそも全ての元凶である男が制裁を逃れ、のうのうと生き延びていくことに耐えられなかったのだ。

そこで彼は、一夜のうちにこの水増しされた復讐計画を練り上げた。もちろんまだ柊の名を知り得なかった以上、具体的な細部の肉付けは無理だったと思うが、計画の大要は二十一日の夜に定まっていたはずだ。すなわち、憎むべき男の正体を探り当て、彼に自分の罪をなすりつけて抹殺する。同時に夫人に対する申しわけも立つ――まさに一石二鳥の計画だった。それが娘の復讐という美名の下に行なわれたのだ」

「ちがいます、ちがいます――」

高田は綸太郎の推理のひとつひとつに、激しい否定の身ぶりをぶつけ始めた。そうすることで、綸太郎の語る事実の全てが絵空事の悪夢と化してしまうと信じているように。

「彼の計画を支える最も重要なファクターがこの手記だった。それは形だけ自殺未遂を演じ、同情を買って生きながらえようとするような、姑息《こそく》な意図をもって書かれたものではない。自分の練り上げたシナリオが唯一の真実であると全ての人に信じ込ませるため、文字通り彼自身の生命と引き換えに、この手記を遺そうとした。自らの死によって、手記の内容の正しさを保証しようとしたのだ。

確かに一読しただけでは、この手記の内容を疑う余地など全くないように思える。それが当然の反応であり、また西村氏の狙いでもあった。我々は死を覚悟した人間の言葉に嘘はないと考えがちなものだし、ましてやひとつの殺人行為をありのままに告白している人間が、まさかその裏で別の殺人を隠匿《いんとく》しようとしているとは誰も思うまい。そのうえ彼は手記のあちこちで、読者の目を真実からそらすための巧妙な目くらましをばらまいているのだ」

高田の否定の身ぶりは、やがて彼自身の疑いの中にかき消えた。耳をふさぐことすらできず、両手をきつく握り合わせて、綸太郎の目に錨のような視線を下ろしている。

綸太郎は話を続けた。

「その目くらましの最たる部分は、彼が柊殺しを目前に控えて奥さんをとるか、頼子さんをとるかと深刻に悩んでみせる記述だった。しかし実際のところ彼は出発点から自殺を前提にしてシナリオを作り、手記を書き残そうとしたのだから、土壇場でああいった逡巡をすることは本来あり得ない。本人にとっては、ナンセンスな設問でしかなかったはずだ。ところが読者の立場から見ると、あのくだりは手記の後半部においてひとつの感情的なクライマックスとなっており、かえって手記全体の信憑性を高める効果を上げている。

あるいはさっきも指摘した〈フェイル・セイフ〉作戦についても、同様なことが言えるだろう。自転車に関する推理もそうだ。それから、これは推測にすぎないのだが、八月二十九日の記述の中で柊伸之が車に接触されそうになって、運転手をなじる場面があるだろう。あれも西村氏の創作ではないかと思う。後日、実際にそんなできごとがあったかはっきりと確かめようのないことだから、事実としては何の重みもないが、ああいう日常的な描写は妙に読者を納得させてしまうものだ。考えてもみたまえ、柊が凶暴な人間であることを示す場面は他に見当たらないのだ。

だがそれらは西村氏の詐術の一部でしかない。彼はこうしたトリックを手記の上ばかりでなく、実際の生活の上でも貫き通したのだ。彼の計算高さには頭が下がる。一番巧妙な嘘は、真実の粉をまぶした嘘なのだ。もし彼が日付を書き誤るというようなごくささいなミスさえ犯さなければ、ぼくも頭からこの手記の内容を信じていたにちがいない」

綸太郎はようやく言葉を切って、相手の答を待った。高田はかなり動揺の色を示しているものの、やはり最初の態度を崩そうとしなかった。教授が頼子さんを殺すはずがないと信じている。

「納得できません」

「具体的な反論を」と綸太郎が言った。

高田は少し顔をしかめながらうなだれた。その表情が肌に染みついてしまったようだった。考えている。握り合わせた両手が、肘を支点に何度も額を打った。彼が口を開いた。

「警察が頼子さんの事件を変質者の犯行として片付けようとしていることを知った時に、なぜ教授はあなたの言う『計画』を中止しなかったのですか？　事件が通り魔殺人と決まれば、誰も父親を疑わないはずです。自分の罪が発覚する恐れがなければ、それ以上殺人を繰り返す必要はありません」

よく考えた批判だったが、綸太郎はすでに答を用意していた。

「しかしそうすると、頼子さんを妊娠させた男を見逃すことになってしまう。それでは十分でない。

それに警察がどういう捜査方針を採ろうが、西村氏の自殺の決意に影響を与えることはなかったにちがいない。刑事訴追の有無などより、あくまでも彼の内面の葛藤こそがこの事件の核心だった。かえって警察を当てにしない孤独な追跡という色彩が加わって、さらに彼の手記の迫真性を高めることになったぐらいだ」

高田は首を振った。一歩も譲るつもりはないようだった。

「あなたの推理は確かに的を射た鋭いものです。その点だけは認めます。でも——」

「でも、何だい？」

「あなたの推理には——」唇がためらう。やっとふさわしい言葉を見つけて言った。

「西村教授のいる場所が欠けています」

「西村氏のいる場所？」

「ええ。あなたは教授のことを知らない。あの人の人柄を知っている人間には、そんなシナリオは納得できないんです」高田は自分の言葉に意を強くし始めた。「教授は卑劣な人間ではありません。ことによると、教授はあなたの言ったようなトリックを使ったかもしれません。しかしそれならそれで、やむにやまれぬ複雑な事情があったはずです。頼子さんが妊娠していたからかっとなって殺しただの、他人に罪を着せるために手記をでっち上げただの、あの人がそんな安っぽい行動をとるわけがありません。ぼくがあなたに言いたいのはそういうことです」

高田の言葉には十分説得力があると思った。ただやみくもにかばうのではなく、長い間、西村悠史に師事してきた人間でなければ出てこない台詞であった。それに比して、綸太郎の方はその当人と口を利いたことさえない。

「やむにやまれぬ複雑な事情か――」

二人はまるで当然といった風情で、それぞれの沈黙にひたり込んだ。綸太郎は、相手の表情の中をためらいともとまどいとも取れる翳《かげ》が、藻屑のように漂っていくさまに目を奪われていた。この青年に自分の考えを打ち明けたことは正しかったと綸太郎は思った。高田は彼の論理の弱点を正確に指摘した。

だが一方で、綸太郎は自分の推理の方向が決してまちがっていないことを知っていた。真実に手が届かないのは、まだ鎖の輪が欠けているせいだ。西村悠史の人格に決定的な歪みを与えるほどの楔《くさび》が、どこかに打ち込まれているはずだった。その楔のありかさえわかれば、鎖の輪は一列につながるだろう。

綸太郎は沈黙を破った。

「イガラシという名前に心当たりはないかね？」

「イガラシ？　いいえ」高田は顔を上げて、首を振った。「どういうことですか」

原宿で松田卓也から聞いた話を、省略せずに高田に話した。高田の顔に新たな当惑が広がっていった。

「そのイガラシという中年男が、一連の事件に関係があるというのですか？」

「確証はないが、ぼくにはそんな気がしてならないんだ」その気持ちは、高田との対話を通じていっそう強くなっていた。「矢島邦子さんに会ったら、君から訊いてみてくれないか？　彼女なら何か知っているかもしれない」

「でも、奥さんには心当たりがなかったのでしょう。矢島さんが何か知っているとは思えませんが」

そうかもしれない。

だが高橋の話を聞いてから、綸太郎は矢島邦子に疑いの目を向けるようになっていた。昨日あれほど過敏な拒絶反応を示したのは、彼女が何か知っているからではないのか？　何か、西村悠史にとって不利な事実を。もし綸太郎の考える通りなら、矢島邦子は必死に西村悠史をかばおうとしているのだ――まだ明かされていない真実から。

二人は『キング・コング』を出た。何を食べたか覚えていない。綸太郎は高田を町田の下宿まで車で送った。青年は自分の中に閉じ込もって、車中ほとんど口を利かなかった。

別れ際、今日のことを矢島邦子に話して、会いたがっていると伝えてほしいと高田に頼んだ。

「わかりました」高田の表情は最後まで曇りがちだった。彼に見送られて、綸太郎はアルファロメオをターンさせた。

家に帰った時は十一時を回っていた。

「遅かったな」と法月警視が言った。「どうした？　ずいぶん疲れた顔をしているぞ」

綸太郎は肩をすくめただけで、返事をしなかった。その態度でピンと来たのか、警視はそれ以上の詮索で息子を悩ませようとしなかった。代りに冷蔵庫から冷えた缶ビールを取ってきて、綸太郎に投げてよこした。

プルタブを引いて泡を口で受けながら、習慣で電話に目をやると、留守ボタンのスイッチが入ったままメッセージ・ランプが点滅している。

「お父さん、今日は出かけていたのですか？」

「いいや」

「でも、電話が留守番状態になってますよ」

「ああ、それはだな、あんまりテレビだ、週刊誌だの取材申し込みがひっきりなしにかかってくるもんだから、いちいち出るのが面倒になってそうしておいたんだ。おまえが取材拒否をするのは勝手だが、それならそれでちゃんとした対応をせんと、家の電話が使えなくなるぞ」

「すみませんね、どうも」綸太郎はメッセージを聞かずに、全部消去してしまおうとした。

「ああ、ちょっと待った」急に警視が大声を上げた。「ついさっきわけありの電話があったぞ」

「わけありの？」

「中年の男からだ。マスコミ関連じゃない。イガラシとかいう男について何か言っていた。後の方に声が入っているはずだ」

高橋がイガラシの正体を思い出したのだ！　綸太郎は再生ボタンを押した。

メッセージはテープの最後に録音されていた。綸太郎は高橋のクロミウム・ボイスに耳を澄ませた。

「高橋だ」咳払いをした。「あの後すぐにイガラシについて調べてみた。昔の友達にそういう名前の男はいないが、他の線に思い当った。イガラシというのは、十四年前海絵さんをはねたライトバンの運転手の名前だ。確かイガラシタミオといったはずだ。これでいいのかね」ピーッという発信音がして、テープが止まった。

第五部　真相

おまえのお母さんが
蠟燭の灯りを手にもって
部屋に入ってくる時は、
一緒におまえもいつものように
お母さんの後にくっついて
さっと入ってくるように
いつも私には思われる。

「亡き子をしのぶ歌」

21

綸太郎はテープを巻き戻して、もう一度高橋のメッセージを確かめた。「イガラシというのは、十四年前海絵さんをはねたライトバンの運転手の名前だ」まちがいない。去年の十月、西村頼子はかつて一家の幸せを奪った加害者と会っていたのだ。

だが、何のために？

考えられる理由はひとつしかない。西村頼子は十四年前の事故について、何かを調べ出そうとしていたのだ。そしてその何かとは、両親に訊けないような性質の事柄だったにちがいない。さもなければ、あえて事故の加害者に会ったりするはずがない。

恐らく西村夫妻は、娘が「イガラシ」と会っていたことに気づいていないだろう。

松田卓也の話によると、彼と西村頼子の交際期間は去年の夏休みの途中で唐突に途切れている。そして卓也が渋谷で「イガラシ」の姿を見かけたのは、それからおよそ二ヵ月後。

西村頼子は卓也との交際によって、彼女自身の精神的葛藤にかろうじて折り合いをつけていたふしがある。その交際に終止符が打たれた後に、「イガラシ」が登場したのだ。これは偶然ではあるまい。

見逃せないのは、二人の交際が終る直前、卓也が西村頼子にした忠告の内容である。「お母さんの体が悪いのはおまえのせいじゃないんだから、くよくよ考えても仕方ないぜって。あいつは何か変な顔して帰ってしまった」彼女はそれ以降、卓也と会うことをやめてしまったのだ。

西村海絵の体が悪いのは、十四年前の事故が原因だ。そして「イガラシ」はその加害者である。死んだ娘が抱えていたトラブルの根は、十四年前にさかのぼるものだったにちがいない。母親の事故が現在の事件にも影を落としているようだ——。

そこまで考えを進めた時、ふと頭の隅を疑問がよぎった。西村海絵は、どうして自分を轢いた男の名前を忘れていたのだろう？　だが、これは深く考えるまでもなかった。人間の大脳は過去の不快な記憶に、無意識の厚いヴェールをかけてしまうものだ。

　とにかく「イガラシ」と話さなければ。西村頼子が何を調べようとしていたのか、それを明らかにする必要があった。そのために、彼の居所を突き止めなければならない。それもできるだけ早く。明日の午後には、緑北署の刑事が西村悠史に対する取調べを開始する。できることなら、彼らより先に事件の真相をつかみ、西村と一対一で話したかった。

　十四年前の事故でも、緑北署に当時の調書が残っているだろう。加害者の身元もその中に記載されているはずだ。だが、照会の電話を入れようとして綸太郎はためらった。彼の名前は現在、緑北署の「好ましからざる人物」リストに載っているだろう。こちらの質問に対して、まともな返事が返ってくることはあまり期待できなかった。

　綸太郎は受話器をつかんだまましばし黙考した。こんな時こそ、二十四時間営業の情報ブローカーの友人が必要なのだが。すぐに、あまり上等とはいえないが、ひとり使えそうな男に思い当った。もらった名刺の番号を頼りに、『週刊リード』編集部に直通の電話をかける。マックスウェルの悪魔に実のある「仕事」をやらせてみよう。

　十回ほどベルを鳴らしたが、誰も出ない。さすがに日曜の夜は、誰も詰めていないのか？　あきらめて受話器を戻そうとした時に、ようやくフックの上がる音が耳に届いた。

「はい、こちら『週刊リード』編集部」

無愛想の極みのような応答だが、ツイている。冨樫の声であった。

「あなたがいてよかった。法月です」

「何だって?」冨樫はあきれ果てたうめきを洩らした。「おい君、今いったい何時だと思ってるんだ」

「今朝のお返しですよ」と言ってやった。「実はあなたにお願いがあるんですが」

「お願いだって?　きっと西村悠史の事件に関することだな。今朝も言ったはずだが、ぼくはその件から完全に手を引いたんだ。もう君にはつきまとわないと言っただろう」

「それはあなたの勝手ですが、ぼくにも言い分がある。あなたには貸しが残っていますからね。さっき素姓のよくない二人組に拉致《らち》されたんです。巷で噂の油谷代議士の面前に連れていかれましたよ」

「それは災難だったね」

「向こうはなぜか、ぼくの車を知っていました。ひょっとしたら、あなたがアルファロメオのことを密告したんじゃないですか?　ぼくに対する腹いせのために」

「おいおい、聞き捨てならんことを言うなよ」冨樫はしらばくれている。「それに百歩譲って君の言うことを認めても、借りならもう返しているはずだぜ。長谷川冴子の名前と住所を教えてやったのは誰だと思ってる？」

「会いましたよ」と綸太郎は言った。「確かに有益な話が聞けました。でも、あれは水沢理事長に対するしっぺ返しのつもりでしょう？　ぼくへの借りを返したことにはなっていません。これからそれを返してもらうんです」

「君も尻の穴が小さい男だな。だが、まあいい。そこまで言うなら、引き受けてあげよう。何をすればいいんだ？」

「十四年前に、西村夫人がライトバンにはねられた事故がありましたね。その車の運転手が今どこにいるか調べてほしいんです」

冨樫は不審がった。

「そんなものを調べてどうするつもりだ？」

「それはこちらの勝手ですよ。あなたはこの件から手を引いたんでしょう。よけいな詮索はしない方がいいですよ」

「ああ、わかったよ」どこまでわかったのか、心許ない言い方である。「その運転手について、何か手がかりはないのか？」

「名前だけわかっています。イガラシタミオ」

「イガラシタミオ。字は？」

「わかりません」

「仕方ないな。事故があったのは十四年前だね」

「五月です」

「OK。新聞の縮刷版から当たってみよう。居所がわかったら、君の家に電話すればいいんだね」

「明日の朝までにお願いします」

「おい、無茶を言うんじゃない」冨樫の声が引っくり返った。「これからみんな寝静まる時間だぞ。どうやってそんな早業ができるもんか」

「無茶でもいいから、お願いします」それだけ言って、こちらから電話を切った。

もうひとつ、今夜中に仕上げておかなければならない仕事がある。プールサイドの誓いを果たすことだ。自分の部屋に引っ込んで、ワープロの電源を入れた。ディスプレイに向かうのは、かれこれ五十時間ぶりだった。

三十分ほどキーボードをたたいていると、ドアにノックが聞こえて法月警視が部屋に入ってきた。ひょいとワープロの画面をのぞき込む。

「珍しいな、こんなに筆が進むなんて」と警視は言った。「だが、もう事件はおしまいか？」

「いいえ、これは小説の原稿じゃありません。斉明女学院の理事長に提出する報告書を打っているところですよ」

「報告書？　すると事件は解決したんだな」

「いいえ」

「じゃあ、何だ。中間報告か」

「最後通牒《つうちょう》です」

法月警視は肩をすくめた。

「――わかったよ。邪魔はしないから、事件が片付いた時にちゃんと説明してくれ」

と言って、部屋を出ていった。

綸太郎は椅子に坐り直し、画面に目を戻した。

最後通牒と言ったのは、決して誇張した表現ではない。この報告書を提出して、斉明女学院からのプレッシャーを解消してしまうつもりだった。

内容は悪く言えば、非常に偏ったものである。現に『キング・コング』で高田青年に話した推理については、ひとことも触れていなかった。

報告の柱は三点――まず松田卓也が西村頼子と性交渉を持っていない事実を確認する。原宿での卓也に対するインタヴューの一部を挿入。

次に西村悠史の犯行が、純粋に個人的な動機に基づいていることを強調して、反・斉明女学院キャンペーンの存在を否定する。高橋へのインタヴューの抜粋を附記。

第三点。これが一番重要だ。長谷川冴子から得た柊伸之の人格にまつわる証言。過去に教え子と関係を持った前歴があること、その際あまり反省の色を見せなかったことなどを記した。

さらに、柊と理事長の間に肉体関係が存在し、また最近までそれが継続していた可能性があることを指摘する。このくだりを目にする時の、理事長の驚く顔が目に浮かんだ。

「――以上の三点を見る限り」行を改めて、綸太郎は書いた。「少なくとも、柊教諭と西村頼子の間に肉体関係が存した事実を否定することはできない。したがって、柊教諭の完全な潔白を主張することは真実に反する不法な行為と看做《みな》される。

また上記第三項に明らかなように、貴依頼人は調査対象に関する重要な知識を故意に報告者に隠していたものである。この二点をもって、貴方の依頼によって本事件の調査を続行することは、公序および信義の原則に反するものと断じる。

報告者はこの判断に基づき、貴依頼人に対して以下の要求を行なう。⑴報告者に対する本件の調査依頼を至急撤回すること。⑵前項の事実を速やかに各報道機関に通知すること。

この要求が満たされない場合、報告者は各報道機関を通じて本書面の写しを公表する用意がある」

でき上がった文章を二部、用箋に印刷して、それぞれ末尾に日付と自分の名前を書き添える。「斉明女学院理事長　水沢エリ子殿」と表書きした封筒にその一通を収め、封をした。

明朝、この報告書を斉明女学院に提出する。理事長は柊伸之との肉体関係を、世間に公表されたいとは思わないだろう。それで斉明女学院からの風当たりも収まるはずであった。綸太郎は無事そうなることを祈った。

残った一通にパンチで穴を開け、専用のファイルに綴じておいた。そのファイルを片付けようとして、ふと西村頼子の診断書のことを思い出した。報告書の写しと、二通の診断書――。

思いがけない考えが綸太郎の頭に生じたのは、その瞬間だった。

22

あくる月曜の朝、綸太郎は早く起きた。目を覚ました時から、今日中に事件が決定的な局面を迎えるだろうという漠然とした予感があった。落ち着かず何杯もコーヒーを沸かして、出勤前の警視に注意された。

九時二十七分に冨樫からの電話が入った。

「イガラシタミオの居所がわかったぞ」

「本当ですか？」綸太郎は思わず言った。

「自分で頼んでおいて、何が本当ですかだ。メモの準備をしろよ。まず名前の確認からだ。イガラシタミオ、五十嵐《ごじゅうあらし》に人民の英雄、後ろ二つを取って、民雄。連絡先は――」冨樫は、市外局番〇二六八で始まる番号を口にした。

「〇二六八？　どこの番号です」

「長野県の上田市だ。五十嵐は沖津製麺という地元の食品会社で働いている。今のは会社の事務所の代表番号だ」

「どうやって調べたんですか」

「教えてほしいのか？」冨樫は焦《じ》らすように口ごもるふりをした。「古い記録を調べて、事故当時五十嵐が、川崎市内の事務機器メーカーの営業所に勤務していたことを突き止めた。昨夜のうちにできたのはそれだけだ。今朝一番でその営業所に電話して、五十嵐のことを尋ねたんだ。

五十嵐民雄は事故の直後そこをクビになっていたが、運よくその後の消息に詳しい古株の社員がいた。彼の話によると、五十嵐の嫁さんの実家が製麺工場を営んでいて、そこで一から出直すことにしたんだそうだ。その古株の社員は五十嵐と仕事以外でもつき合いが深かったそうで、今でも時々、便りをもらうことがあるそうだ。それで女房の実家が経営する会社の場所もわかった。かなりツイていたよ。電話一本でこれだけ収穫があるとはね」すっかり自画自賛の口ぶりである。

「待ってください」と綸太郎は言った。「被害者に下半身不随の重傷を負わせて、五十嵐は刑事罰を受けなかったのですか？」

「業務上過失致傷罪で起訴されたんだが、禁固刑に執行猶予がついて交通刑務所行きだけは免れた。スムーズに示談が成立したことに加えて、被害者の側にも過失が認定されたため、比較的、軽い判決に落ち着いたらしい。ただ事故を起こしたライトバンが会社の車だったので、監督責任を問われた会社が、損害賠償のかなりの額を支払ったそうだ。クビになったのは結局それが原因らしい。というのが、その社員から聞いた話なんだがね。五十嵐は仕事熱心で情に厚い男だったそうだ。事故の時厄年だったというから、もう五十五、六になるはずだ」

「ああ。五十嵐が現在、その沖津製麵にいることを確かめてみたんですか？」

「ああ。それもさっき電話して確認したよ。本人はまだ出社していなかったが、電話を取った子にちゃんと訊いたからね。もう来ている頃だろう」

たまたま巡り合わせがよかったとはいえ、冨樫がこれだけ手回しよくやってくれるとは、正直言って予想していなかった。

「どうもありがとう」

「おやおや、君でも皮肉を込めずに礼を言うことができるんだね」と冨樫がからかった。「だが、五十嵐に何を訊くつもりなんだ？　もし今度の事件と、十四年前の母親の事故に関連があるとしたら、ぼくも手をこまねいてみているわけには行かないな」

「やめた方がいい」綸太郎は重い刺《とげ》を含んだ声で言った。「もうあなたの出る幕じゃないのです。面白半分で手を出すと、大火傷をしますよ」

「わかったよ」冨樫は意外に簡単に折れた。「この件はこっちの貸しということにしておく。この世界は人脈がモノを言うからね。いつか君の記事を書かせてもらうよ。

まあ、末永くおつき合い願うことにしよう」

冨樫は電話を切った。

綸太郎は受話器を離さないままフックを押して、すぐに上田市の沖津製麵の番号にかけた。

土製の鈴のようなころころした声の女の子が応答した。五十嵐民雄さんはおいでですかと尋ねると、先ほどの方ですかと訊き返された。

「いいえ。でも用件は同じです。東京の法月と申しますが、少し込み入った話になるのでご本人につないでください」

「少々お待ちください」

相手は送話口を手でふさいだようだが、五十嵐の名を呼ぶ声が微かに洩れて伝わってくる。たぶん家族的な雰囲気の職場なのだろう。受話器を持ち替える物音がして、年配の男の声が出た。

「五十嵐です。東京の森口さんとおっしゃる？」

「法月です」と訂正した。「お忙しいところ、突然お電話して申しわけありません。ご無礼は十分承知で、お訊きしたいことがあります。あなたは西村頼子というお嬢さんをご存じではないですか？」

五十嵐はうめくようなため息を洩らした。熱に当てた氷塊が溶けていく時に立てる音を思わせた。

「──よく知っています」警戒と逡巡を含んだ声が答えた。

「では、先月の二十一日の夜、彼女が横浜市内の公園で何者かに殺害された事件をご存じですか？」

「新聞で読みました」五十嵐は声を押し殺した。周りを気にしているのだろう。「法月さんとおっしゃいましたね、私にいったい何の用です？」

「申し遅れました。ぼくは警察と別個にその事件の調査をしている者ですが、妙な心配はなさらないでください。彼女の死の真相を明らかにするために、どうしてもあなたの力をお借りしたいのですが」

五十嵐はしばらく迷った末に質問を繰り出した。

「──あの事件は、学校の先生が犯人だったのではないですか？」

「こちらでは、もう少し微妙なことになっていまして」綸太郎は率直に核心に触れた。「ぼくは十四年前の母親の事故が、今度の殺人と関係があるのではないかとにらんでいます」

電話越しに息を飲む音が伝わってきて、相手の心臓の動悸を肌で感じられるような沈黙が続いた。背景に別の電話のベルが聞こえた。

やがて五十嵐の声が耳の中に戻ってきた。

「――ということは、ご存じなのですね。私が彼女の母親を、そのつまり、車ではねて、大怪我をさせたことを」

「去年の十月に、あなたと頼子さんが渋谷で会ったことも知っています」綸太郎はたたみかけるように言った。

「そうですか」今度の答は早かった。やっと心を決めたふうである。「わかりました。すみませんが、そちらの番号を教えていただけますか？　すぐこちらからかけ直しますので」

番号を教えると、五十嵐は一度電話を切った。二分ほどしてベルが鳴った。綸太郎はすぐに受話器を取った。

「五十嵐です」とさっきの声が言った。背景の物音が消えて静かになっている。ひとりきりで話せる場所に席を移したのだろう。

「お手数をかけてすみません」綸太郎は改めて非礼を詫びた。「本来ならそちらまで出向いて、お話をうかがうべきところですが、どうしても時間の都合がつかなかったのです」

「いや、かまいません。で、私の力を借りたいとおっしゃるのは、どういうことなのですか？」

論太郎は手短かに事件の概要と、五十嵐に連絡を取るに至るまでの経緯を説明した。

「なるほど。あの時の男の子が私のことを覚えていたのですか」五十嵐は自分の記憶を嚙みしめるように言った。「彼と別れた後、ボーイフレンドかと頼子さんに訊いた覚えがあります。彼女は口をすぼめて首を振りましたが」

「頼子さんとお会いになったのは、その時が初めてですか」

「ええ」自分の声にむせたように咳き込んだ。「もちろん、大きくなってからという意味ですが」

考えの足りない質問であった。二人は以前に会っているのだ。十四年前の事故の現場で。

「どういう形で彼女と知り合われたのです？」

「昨年の九月初めに突然、頼子さんから私の許に手紙が届きました。あなたと同じようにして、私の住所を調べたようです。十四年前の事故について、私に尋ねたいことがあるという文面でした。しかし私は当時のことを思い出したくなかったので、彼女に悪いと思いながらも、その手紙には返事を出さないでおきました」

ちょうど彼女が、松田卓也と会わなくなった時期である。少し日数が開いているのは、五十嵐の住所を突き止めるために要した時間だろう。やはり卓也の忠告がきっかけとなって、十四年前の事故に関心が向かったのだ。

「ところが二、三日後に、またすぐ次の手紙が届いたのです。『前の手紙でお気を悪くされたかもしれませんが、決して五十嵐さんの非を責める目的でしたことではありません』と確かそういう書き出しでした。ほとんど間を置かずに書かれたものらしく、内容も最初の手紙とほぼ同じで、十四年前の事故について尋ねたいことがある。ついては、一度会う機会を作ってもらえないかということでした。

そんなふうに相次いで手紙が届いて、しかもその調子が真剣なものでしたから、よほどのことなのだろう、無視してはいけないと思って彼女に返事を書きました。もっともその時は、彼女と会うつもりはありませんでした。昔のことをほじくり返すと、お互いに気まずい思いをするのが目に見えていましたから。それに何といっても、私はあの家族に負い目があります。今さらかつての自分の罪に向かい合わされたくはなかった。そういった気持ちを正直に書いて、頼子さんに送ったわけです」

「彼女の自宅に直接、返信を送ったのですか？」

「いいえ。美しが丘の郵便局に局留扱いで送りました。頼子さんの指示でそうしたのです」

差出人の名前を両親に見られないための用心であろう。彼女は、五十嵐とコンタクトを取っていることを隠しておきたかったのだ。届いた手紙そのものも父親の目に触れないように、密かに処分していたにちがいない。

「あなたの返事に対して、彼女はどういう反応を示しましたか」

「すぐに三番目の手紙が着きました。私の回答に非常に感謝していると。そしていっそう熱を帯びた文句で、前と同じ要求が続いていました。『あの事故は私にとって、差し迫った現在の問題です』そういう表現が、随所に見られました。きっぱりと断わったつもりの私の答が、かえって彼女の熱意に油を注ぐ結果になったようです」

喉の曇りを払うように軽く咳をして、

「その後も繰り返し熱心な手紙を送ってこられて、そのうちに私の心もずいぶん変化しました。もしかしたら、彼女の言葉を信用してもいいのかもしれないと。熱意にほだされたのはもちろんですが、頼子さんと会って話すことで、私自身のかつての罪に対する負い目が解消されるのではないかという期待もありました。そこで思いきって、一度だけ会うことを承諾する手紙を書きました。ちょうど出張で上京する予定があったので、そのついでに話す時間を取ることにしたわけです。十月の第二日曜日でした」

五十嵐の声は電話の存在を忘れ、自分自身に語りかけるモノローグの響きをまとい始めていた。綸太郎が質問をはさんだ。

「渋谷で待ち合わせをされたのですね？」

「お互いに目印を決めて、109の階段のところで落ち合いました。目印は別にして、頼子さんの顔を見て一目で彼女とわかりました。お母さんに顔だちがそっくりでした。お母さんの顔は何年たっても忘れられません。事故の時、フロントガラス越しに見た顔が今でも時々夢に出てきます」ため息をついた後、声のトーンが少し変わった。「少し歩いて、座敷のあるおしるこ屋に入りました。その途中で、例の少年に会ったわけです」

「彼女にどんなことを訊かれました？」

「頼子さんは、事故が起こった時のことを詳しく、正確に再現してくれと言いました。私はためらわざるを得なかった。というのは、もし私が見た通りのことを話したら、彼女がつらい思いをすることになるのが目に見えていたからです」

「――でも、話されたのでしょう？」

「ええ。会うことを承知した時から、うすうすその問いを予想していました。本人を前にして、口ごもるわけにはいきませんでした」

「事故はどういうふうに起こったのですか？」

短い間合があった。五十嵐の喉が木管楽器のようにひゅっと音を立てた。

「――あれは、五月の晴れた日の夕方でした。五時過ぎで、まだ暗くなる時刻ではなかった。得意先に納品をすませた帰り道で、ひとりでハンドルを握っていました。道は片側二車線の直線で、制限速度を守って左側のレーンを走っていました。

進行方向左手の歩道の先に、母娘の二人連れの姿がありました。母親はお腹の大きな妊婦で、買い物帰りの様子だった。その二、三歩後ろを、赤いスカートの三歳ぐらいの女の子がこまのように体を回しながら、ちょこまかと跳びはねていました」

五十嵐の声が震えて聞き取りにくくなったので、綸太郎は受話器をしっかりと耳に押しつけた。

「それから、ほんの一瞬の間にたくさんのことが起こった――女の子がくるりと背中を見せたかと思うと、突然、車道にとび出してきたのです。私の車のすぐ目の前でした。あっと気づいて急ブレーキを踏んだのと、母親が女の子をかばうために車道に身を投げたのが、ほとんど同時だったと思います。

私の目には、女の子と母親の間に見えないゴムがあって、それがすっと縮んで母親を車道に引っぱり出したように映りました。女の子は母親の捨て身の勢いにはじき飛ばされ、隣りの車線に転がっていきました。幸いその車線を走っていた軽四は急ブレーキが間に合って、かろうじて女の子の手前で止まることができましたが、私の車は母親を避けられなかった。距離が詰まりすぎていたのです。母親の体が宙に浮いて、背中から路面にたたきつけられるさまを、私はフロントガラス越しに見た——」

声がふっつりと途切れた。電話ケーブルの間に生じた沈黙の塊が、受話器ごと五十嵐の存在を呑み込んでしまったかのようであった。再び話し始めた声には、ざらざらした疲れの徴候がにじみ出ていた。

「呆然とした状態で、車を降りました。女の子の泣き声しか耳に入らなかった。彼女は膝とほっぺたをすりむいただけで、奇跡的に無事でした。周りに人が集まって、口々に何かわめいていたようです。私は怖くて、母親の方にまっすぐ目を向けることができませんでしたが、対向車線に止めた白いサニーから降りてきた男が駆け寄って、海絵、海絵と繰り返し叫んでいたのをよく覚えています。後で知ったのですが、それが西村悠史さん、私が轢いた奥さんの旦那さんでした」

また言葉を切った。今度は綸太郎に質問のバトンを手渡すための沈黙であった。

「その通りのことを話したのですか？　事故の原因が頼子さん自身にあったということを」

「ええ――もちろん、彼女を責めるような言い方はできるだけ避けたつもりですが、頼子さんにとっては同じことだったでしょう」

「彼女はどういう反応を示しました？」

「事故に果たした自分の役割を、彼女がその時まで知らなかったことは確かです。冷静を装ってはいたものの、ショックを隠せない様子でした」少し言い淀んだ後に、思い出したように付け加えた。「何とか元気づけようと慰めの言葉をかけましたが、別れる頃にはもう、頼子さんの頭の中は別のことでいっぱいになっていたようです」

「別のこと？」

「ええ。私のことなど眼中にないような様子とでもいうのか。何を考えていたのか、私には見当もつかないのですが」

その時、彼女が何を考えていたのかわかるような気がした。恐らくその時の考えが、後の事件の引き金となったにちがいない。

「その後、頼子さんと会われたことはありますか」

「いいえ。その日以来、あれほど頻繁だった手紙もぷっつり来なくなりました」

「わかりました」と綸太郎が言った。「長い時間を割いてくださって、ありがとうございました。そのうえ昔の事故の記憶まで蒸し返して、申しわけありません」

「私でお役に立ったのでしょうか？」

「ええ」

「それならよかった——」五十嵐は自分から電話を切ることを恐れているようだった。「今まで隠していたつもりはなかったのです。頼子さんが亡くなられたと知った時、何度も西村さんのお宅にお悔やみの電話を入れようと思いました。でも、私にはできなかった——私はあの家族にとって、疫病神のような存在なのですから」

もう一度礼を述べて、綸太郎は電話を切った。受話器を握る手のひらがじっとり汗ばんで、五十嵐の話がもたらした緊張の度合を物語っていた。

すぐに身仕度をして、家を出た。アルファロメオで二四六号線を飛ばす。時間が惜しかった。大坪総合病院へ行く前に、斉明女学院に寄っておかなければならなかった。

一昨日と同じ初老の門衛が、詰所から綸太郎に挨拶をした。綸太郎は車を降りて彼に言った。

「ひとつ頼みごとがあるんだが」

「何でしょう」

綸太郎は昨夜作った報告書の封筒を出して、門衛に手渡した。

「この書類をすぐに理事長に届けてほしい。ぼくは急いでいて、今はお会いしている時間がないのだ。重要な書類だから、確実に本人に渡るように頼む」

「わかりました」彼は受け取った封筒を、勲章のように抱きしめた。「私が直接、お届けします」

「ついでに車を預かってくれないか？」門のそばに駐めたアルファロメオに親指を向けた。「レンタカーだから、リース会社に連絡して引き取ってもらえばいい。ぼくはもういらなくなったので」

門衛にキーを渡して斉明女学院を後にする。無意味なトラブルに巻き込まれるのはもうごめんだ。報告書の威力に全てを託して、二度とこの学校の敷地に足を踏み入れるつもりはなかった。もう理事長の顔を見ることもないだろう。

タクシーを拾い、運転手に行先を告げた。

大坪総合病院に着いた時には、十一時半に近かった。綸太郎は受付で頼んで、館内放送で高田青年をロビーに呼び出してもらった。西村悠史の取調べを控えて、彼もここに来ているはずだ。

やがて廊下に彼の姿が現われた。銃剣を背中に突きつけられ、足かせを引きずる捕虜兵のような足取りである。綸太郎と対すると、表情にひときわ重い影が覆いかぶさった。

「西村氏の意識は回復したのかい」

「ええ」まるで反対の結果を望んでいたような口ぶりである。「一般病室に移って、神経科の先生の面接を受けています」

「県警の取調べは？」

「三時からです。病院の先生方ががんばってくれたのですが、それ以上時間を延ばせませんでした」

三時か。それならまだ時間がある。

「昨日頼んだことを矢島さんに伝えてくれたか」

高田は目を伏せ、唇を嚙んだ。そしてそれとわかる程度にうなずいた。

「彼女は何と？」と綸太郎が尋ねた。

答える代りに、顔を背けるように首を後ろへねじった。視線を追うと、病棟に続く廊下の角から半身だけのぞいた矢島邦子の姿に目が届いた。体の左側が隠されているせいで、二つに引き裂かれた心の半分を壁の向こうに置いてきたように見えた。

高田が軽く咳払いをした。それが合図になったように、矢島邦子はゆっくりとこちらに歩いてきた。彼女の挙措には、一昨日集中治療室で会った時には感じられなかったある種のぎごちなさが含まれているようだった。それは疲労とは異なった領域に属しているものが落としている翳だった。

綸太郎と向かい合い、改まった態度で一礼したが、口ごもってなかなか言葉が出てこない。こちらから先に言った。

「高田君から話を聞かれたと思いますが――」

「ええ」ようやく邦子は重い口を切った。「さっき二人きりになった時に。本気で、悠史さんのことを疑っているの？」

うなずいた。

邦子は綸太郎の目をのぞき込んだ。敵意や疑いを交えない、彼の心の底をまっすぐ見透かそうとする視線だった。虚心になって自分を彼女の前にさらした。矢島邦子の中の重い車輪が、歯止めを外して静かに回り始めるのを肌で感じた。

「ロビーでは人目がありますす」高田が気を利かせて言った。「誰にも聞かれない場所に移りましょう」

二人はうなずいた。高田の提案でこの棟の屋上に行くことにした。

三人とも押し黙ったまま狭い階段を上って、四角い光の差し込むドアを開け、コンクリートを碁盤目に切った屋上に出た。テニスコート二面ほどの広さがあり、水色に塗った鉄柵がぐるりを取り囲んでいる。ここを憩いの場に使う者がいるのだろう、ベンチと煙草の吸殻入れが置いてあった。

矢島邦子はベンチに向かわず、屋上の端まで歩いて、柵の手すりに片手を載せてたたずんだ。綸太郎も彼女に従い、柵のそばに並んだ。高田は二人から少し離れた位置にとどまった。

見渡せば、普段と変わらない街の生活が広がっている。世はすべてこともなし。綸太郎には信じられない思いだった。病院の空調設備の排気音に混じって、陸橋を渡る電車の音がごうっと響いてきた。車のクラクションと、子供の来院患者が上げる金切り声がひっきりなしに耳に入る。熱を帯びたほこりっぽい空気が市街地全体に腰を落ち着けていた。まだ九月の初めで、残暑は去っていなかった。

邦子がこちらに顔を向けた。

「土曜日には失礼なことを言って、申しわけありませんでした」言葉遣いまで改まっていた。「でも、あんな態度を取ったことには理由がありました。あなたの言葉がきっかけで、気がかりなことに思い当ったんです。しかしその時は、それがあまりにも常軌を逸した考えのように思えたので――」

彼女の言葉を受け取って続けた。

「それを打ち消すために、ぼくを追い払った」

「悪かったと思っています。でもあなたがいなくなった後も、私の懸念は消えませんでした。あなたがおっしゃる通り、もともと私の中にあった考えだったんです」

「土曜日の夜には、西村家で夫人にぼくのことを警告したらしいですね」

非難の色を込めずに尋ねたが、邦子は目をそらすようにうなだれて言った。

「あなたが海絵さんと話したのではないかと思って様子を見に行ったんです。海絵さんの前であなたのことを悪しざまに言ったのは、自分の考えを彼女に悟られたくなかったからです。

でもそうやって否定しようと努力するほど、いっそう疑いが重くのしかかってきました。彼のためにこのことを黙っていなければならないと何度も自分に言い聞かせましたが、やはりだめでした」

「彼というのは、もちろん西村氏のことですね」

「そうです」それが最大の障害物なのだ。「──高橋君と話をされたそうですね?」

「はい」

「当然、私の悠史さんに対する気持ちも話題に上ったのでしょう?」

うなずいた。

「──病室で眠っている彼の顔を見ているのに耐えられなくなったんです」邦子は顔を上げて言った。「迷っている時に、高田君があなたの話をしてくれました。それを聞いて、やっと打ち明ける決心がつきました」

「それが西村氏にとって不利になるというのであれば、無理に話さなくてもいいのです」女に対する同情が思わず言葉になっていた。「彼を裏切ることまでは、ぼくも強要しません」

「いいえ、これは自分の意志で話すことです」彼女はきっぱりと言った。「それに、私は彼を裏切るつもりではありません。むしろ彼にチャンスを与えるために打ち明けるのだと思っています」

そう言いながらも、次の言葉を口にするために邦子はずいぶん苦労しているようだった。こぶしの骨の形が顕《あら》わになるほど強く手すりを握りしめ、涙がにじむほど唇を噛みしめていた。

「今朝、五十嵐民雄さんと電話で話しました」綸太郎は彼女の気持ちに弾みをつけようとした。「十四年前の事故のことも彼から聞きました」

「そうですか」唇の間からゆっくりと息が洩れた。「あなたが考えた通りです。彼の手記に書いてあることは何もかも嘘です――悠史さんは、頼子ちゃんを愛してなどいなかったのですから」

「何ですって？」

「――憎んでいたかもしれないのですから」

その言葉はまるで祈りのこもった鐘の音のように響いた。暗黒の虚空をなすすべもなくさまよい続ける祈り。綸太郎は無言だった。彼ばかりでなく、この世の全てが沈黙の中に没したようだった。

だが、矢島邦子は何もかも打ち明ける覚悟を決めていた。もはやためらいはなかった。沈黙が一点に凝縮すると、彼女は堰《せき》を切ったように話し始めた。

「そうなったのは、みんな十四年前の事故のせいでした――でもその前に、悠史さんと海絵さんの二人のことから話さないとわからないでしょう。

二人が出会ったのは高校生の時です。私も含めて生徒会の役員でした。海絵さんは悠史さんを好きになって、私にその気持ちを打ち明けてくれました。私は親友として、二人の間がうまく行くように手を尽くしました――」

「当時のことは、高橋さんから詳しく聞きました」

「そうですか」彼女の目が宙を泳いだ。「もう三十年も前のことになります。その頃から二人はお互いに相手のいない人生を考えられないぐらい強く引かれ合っていました。傍目から見てもうらやましいほどの結びつきで、すでにその頃から生涯の伴侶と約束されたような雰囲気がありました」

邦子は短いため息をついて、小さくかぶりを振った。しばらくの間、自分の思いを遠ざけておこうとするようなしぐさであった。

「それから二人は別々の大学に進みましたが、その関係が疎遠になることなどあり得ませんでした。毎日のように手紙のやり取りをして、日曜ごとに一緒に出かけて。顔を合わせる度にお互いに新しい発見があって、何万回会っても会い足りない、その頃海絵さんからよくそんな話を聞かされました。悠史さんが大学に残り、研究者の道を進む決心をしたのも彼女の励ましがあったからです。彼がイギリス留学を決めた時、一番喜んだのは海絵さんでした」

「しかし、二人はずいぶん結婚に慎重だったようですね」と綸太郎が言った。「高橋さんも不思議がって、西村氏は奥さんの実家に対して何か気がねがあったのではないかと言っていました」

邦子は首を振った。

「それは誤解です。悠史さんは向こうのご両親に気に入られていて、気がねなど全然なかったはずです。現に今のお家は二人が一緒になってから、海絵さんの実家から結婚祝いということでお金を借りて建てたものですが、その時も悠史さんは感謝こそすれ、遠慮や気がねをしている様子はありませんでしたから」

「じゃあ、どうしてイギリス留学の前に式を挙げてしまわなかったのですか？」

「悠史さんのけじめです。研究者としてそれなりに認められる成果を上げるまでは、半人前だからという意識が強かったようです。彼は結婚というステップを重要視していたので、なれ合いや時の勢いで式を挙げたくなかったのでしょう。ロンドンでの生活を通して、海絵さんにふさわしい一人前の男になるという決意もあったはずです。

それに二年やそこら離れたぐらいで、だめになってしまうような二人ではありません。海をはさんでそれこそ毎日のように文通が続いていました。郵便代も大変だったでしょうが、一体、手紙を書く他に何かしている時間があったのか今でも不思議です。

もちろんそうは言っても、海絵さんは当時、相当寂しい思いをしたようです。でも決して弱音は吐きませんでした。実家で近所の子供に英語を教えながら、ただひたすら彼の帰国を待っていたのです。長いようで、短い二年でした。悠史さんの帰国後、半年ほどして二人はめでたくゴールインしました」

「知り合ってから、十年以上かかったわけですね」

「性急な愛ばかりが本当の愛ではありません」邦子はしんみりとした声で言った。「それだけの期間、愛を育《はぐく》み続けるのは大変なことです。二人がお互いに誠実だったことの証です」

「二人の結婚生活は？」

「最初の数年は、順風満帆という言葉にふさわしいものでした。挙式の前後から悠史さんの仕事は学界でも高く評価されて、今の大学に招かれて講座を持つに至りました。海絵さんも理想的な奥さんで、一年後には頼子ちゃんも生まれ、幸せに満ちあふれた家族でした。当時は悠史さんも、頼子ちゃんを目に入れても痛くないほど可愛がっていました。

それから二年半たって、海絵さんは二番目の子供を身ごもりました。悠史さんがどうしても男の子がほしいと望んでいたからです。あの頃は一家の幸せが永久に続くかと見えたものです」

「西村家の客間で、三人で撮った写真を見ました」

「私がシャッターを押しました」その声には今までと異なった暗い響きが忍び込んでいた。「海絵さんが事故に遭うわずか一ヵ月前に写した写真です」

「――五十嵐さんの話では、その事故の原因は幼い頼子さんだったそうですね？　道路にとび出した娘を助けようとして、海絵さんは車にはねられた」

「ええ」邦子は十四年前の悲劇の余韻にひたるように長く重苦しいため息をついた。

「――でも本当の不幸は、ちょうど大学から帰ってきた悠史さんの車がその現場を通りがかっていたことです。彼はその場面を反対車線から目撃してしまったんです」

　綸太郎は五十嵐の話を思い出した――西村悠史が事故現場に登場した場面を。邦子が続けて言った。

「きっとその瞬間から、彼は頼子ちゃんのことを憎み始めたと思います。これは私の想像ですが、彼の目には幼い頼子ちゃんが、奥さんを車の前に引きずり出したように見えたにちがいありません。だから彼の意識の中では、誰よりも愛している奥さんの体をあんなにしたうえに、誕生を待ち望んでいた八ヵ月の長男を殺した張本人は他でもない、頼子ちゃんだったのです――」

激した声がそこまで上りつめてふっつり切れた。その後は、少し感情を抑えた口ぶりで、

「それからの十四年間、彼は心の中では一度たりとも頼子ちゃんをゆるしたことがなかったでしょう。表面的にはよい父親だったかもしれません。でもそれは奥さんの手前、そういうふりをしていたにすぎません。彼は心の底の一番深いところで、頼子ちゃんの存在を完全に拒絶していました。海絵さんをあまりに深く愛していたがゆえに、やり場のない怒りが全て頼子ちゃんに向けられてしまったんです」

「頼子さんの方では父親の真の感情に気づいていたと思いますか？」と綸太郎は尋ねた。「森村さんに聞いたところでは、彼女は父親のことを大変慕っていたそうですが」

「知っていたはずです」胸にこたえる悲痛な叫びだった。「あんなに感じやすい女の子だったんですもの。気づかないはずはありません。拒絶されていると知って、かえっていっそう強く父親の愛を求めたと思います。でも、彼の心は全て海絵さんに捧げられていました。そういう時、普通なら母親に対抗意識を持つものでしょうが、彼女にはそれすら許されなかった。彼女の潜在意識の中には、事故当時の埋もれた記憶が巣食っていたにちがいありません。母親に対する負い目が頼子ちゃんの退路をふさぎ、彼女はますます追いつめられていったんです」

それこそ、松田卓也が言った「得体の知れない罪悪感」の正体だったのだ。卓也はもう少しで彼女の心を開くことができたのに――。

「成長するにつれ、彼女はびっくりするほど母親に似ていきました。無意識のうちに母親の代りを務めようとしていたんでしょう。海絵さんの体が不自由な分、自分がその不足を補おうとするように。母親に対する意識下の負罪感と、父親の愛情を得たいという気持ちが相乗作用を起こしたんだと思います。

でも頼子ちゃんが母親に似ていくほど、父親は娘を憎むようになりました。私は何度もそれとなく彼に、頼子ちゃんに対する態度を改めるように忠告したものです。けれど無駄でした。彼は海絵さんを愛するあまり、頑なな心の砦を崩しませんでした」

邦子はまた唇を噛みしめた。拒絶された娘に対する気持ちには、長く秘めた彼女自身の届かない思いが重なっているはずだった。

「去年の秋頃から、頼子ちゃんの精神はいっそう不安定になったようです。昔のアルバムを出して、母親の若い頃の写真に見入っている姿をよく見かけました。自分自身を母親と一体化しようとしているみたいでした。実際にその頃から、彼女は前にもまして母親と瓜二つになっていく感じでした。私はそれを見る度に漠然とした不安を覚えましたが、結局、どうしてあげることもできなかった――」

去年の秋といえば、彼女が五十嵐から十四年前の事故の真相を聞いた頃である。彼女の行動は、それまで潜在意識の底に隠れていた罪悪感が、はっきりと意識の表面に浮かび上がったことを示すものだ。彼女は過去の罪を償うために、失われた母親の肉体を自分自身によって再現しようとしていたのだ。

「頼子ちゃんがかわいそう」と邦子が洩らした。「事故さえなければ、父親に拒絶されなければ、あんな軽はずみなことをするはずがなかったのに」

　言葉を切ると、精根を使い果たしたようにじっとうなだれた。目尻に涙がにじんでいた。綸太郎は何も言わずに彼女の横顔を見つめていた。

「おわかりでしょう」ようやく顔を上げて、邦子が言った。「全て偽りのない真実です。それほど奥さんを愛し、それゆえに頼子ちゃんをゆるすことのできなかった人が、あんなことをするはずがないんです。あの手記に書かれた気持ちは全部嘘なんです。彼、頼子ちゃんのために自分を犠牲にするわけがありません。ましてや、海絵さんを見捨てることなど絶対にあり得ません。何もかもが狂っているにちがいありませんわ」綸太郎の耳は、その後に彼女の唇からこぼれた小さなつぶやきを聞き逃さなかった。

「――かわいそうな悠史さん」

遠くで、また電車が陸橋を走り抜けていった。

「西村氏が夫人以外の誰かのために、命を投げ出すことがあり得るでしょうか」と綸太郎は尋ねた。

「いいえ」

「では、海絵さんへの愛を貫くためなら、西村氏はどんな卑劣な行為も辞さなかったでしょうか？」

「ええ」

「それが——」と綸太郎は言った。「殺人でも？」

彼女はうなずいた。

その時、綸太郎はやっと西村悠史という人間を理解することができたと思った。矢島邦子の絶望と引き換えに、ようやく彼の視界が広がったのだ。だが綸太郎の目に映ったものは、ぞっとするほど荒涼とした廃墟の風景であった。彼は嘔吐感すら覚えた。それは愛と憎悪と人間の存在そのものが持つ罪に対する畏《おそ》れに他ならなかった。

「取調べは三時からでしたね」綸太郎は立ち去ろうとしながら言った。「その時病室にうかがいます。どうしても彼に確かめたいことがあります」

「待ってください」それまで無言で耳を傾けていた高田青年が綸太郎の前に立ちはだ

かった。「お願いです、法月さん。もうこれ以上、この事件を追及するのはやめてください」

彼の瞳の底に、自分が見ている風景と同じ色をした影が宿っていることに気がついた。

綸太郎は首を振りながら、彼の横を通り抜けた。

24

西村悠史が移された病室は、同じ一号病棟の五階にあった。午後三時、外の廊下で綸太郎は緑北署から来た人間と少しだけ言葉を交わした。相手は長身の穏やかな顔つきの警部で、佐伯《さえき》と名乗った。中原刑事のことを尋ねると、佐伯は首を振った。

「彼はこの事件の捜査から外されました」それ以上何も説明しようとはしなかった。

綸太郎は自分の立場を簡単に説明して、事情聴取の前に西村氏と話をさせてもらえないかと訊いた。

「二十分間で結構です」

「しかし、何のために?」

「微妙な問題なのです。うまく説明することはできません」

佐伯は渋面を作った。その時、病室のドアが開いて医師と看護婦が出てきた。綸太郎は医師と目礼を交わした。土曜日に食堂で話を聞いた吉岡医師であった。

「――どうぞ」と吉岡は佐伯の方にあごをしゃくった。「二日も予定を繰り上げたことを忘れないように。絶対に患者を興奮させないでください」

「お願いします、警部」綸太郎は改めて言った。

部屋の中から続いて高田青年が顔を出した。綸太郎の姿を見つけて、表情をこわばらせた。他の者には目もくれず、綸太郎に声をかけた。

「教授には会わないでください」

綸太郎は首を振った。

「ぼくは彼に会わなければならない」

「どうしてもそれが必要ですか？」

「ええ――頼子さんのためにも」

「あなた方はいったい何の話をしているのですか」

佐伯が当惑を隠さず、二人の間に入った。

高田は自分の中の何かと激しく戦っているようだった。唇を堅く結んで、綸太郎をじっと見つめていた。彼の瞳の底には今にも燃えつきてしまいそうな哀しい光があった。それは醜い現実を知ってしまった者にだけ宿る絶望の光だと思われた。

だが、高田は自分の中の葛藤にようやく終止符を打とうとしていた。彼は何かを訴えかけるように、綸太郎の瞳の中に自分自身のそれを重ね合わせた。

「――教授のことをわかってあげてください」

綸太郎はうなずいた。おぼろげながら、高田が自分に訴えようとしたものの正体をつかんだ気がした。彼は涙をこらえているようだった。あまりにも重いそのメッセージに、自分は果たして応えられるだろうかと綸太郎は思った。

「刑事さん」高田が佐伯の方に向かって言った。「法月さんがしばらく教授と二人きりで話せるようにしてもらえませんか」

佐伯は自分が除け者にされていると感じ始めたようだった。彼は態度を決めかねていたが、高田青年の必死の要請に気圧されて譲歩することを認めた。

「仕方ありませんな」と佐伯は言った。「二十分だけ特例を認めましょう。あなただから許すのですよ、法月さん。その代り、後から我々の捜査にも協力してもらいます」

「ありがとう」先にそう言ったのは高田だった。

「矢島さんは？」と綸太郎が尋ねた。

高田は首を振った。

「さっきどこかに出かけたきり――」そこまでで答が途切れたが、綸太郎には何もかもわかったような気がした。

二人はドアのところですれちがった。お互いに足を止めた瞬間、目と目がぶつかった。綸太郎は青年の肩に軽く手を置いた。ごつごつと骨ばった肩だった。それが背負っていたものを、いま綸太郎が受け取ったのだ。小さく頭を下げる高田のしぐさが最後に目に入った。

綸太郎はドアを閉めた。


「法月さんですね」

初めて耳にする声に応えて振り向くと、紅茶色の瞳が彼を迎えた。西村悠史はパジャマ姿で、ベッドの上に上半身を起こしていた。綸太郎はうなずいて彼のそばに歩み寄った。

「お待ちしていました。そちらの椅子にどうぞ――ああ、その前にブラインドを下げてくれませんか。死にぞこないに、外の光はまぶしすぎて」

　綸太郎は言われる通りにした。

「まだずいぶん若い方なんですね」と西村悠史が言った。「失礼ですが、おいくつです？」

　綸太郎が答えると、西村はわが身を振り返り、過ぎ去った歳月をいとおしむような顔をした。ノスタルジーの奔流が一刹那、彼の瞳の底を駆け抜けた。だがその奔流をかさにして、自分を優位に置こうとする分別がちらついたのも確かだった。

「あなたのお話は先ほど高田君から聞きました」西村は改めて言った。「私の二重殺人を見破った手腕は実に見事です。脱帽しますよ」

　西村の声には真っ赤に熱した焦燥のかけらが混じっている。たぶんプライドの残骸なのだ。

「虚勢を張るのはおよしなさい」と綸太郎が言った。西村ははっと身をすくめた。

「――これは最後のチャンスです」綸太郎はおごそかな調子で続けた。「高田君があなたにチャンスを与えてくれたのです。ぼくは彼の代りを務めるにすぎません」

「――チャンス」さっきとは打って変わった弱々しい声で西村がつぶやいた。「では、彼も気づいているのでしょうか？」

「恐らく。ぼくが気づいたのだから、彼にわからないはずはありません。きっと矢島邦子さんも同じ結論に達していると思います」

「ああ」西村はため息をついた。「何もかもが私に追いついてしまったというのか。私は生き延びるつもりさえなかったのに」

「時間がありません」綸太郎は努めて感情を抑えた声で言った。「ぼくにとっても、あなたにとっても」

「私にとっても――」

その言葉をきっかけに、彼の中で何かが形を取り戻したようだった。綸太郎は西村の目の奥にぎりぎりまで引き絞った自省を認めてから、ようやく本題に入った。

「ぼくはあなたの〈フェイル・セイフ〉作戦の真の狙いを知りました。その瞬間にこの事件の諸相が一挙にその姿を変えてしまったのです。

〈フェイル・セイフ〉作戦の真の目的とは、頼子さんが八月十八日に作らせた第一の診断書とそっくり同じものをもう一枚手に入れることだったのですね。それを柊伸之の机の抽斗にそっと差し込んでおくことで、彼が頼子さんを妊娠させた張本人であることを既成事実化しようとした――」

西村は目を伏せてそっとうなずいた。

「指紋の問題はどうやって処理したのですか？」

「三十一日の夜、私は村上医師から受け取った封筒をそのまま柊に手渡したのです。彼の不自然でない指紋が第二の診断書に残るように。もちろん本来なら頼子の指紋もついていなければならないはずですが、そこまで気を使う必要はないと思いました。私自身の指紋さえ残っていなければ、警察は引っかかるにちがいないと考えました。柊を殺した後、ハンカチでつまんで抽斗の中の備忘録にはさんでおいたのです。封筒はもちろん処分しました」

「警察は未だに、柊が頼子さんの相手だと信じていますよ。斉明女学院の関係者も表向きはともかく、本心ではそう信じていますからね。

でも、第一の診断書はどうしてしまったのですか？　わざわざ〈フェイル・セイフ〉作戦のような持って回った手段に頼らなくても、最初から第一の診断書を使えば、何の問題もなかったのではありませんか」

西村は力なく首を振った。

「そうしたくても、第一の診断書はすでに私の手元にはなかったのです。柊伸之に罪をかぶせる計画を思いついたのはもっと後になってからで、あの時私はかっとなってそれを破り捨てたばかりか、すぐに証拠湮滅のため燃やしてしまったのです」

「あの時とは、二十一日の夜、頼子さんがその診断書を、父親であるあなたに向かって突きつけた時のことですね」

「そうです」西村はうなだれて言った。

「――ではやはり、頼子さんを妊娠させた男とは他ならぬあなた自身だったということを認められるのですね？」

25

氷のような沈黙が訪れた。やがてその沈黙を、自己憐憫《れんびん》に満ちた西村の声がゆっくりと溶かした。

「――必ずしもそういうわけではないのです」

「ここまで来て、まだ言い逃れをするつもりですか？」綸太郎は少し気色ばんで言った。

「いえ、ちがいます。私はそういう意味で言ったのではありません。事実は少しちがった展開をしたということなのです。私の話を聞いてください」

西村は自分の腰とベッドとの間に枕をはさんで、背中を押しつけた。少しでも体の負担を楽にするためだった。だが、傷ついた彼の心と外界の現実を隔てるクッションは、もはやどこにも見当たらない。

「全ての元凶は十四年前の事故にありました。妻の健康と待ちこがれていた長男をいっぺんに失った私は、それ以来、事故の原因を作った頼子を密かに憎悪するようになっていました。たまたま私があの日、事故の現場に居合せさえしなければ、そんなことにはならなかったかもしれません。でも私は、娘が車道にとび出す姿をはっきり見てしまった――。

私だって苦しんだのです。娘を憎むのはまちがいだと何度自分に言い聞かせたか知れません。しかし事故の瞬間の光景はこの目に焼き付いて、私の脳裏に頼子の罪を何万回でも再現してみせるのです。

私は弱い人間です。圧倒的な不幸を従容《しょうよう》としてわが身に引き受けることはできませんでした。誰かに憎しみをぶつけなければ、正気を保つ自信さえなかった。そこに、頼子がいたのです。私に選ぶ自由はありませんでした。人知れず頼子を憎むことで、悪夢のような現実と折り合いをつけることがようやく可能になったのです」

綸太郎の目に非難の色を読み取ったのだろう、西村の声がしばし淀んだ。

「だがあなたは内心の憎悪を隠して、表面的にはよい父親を演じていた――」と綸太郎が言った。

「その通りです。私を偽善者と呼びたければ、そうなさい。でも私は、妻にだけはその憎しみを知られたくはなかった。自分の醜い素顔を海絵に見られたくなかった。それが怖くて、事故の光景を自分ひとりの胸に隠し、頼子を愛しているふりを続けたのです。

しかしいくら私が娘思いの父親を演じても、当の頼子を欺くことはできませんでした。娘はいつしかはっきりと私の気持ちに気づくようになっていました。それにもかかわらず、あの娘は私の愛を求めようとしたのです。

もちろん、それは無駄な努力でした。思いがかなわないと知ると、あれは最も卑劣な手段で私の気を引こうとしました。頼子は成長するにしたがって、母親そっくりになっていったのです。頼子はそれが私に及ぼす効果を知っていて、自分を母親に似せるように努力していたにちがいありません。ことにこの一年というものは、初めて知り合った頃の妻に生き写しで、かえって私にはそれが耐えがたい苦痛となっていました。あれは、娘の復讐だったにちがいありません」

綸太郎は黙っていられなかった。

「それは、あまりにも一方的な見方です」

「そうかもしれない——」西村は瘴気《しょうき》のようなため息をついた。「でも教授会の日の夜に頼子が私に仕掛けた罠こそ、復讐以外の何物でもなかったはずです」

「それは、五月十七日の夜のことですね？」

西村は記憶の暦を改めるように宙を見すえた。

「そう——あの夜、私は同僚の酒につき合い、ひどく酔って帰宅しました。もともと酒にはあまり強くないのです。家にたどり着くのがやっとというありさまで、自分の部屋に入るなり、ネクタイさえ外さぬままベッドの上に倒れ込んでしまったのです。

それから何時間ぐらいたったでしょうか、私は人の気配を感じてはっと目を覚ましました。夢うつつの気分の中で、そばに立っているのが妻の海絵であることに気づいたのです。現在の海絵よりはずっと若く、まだ女学生のような体つきをしていました。もちろんその海絵は五体満足な姿でした。私は何のためらいもなく、海絵をベッドの中に誘い込みました。夢だと信じていたのです。

が、私の記憶はそこで途切れています。翌朝目を覚ました時、私はパジャマ姿になっていました。下着も替えられていて、前夜、実際に何があったのか私自身にも全く見当のつかない状態になっていたのです。私は全てが夢の中のできごとだったと考えることにしました。

それから三ヵ月ほど過ぎた八月二十一日の夜、私は自分が罠にかけられたことを思い知らされました。あの日――頼子は夕方から自室に閉じこもって、夕食の席にも下りてきませんでした。夕方外出したと中原刑事に言ったのは、もちろん嘘をついたのです。ところが九時頃、頼子は急に話があるからと言って私を部屋に呼びました。そこでいきなりあの診断書を目の前に突きつけられたのです。頼子は私に五月十七日の夜のことを思い出させて、子供の父親は私だと告げました。

私はかっとなって何が何だかわからなくなり、気づいた時には頼子の首に手をかけていました。頼子がそのことを海絵に知らせると言って脅したからです。私は頼子がゆるせなかった。頼子がまたしても私と海絵の愛を引き裂こうとしているのだと、私にはそれしか考えられませんでした。十四年間、私が内に抑え込んでいたものがその瞬間に一気に爆発してしまったのです」

「それはあなたに対する復讐ではなかった――」絶望的な気持ちで綸太郎は言った。「頼子さんはあなたに愛されたかったのです。母親に向けられた愛情の何千分の一でもいいから、自分にも分けてほしかったのです」

「やめてください」と西村がつぶやいた。

「いや、あるいは本当にあなたの子供が欲しかったのかもしれない」

二十五日の記述が綸太郎の脳裏によみがえり、同時に気になっていた小さな疑問が解けた。村上医師に妊娠を告げられて、「頼子はなぜかほっとしたような表情を見せたらしい」と西村は書いている。しかし実際には、娘が「ほっとした表情を見せた」理由を知っていたはずだ。知っていながら認めたくなかったために、無意識の防衛反応が「なぜか」という疑問詞を書かせたのだ——。

綸太郎は強い語調で続けた。

「——頼子さんはもう子供を産むことのできなくなった母親の代りに、あなたがあれほど欲しがっていた男の子を産みたかったのかもしれません。それが彼女なりの、十四年前の自分の行為に対する罪滅ぼしだったと思いませんか？」

だが、西村は綸太郎の目を避けた。

「頼子を殺した後の私の行動は、あなたも十分承知している通りです。猫のブライアンはベッドの下からいきなり襲いかかってきたのを、思わず素手で殴り殺してしまったのです」

腕の中にその時の感触が戻ってきたかのように、西村は自分の両手を持ち上げた。娘を殺したことよりも、猫を巻き添えにしたことを気に病んでいるようなしぐさに見えた。

「手記の欺瞞を見抜かれたのはさすがです。高田君から話を聞いて感心しましたよ。

あなたは私の考えたことを細かいところまで何もかも見越しているようです。八月二十六日の記述をさかのぼって書き足したのも〈フェイル・セイフ〉作戦の真の狙いも、先ほどあなたに指摘された通り、柊仲之にお腹の子供の父親役を押しつけるのが第一の目的でした。確かに私は娘の復讐という美名に隠れて、全ての責任を柊に転嫁するつもりだったのです。

しかしただひとつだけ、あなたがご存じでないことがあります。あなたがそれを信じてくれるといいのですが――。実は頼子のお腹の中の子供は、私の子ではなかった。あれは本当に柊仲之の子だったのです」

「そんな馬鹿な」

「そう言われるのはもっともです。だが私にはあの五月の夜、娘と完全な行為に及んだという記憶がなかった。ただ娘の言葉を真に受けて、自分の不埒《ふらち》を恥じているばかりでした。その後、私はずっと自分の身代りとして柊仲之という男を選び出したつもりでいたのですが、そのうちにひょっとするという気持ちが起こってきました。無関係な第三者というには、あまりにも多くの条件が柊という男に符合しすぎていたからです。

その疑いは当たっていました。私は最後の日に、柊の自由を奪った後に、彼から偽りのない真実を聞き出したのです。頼子は本当に柊と肉体の関係を持っていたのです。それは五月十九日、私が学会に出席するため家を空けていた日の夜だったそうです。

恐らく十七日の夜、頼子は私と完全な接合を持ち得なかったのだと思います。同じ手段を繰り返しても成功はおぼつかないと考えて、頼子はダミーを使おうとしたにちがいありません。柊伸之はその時点で、舞台に登場していたのです。したがって私が柊伸之を選んだのではなく、すでにそれ以前に頼子によって選ばれていた男のプロフィールをもう一度なぞっていたにすぎませんでした」

西村は懸命に自分の言葉にしがみつこうとしていた。もはや他にしがみつくよすがはないのである。

「それは柊が私と同じB型の男だったことと、彼が最も頼子の身近にいた満たされていない男だったことによるのでしょう。頼子は私にショックを与えるために、どうしても赤ん坊を必要としていたのです。そして私を欺くためなら、誰の子供でもよかったのです。私はまんまと頼子の詭計《きけい》に引っかかってしまったわけです。そのために私はこうして破滅せざるを得なくなりました。しかしあの子供が私の血を引いていなかったことが、今となっては唯一の救いです」

実際には西村の言う通りなのだろう。お腹の子供の父親の特定は困難であるにせよ、西村頼子が柊伸之と関係を持ったことは否定できない。さもなければ、斉明女学院の理事長があれほど早く緑北署の捜査に圧力をかけたことの説明がつかない。すなわち柊の身に覚えがあり、後難を排するために理事長に泣きついた可能性が高いということだ。

だが、だからといって目の前にいる男の罪が軽くなるわけではなかった。

「そんなものは救いでも何でもない」と綸太郎は言った。「ひとりよがりな気休めにすぎません。あなた以外の人にとっては同じことです」

まだ九月の初めというのに、西村は真冬の寒さが体に滲み込んだような表情をした。

「そうかもしれません。少なくとも妻にとっては同じことになるでしょう。私が妻を裏切ったことはまちがいありません。結局、私も一度は頼子の言葉を信じたのですから――」

西村は突然、両手で顔を覆った。自分の醜悪さを自分自身に対して、包み隠そうとするように。

「私の行為はそれだけでも死に値する罪だといって過言ではないでしょう。私は頼子を殺した夜、すでに自殺する決意を固めていました。実の娘と交わり、娘を殺した自分をゆるせませんでした。

しかしそれ以上に、真実を妻に知られることだけは避けねばならなかったのです。私が海絵を裏切り、場合によっては頼子を妊娠させたかもしれないという恐ろしい事実を、何としても隠し通さなければならなかったのです」

「あなたが罪のない第三者を自分の身代りにして殺す決意を固め、あんな手記を書いたのは、全て奥さんに読ませるため、そのゆるしを得るためだったのですね。八月三十一日の前半の記述の中で、図らずもあなたは本心を暴露していた」

「そうです」彼は顔を上げた。「もし妻が真実を知ったら、絶対に私をゆるさないでしょう。私にはそれが耐えられなかった。妻の愛を失いたくはなかった——。そのためなら何でもする覚悟でした。たとえ全世界を敵に回しても怖くなかった。私は殺人者になることも辞さなかったのです。嘘つきにも、卑怯者になることもできたのです」

「しかし頼子さんの事件が変質者の犯行と片付けられ、しかも妊娠の事実を警察が公表するつもりがなかったのに、なぜわざわざそれを掘り起こすような真似をしたのですか？　あなたは黙って見ていればよかったはずなのに」

「いいえ」と西村は言った。「それはできませんでした。なぜなら妻は頼子の妊娠に気づいていたからです。妻は私にもきっと疑いを抱いていたはずだ。ただそれを口に出さなかっただけなのです。だから私は消極的な態度を示すことができなかった――」

「でも奥さんは一昨日、頼子さんの妊娠には気づいていなかったとぼくに言いましたが」

「そんなことはあり得ません。妻が気づかずにいたはずはありません。海絵は絶対に気づいていた。あれはそういう女です」

西村の声は絶対の確信に満ちていて、反論を容れる余地などなかった。たぶん彼の方が正しいのだ。

「もうひとつだけ訊かせてください」と綸太郎は言った。「森村さんとの間に何があったのです？」

西村の瞳が鉛の固まりのように重く沈んだ。

「――それだけは訊かないでください」そう答えるのがやっとだった。

綸太郎は時計を見た。佐伯との約束の時間が迫っている。西村はそのしぐさから、綸太郎の考えていることをすばやく読み取ったようだった。覚悟を決めたような声で綸太郎に尋ねた。

「――ここは五階だそうですね」

「そうです」

「窓の下は？」

綸太郎は立ち上がって窓に近づいた。ブラインドの羽根板を指で下げて外を見た。

「コンクリートのテラスになっています――」

西村がつぶやくように言った。

「私のことを卑怯な人間と思っているのでしょう」

「いいえ」考える前に答が出た。

「私が自殺するのを止めないのですか？」

「止めません」

「なぜです？　私を憐れんでいるのですか」

「ちがいます」と綸太郎は言った。「もはやあなたに同情は感じません。ぼくがあなたを止めないのは、頼子さんのためです」

「頼子のために？」

「――あなたは一度も考えなかったのですか？　十四年前、頼子さんが車道にとび出した理由を」

西村の目が凍りついた。そのことは言うつもりでなかったのに、綸太郎は黙っていられなかった。

「あなたは対向車線から事故の瞬間を目撃した。ということは、逆に頼子さんの方からあなたの車を見ることも可能だったはずです。ライトバンを運転していた五十嵐さんは、彼女が車の前にとび出してくる直前、くるりと背中を向けたことを覚えていました。その時、頼子さんは反対車線にあなたの車を見つけたにちがいない。彼女が車道にとび出したのは、あなたの車を見つけたのがうれしくて出迎えるつもりだったのではありませんか？　子供らしい愛情の表現だったのではありませんか」

西村は目を開いたまま、耳慣れぬ外国の言葉を聞くように頬をこわばらせた。黙っているだけで、何の答も返ってこなかった。

「――初めからそうだったのです。頼子さんは常にあなたの愛を求めていた。だが、あなたは頑なにその思いを拒み続けた。他ならぬあなたの仕打ちが、頼子さんを狂わせたのです。

わかりますか、西村さん？　ぼくがあなたを止めないのは、愛されることを教えられずに死んでいった頼子さんのためです」

「ありがとう」どういう意味なのか、西村はそんなことを言った。「――妻に真相を告げますか？」

「いいえ。真相はあなたひとりのものです」

「では、代りに妻に伝えてください。一度目は頼子のために死んだ。二度目はおまえのために死ぬと」

「伝えます」綸太郎は底知れぬ絶望にとらわれながら、そう答えた。

「それからもうひとつだけお願いさせてください。その窓を開けておいてもらえませんか。私には重すぎるようなので」

綸太郎は言われる通りにした。

26

西村悠史が病院の五階の窓から飛び降りて、今度こそ自らの命を絶つことに成功してから、ほぼ一時間近く、綸太郎は佐伯警部の厳しい非難を我慢して聞いていなければならなかった。

「全て君の責任だ、法月君」と佐伯は言った。「それなりの覚悟をしてもらいたいな」

「責任を取って、いやな役目をぼくが引き受けることにします」

「いやな役目？」

「西村夫人に悪いニュースを伝えます」

佐伯はあきれて肩をすくめた。もちろんそれですむとは思えないが、先のことを考えている余裕はなかった。すぐに西村海絵に会って、死んだ夫の言葉を伝えなければならない。

だが運悪く、ロビーで吉岡医師につかまった。

「やってくれましたね」と吉岡が言った。「あなたに裏切られるとは思わなかった。人の命を何だと思っているんだ。我々の努力も水の泡だ。あなたがしたことを、私は絶対に許さない」

弁解する気はなかった。吉岡はこぶしを握りしめて、じっと綸太郎をにらみつけた。一発ぐらいは覚悟したが、吉岡は自分を抑えた。

「――二度と我々の前に姿を見せないでくれ」と言い残して医者は背中を向けた。綸太郎は病院を後にして、西村家に向かった。

森村妙子が彼を迎えた。彼女は玄関の花瓶の水を取り替えようとしているところだった。

「奥さんは？」

「仕事中です。今日はお元気ですから、お会いになれると思いますけど、一応うかがってきます」

奥に下がろうとする妙子を引き止めた。

「森村さん」

「何でしょう」

「あなたは西村氏と関係を持ったことはありませんか？」

妙子は絶句して、氷の像のようにその場に硬直した。それ以上、問いを重ねるまでもない。彼の予想の正しさを物語る反応だった。

「――いいえ、答えてくれなくても結構です」彼は女を玄関に残して、病室に向かおうとした。

女の声が耳をかすめた。

「一度だけ――わたしの方から無理にお誘いしたことがありました」

足を止めて振り向いた。

「いつですか」

「今年の春でした。三月だったと思います――教授があまりにも抑圧されているようで、わたし、かわいそうになって。少しでもあの方のお役に立ちたいと思ったんです。外で食事を一緒にした後に、そういう成り行きになってしまって。でも、彼はだめでした。奥さんを裏切っているという罪悪感があまりにも強すぎて。かわいそうな方です」

女は顔を赤らめた。だがその紅潮の中には秘密を打ち明け、重荷を下ろした解放感が微かに入り混じっている。後ろめたささえ、憐憫にすげ替えることができるのだ。

彼は森村妙子の女を強く意識した。

「奥さんはそのことをご存じですか？」

「まさか。もし奥さんがそんなことを知ったとしたら、教授は自殺してしまいます」

口に出した後で、自分の言葉の持つ重みに気づいたようだった。「――教授の具合はどんなですの？」

彼は聞こえなかったふりをして、女を置きざりにした。女は追ってこようとしなかった。彼が病室のドアの前に立った時、背後で大きな音がした。花瓶が床に落ちて砕ける音であった。

ドアを後ろ手に閉めると、西村海絵がワープロのディスプレイ画面から顔を上げて彼を見た。

「あら、あなたでしたの」

「ご主人が先ほど亡くなられました」と彼は言った。その言葉に女は身じろぎすらしなかった。

「どうして死んだのですか」

「病院の五階の窓から飛び降りたのです」

女は画面に目を戻した。答の代りにキーボードの上を指が跳ねた。

「ご主人は死の直前にこう言いました。一度目は頼子さんのために死んだ。二度目はあなたのために死ぬと」

「――主人は自分のために死んだのですわ」

まるで勝ち誇ったような口調に、綸太郎は思わず身構えていた。ベッドの上の下半身不随の女は、何か得体の知れない充足感に身を委ねているようだった。見えない回路を通じて彼女の内部が充電されつつあるような、そんな気配すら漂わせていた。

そうだ、あなたは知っていたはずだ。綸太郎はふとそう思った。あなたは全て知っていたはずだ。

あなたは頼子さんが妊娠していたことを知っていたにちがいない。あなたの夫が娘を殺してしまったことを知っていたにちがいない。そしてあなたの夫が、あなたのためなら命をも惜しまないことを知っていたにちがいない。

あなたは知っていたのだ。何もかも知っていながら、知らないふりをしていたのだ。そしていくつもの嘘をついた。あなたは五十嵐という名前を覚えていたはずだ。あなたの夫が娘を憎んでいたことを知っていたはずだ。そして五月の夜に、父親と娘の間で営なまれた行為も知っていたはずだ。

それだけではない。

あなたは、あなたの夫が森村妙子と関係を持とうとしたことを知っていたにちがいない——！

そうだったのか。全てあなたが仕組んだことだったのか。彼はめまいを覚えた。全てはあなたが、夫の愛を試すために仕組んだことだったのか。

肉体を失った女。あなたは自分のことを観念の化け物とさえ呼んだ。あなたならできたはずだ。あなたにとっては、頼子さんも西村氏も、人形のように自由に操れる登場人物にすぎなかったのだ。

あなたは頼子さんの心のひびに恐ろしい妄想を吹き込んだ。あなたにとっては、キーボードをたたくように容易な業だったにちがいない。それが失われた十四年間の報復だったのだ。その報復は効を奏し、頼子さんは父親の手にかかって死んだ。さらにあなたは愛という言葉を利用して、西村氏を自殺にまで追い込んだ。汚辱にまみれた孤独な最期。それが夫のたった一度の過ちに対する報いだったのか。

廃墟のように孤立した愛。それがあなたにとっての愛のかたちだったのか？　そんなものが愛の名に値するのだろうか。

だが、彼は何も言うことができなかった。彼の考えには何ひとつ証拠がなかった。彼女の圧倒的な観念の宮殿の前では、自分がちっぽけなピリオドほどの存在でしかないことに気づいていた。

「失礼します」それだけ言うと彼は背を向けた。

またリズミカルにキーボードをたたく音が聞こえた。今、彼女の指の下で愛に満ちた美しい物語が紡ぎ出されつつあるのだ。汚れのない子供たちのための物語。彼はさむけを覚えた。

おお、お父さまの心の憩いよ、
ああ、あまりにもすみやかに
消えた喜びの光よ、おまえ！

「亡き子をしのぶ歌」

文庫版あとがき

　この長編を書いたのは、二十五歳の時、一九八九年の暮れから翌年の春にかけての時期である。この本は大方の読者から、法月綸太郎の最初の作家的転機を告げる作品と受け取られているらしいのだが、実際に書き始めた時点で、私にはこれっぽっちもそうした自覚はなかった。というのも、本書は大学の四年の時、推理小説研究会の機関誌に発表した二百枚弱の中編を長編化したもので、基本的なプロットはそれとほとんど変っていないからである。ちなみに、原型の中編のタイトルも同じ「頼子のために」だった。

　今だからおおっぴらに言えることなのだが、実は最初、私は少しばかり楽をするつもりで、この長編に取りかかったのである。これに先立つ『誰彼』は全くのゼロから組み立てた作品で、しかも、あまりにパラノイアックな書き方をしたものだから、私はすっかり疲弊して、もう二度とあんなしんどい作業はするものか、という気分になっていた。だから、次の小説はなるべく頭を使わないで、手軽にさらっと書けるものにしようと思い、埃をかぶった三年前の同人誌から虎の子の「頼子のために」を引っぱり出すことにした。このプロットには、われながらかなりの思い入れと自信があったので、冒頭の手記と結末の推理部分は原型をそのまま利用して、展開部のエピソードを書き足せば、やすやすと長編が一本でき上がるという目算だった。

しかし、この目算ははずれた——いやはや、大はずれであった。『誰彼』の時の苦労とは全くちがった意味で、結果的に私はもっとしんどい作業を強いられたのである。要するに、扱っている主題がマニア上がりの二十五歳の駆け出し作家にとっては、とても手に負えない代物だったのだ。毎日が果てしない後退戦という感じで、とにかく表向きぼろが出ないように取り繕うのが精一杯であった。あとがきで愚痴ばかり言っても仕方がないので、これ以上は書かないことにするけれど、確かに私はこの小説を通じて、否応なしに、なにがしかの転機を迎えさせられてしまったような気がする。元版のカバー見返しに、ジョニー・ロットンの捨て台詞をもじって記しているのは、今にして思えば、その時の混乱した気持ちの素直な反映だったのだろう。

もっとも、その転機というやつの実質が具体的にどういうものか、どうしてもうまく言えないのがつらいところで、恐らく私が漠然と感じていることは、読者の受け取り方とは全然ちがっているはずである。しかし、いずれにしてもこの本を境にして、長編の刊行ペースがめっきり落ちてしまったことはまちがいないし、おまけに、これ以降の本はどれを読んでも、同じことばかり繰り返して書いているような気がしてならない。どうしてそういうことになったのか、私自身よくわからない。それがいいことなのか、悪いことなのかもわからない。ただ後から振り返ってみて、この長編を境にしてそうなってしまったようだ、と認めることしかできないのである。そういえば、ロス・マクドナルドのターニング・ポイントに当たる作品と言われる『運命』も、「運命の裁き」という中編を長編化したものだったはずだ。ひょっとして、これはロスマクの呪いだったりして。もしそうだったら、なかなか怖いものがあるな。

ただこの転機らしきものが、せめてもう二、三年遅く私を訪れてくれればよかったのに、と思うことはある。フーダニット・サーカスの荒技に魅せられていたナイーヴな少年時代が、もっと長く続けばよかったのに、と近頃は真剣にそう思ってしまう。正直な話、私はあの「新本格バッシング」真っ盛りの頃のすがすがしい雰囲気が懐かしい。当時の脇目もふらぬ疾走感、「何でも許される」的解放感、「本格」との一体感には、何物にも代えがたいスリルが確かにあったのだ。しかし、私は成熟を目指すことと引き換えに、あのかけがえのないスリルを喪失してしまったような気がする。今はとにかく、これという理由もないのに、むやみとしんどくてたまらない。

（一九九三年三月三日）

＊

参考文献
『亡き子をしのぶ歌』はマーラーの代表的歌曲のひとつで、歌詞はフリードリヒ・リュッケルト（一七八八―一八六六）の詩による。引用した訳詞は石井不二雄氏によるもので、カラヤン&クリスタ・ルートヴィヒのCDライナー（F66G　50024／25）の対訳を参照した。
ジョイ・ディヴィジョンに関しては、
＊グリール・マーカス『ロックの「新しい波」』（晶文社）
＊キーワード・ロック編集部編『ロックの冒険』（洋泉社）
＊宝島編集部監修・訳『ザ・ロック・レガシー』（JICC出版局）
＊黒田義之『スティル』ライナーノート（日本コロムビア）
＊大鷹俊一『サブスタンスII』ライナーノート（日本コロムビア）
等を参照した。なおメンバー名の表記は、黒田氏のものに従っている。

新装版への付記

本書の旧版には、妊娠週数計算の誤りがあったので（受精日から起算、カレンダー月に合わせるフランス方式で数えていた）、今回の新装版では齟齬をなくすため、作中の時系列を一部変更したことをお断りしておく。

それ以外にも、必要に応じて最低限の修正を加えた箇所が少なからずあるけれど、できるだけ執筆当時の文章のリズムや癖を損なわないように努めた。この本はまだ二十代半ばの駆け出しだった私が、デビュー時から薫陶を受けた編集者で、二〇〇六年に亡くなった宇山日出臣氏と一緒に作った思い出深い作品だから。

（二〇一七年十一月）

拝啓　法月綸太郎様

池上冬樹（文芸評論家）

はじめてお便りをさしあげます。

二月中旬だったでしょうか、講談社文庫編集部の白川さんから電話があり、今度『頼子のために』が文庫になるので、ついては解説をお願いしたいとの依頼、驚いてしまいました。僕もまた、『誰彼《たそがれ》』の解説者香山二三郎氏と同じく、『頼子のために』で〈法月綸太郎〉に開眼した一人なので、喜んで引き受けさせていただいたのですが、でも、どうして、僕のところに仕事が来たのかなと不思議だったのです（僕の守備範囲は主に海外ミステリ、それもハードボイルド小説／犯罪小説ですからね）。電話ではあわててしまい、白川さんに、その辺の事情をお聞きするのを忘れてしまったのですが、その疑問はまもなくとけました。

電話のあと本棚を見て、そういえば、短篇集『法月綸太郎の冒険』（一九九二年十一月、講談社ノベルス）は、まだ読んでいなかったなと思い、「切り裂き魔」を読みはじめたら、そこに馴染みの名前を発見したからです。思わずニヤリとしてしまいました。この「切り裂き魔」は図書館シリーズの第一作ですが（ちなみにこのシリーズは軽くて、好きです）、この短篇に、W大の二年生でミステリ・マニアの学生が出てきますね。後にシリーズで法月の助手的存在になる、松浦雅人という学生。これは、僕の知っているT社の同姓同名の編集者がモデルじゃないですか？　たしか編集者の松浦さんは法月さんの京大推理小説研究会の先輩でしたね。その先輩をダシにして……と笑ってしまいましたが、たぶん、松浦さんも、困ったやつだとニヤニヤしているのかもしれませんね。

思えば、僕が、法月さんの小説を読むようになったのも、松浦さんの勧めがあったからですね。T社の仕事で、松浦さんとは数年前から時々電話で長話をしてしまうのですが、いつも仕事の話よりも、最近読んだミステリの情報交換になってしまう。そのときでしたか、〝法月の『頼子のために』は池上さんの好みにあいますよ〟と教えてくれた。〝でも、法月って、新本格なんでしょう？　僕の好みじゃないな〟と言うと、〝法月の最愛の作家はクイーンとロス・マクなんです〟と言う。クイーンとロス・マクか。僕もまた小学五年のときに、クイーンの『Xの悲劇』を読んで決定的なミステリファンになったものだし、やはりハードボイルド作家で最愛の作家をひとりだけあげろと言われたら、ロス・マクだし、うーん、これはやはり読まなくてはねと思ったのですね。

それで本屋に行き、本を買って読んだのです。いやあ、面白かったですね。というより、失礼ながら、感心してしまった。〝ロス・マクドナルドの主題によるニコラス・ブレイク風変奏曲〟という自註がそのままの小説だった。本を読むと、かならず、簡単にメモをとるのですが、そのときのメモには、こんな風に書いてあります――。

ロス・マク風のテーマが次第に見えてくるプロセスがいいし、それがあらわになって、人物関係がダイナミックになるところもいい（けっこう上手いやつだ）。惜しむらくは、もっとストーリーをハードボイルド風にすべきだった。本格ではなく、私立探偵物にして、この物語を語るべきだった。変に名探偵法月が活躍する本格の枠におさめて小説を悪くしている。

それにしても、なかなかの才能のひらめきを感じさせる作家だね。

『頼子』を読みおえ、僕はすぐに車をとばし、本屋にいき、『一の悲劇』（ノン・ノベル）を購いました。そして、その夜、一気に読了してしまった。そのときの感想は——。

一人称の語り口で実になめらかに展開し、まさに誘拐物のパターンを踏んで、もうワクワクものなのだが、いかんせん、名探偵法月綸太郎が出てきて、失望。トーンが変わるのだ。この作家が力のある作家であることはわかるが、その力の出し方を間違えている。何故密室を作らなくてはいけないのか？　何故名探偵が必要なのか？　名探偵であることのアナクロニズム、それがこのスリリングな、ハードボイルド風リアリズムの前半とまったくそぐわない。これは作品にとっての悲劇、作者にとっての悲劇。

おそらく、この〝悲劇〟は法月さんの計算のうちでしょう。自分の書いている小説が、ミステリの伝統のなかで、どういう位置にあり、どういう風に向かっていくのか、ということは、僕がとやかく言う前に、法月さんがいちばんご存じのはず。たとえば、『頼子のために』のあとがきで、こんなことを書いていますね――。

法月綸太郎が登場する長編は本書で三冊を数え、シリーズの性格もほぼ見えてくる頃だと思います。もうそろそろ、「名探偵」法月綸太郎というアナクロな設定も定着（――既成事実化？）するかなと期待しているのですが、その辺どうなんでしょう。

（中略）ただ最近考えているのは、豊かで滋味に満ちた訳知り顔の現代ミステリに、もう一度貧しさと不毛を取り戻したいということです（誤解を招く言い回しであることは承知していますが、他にうまい表現が見つからない）。ぼく自身の資質が、どんなに豊かさや懐の深さを目指しても、結果的にその対極にあるものを露呈することしかできないとしたら、潔くこの地点で回れ右をして、ミステリが本来はらむ貧しさと不毛に向かって捨て身の跳躍をするべきではないか。今は漠然とそんなふうに思っています。

これを読むと、僕のいう〝悲劇〟などは見当はずれの見方だと分かる。いや、僕自身、メモしたときに、見当外れであることは承知していた（本人が「名探偵」とかぎ括弧《かっこ》を使い、〝アナクロ〟という言葉を使っていますからね）。法月さんが自覚して、そういう境地を目指すなら仕方ないと思う。でも、そう思うのだけれど、読者の一人として、作家法月綸太郎の将来に期待している一人として、やはり一言言いたいのです——。法月さん、あなたは心から〝ぼく自身の資質が、どんなに豊かさや懐の深さを目指しても、結果的にその対極にあるものを露呈することしかできない〟と思っているのですか？　僕は、そんなことはないと思う。ポーズだと思う。あるいは弁解、もしくはある種の卑下。すなわち、おれはこのくらいの小説しか書けないから、こう言っておけば、〝下手さ〟も正当化されるというような気持ち。違いますか？

でもね、法月さん、そんな卑下も正当化もいらないでしょう。法月さんは、〝豊かさや懐の深さを目指し、充分に豊かさと懐の深さ〟を露呈することができると思う。だからこそ、香山さん、新保さん、三橋さんや僕が期待しているのです。ただ、現実的には、いまの露呈が、片鱗《へんりん》に留まっているのは、新本格派の枠で小説を作っているからでしょうね。「名探偵」とアナクロが問題だと思う。

と、書いてしまうと、どうしても新本格派批判になってしまいますね。別に批判するつもりはないんですが。だって、全然読み方、考え方が違いますからね。島田荘司の『本格ミステリー宣言』(講談社)を読んでそう思う(ほんとにね)。この本に入っている座談会(「新」本格推理の可能性PARTⅡ)で、綾辻行人氏が言ってますね――。

毎年毎年いろんな(ミステリーの)賞の選評見てても(中略)もう枕詞のように「ミステリーとしては貧弱だが」「トリックは今いちだが」ってね。そんなの乱歩さんが聞いたら泣くんじゃないかな。ミステリーとして良いものというのが先で、小説部分の弱さとか、人間が書けてないとか、そういうのの方がむしろ後だと思うんです。

(中略)とにかくミステリーであるってことにこだわって欲しい。きっとそういうところで、僕とか法月君とか、みんなこだわってるから、ある意味で、稚拙《ちせつ》かもしれないけれどもこだわってるから、同じような思いを抱いている読者が今ついてくれてるんじゃないかなあ、と思うわけです。

とにかくミステリにこだわってほしい、何よりミステリが読みたいのだ、ということですね。だから、多少、小説として貧弱でもいい、というのが綾辻氏の考え。まあ、そういう考えもあってもいいけれど、でも僕は、小説が読みたい。小説として豊かなものが読みたい。口の悪い友達が、新本格派なんて読むのに一時間もかからないというんですね。最初に結末を読んで、あとは会話を中心に頭から読んでいけば簡単だと豪語している。〝だって彼らの小説は、類型的人物とストーリーを進行させるための会話で味気ないじゃないか。なんかミステリをアイデア・コンテストと勘違いしているんじゃない？〟という。

この友人の言葉は極端だし、皆が皆そうではないし、むしろ、そういうものは少ないと思うけれど、でも、そういう読み方を許してしまう弱さが本格物にあると思う……という語弊《ごへい》があるでしょうね。〝読み方を許す〟のではなく、〝読者を選ぶ〟のでしょう。小説の面白さより、本格ファンは、トリックや謎を解く論理の面白さ、ミステリ・スピリットに重きを置いているんですから。

でもね、どうしても、法月さんに言いたいのです。何も〝ミステリが本来はらむ貧しさと不毛に向かって捨て身の跳躍をする〟ことはないではないか、そんなことは、〝どんなに豊かさや懐《ふところ》の深さを目指しても、結果的にその対極にあるものを露呈することしかできない〟資質の人間にまかせておけばいいではないか、とね。

そんなことを言いたくなるのも、法月さんの小説を読んでいると、この人は化けるのになあと思ってしまうからです。多くのミステリを読んでいる教養があり、伸びる才能があり、このふたつを使いこなせば、凄い作品を生み出せると思うのに、名探偵を登場させて、小説の幅を狭くし、ひじょうに楽な展開に持っていっている。本格ファンはそれで安心するかもしれませんが、ハードボイルド／私立探偵小説ファンには不満なんですね。もっと〈法月綸太郎〉の世界が開けるだろうに、どうして閉じてしまうのかと思ってしまう。僕もまた、『密閉教室』の解説を担当した新保さんと同じく、名探偵法月綸太郎が嫌いなのです（厳密に言えば〝長篇に登場する法月〟となるでしょうか。『法月綸太郎の冒険』の短篇に登場する法月には好感を持っています）。〝読者として勝手なことを言わせてもらえば、作家には一作ごとに常に「わが身を切り刻んで」ほしいと思う。法月綸太郎氏にそれを阻《はば》んでいるのが法月綸太郎の存在であれば、やはりこの素人名探偵に好意をもつわけにはいかないのである〟と新保さんが書いていますが、まさにその通りだと思いますね。

なんかとりとめない、ふらふらした文面になってしまいましたが、僕は、法月さんに新本格派から足を洗ってハードボイルドにきてほしいのですね。いや、足を洗うのは無理なら、たまに浮気をして、本格的なハードボイルド小説を書いてほしいと思うのです。『密閉教室』の緊張感のある会話、『頼子』のロス・マク的主題の提出の仕方と処理、そして『一の悲劇』のマッギヴァーンを思い出させるような前半の展開と、本腰を入れて書こうと思えばいくらでも書けるはずなのに、どうして本格物に収斂させて、小さくまとめてしまうの？　と思ってしまうんですね。ミステリ・スピリットは何も本格物ばかりではなく、私立探偵物でも、警察小説物でも発揮できるはず、何も本格物に固執《こしつ》することはないじゃないですか？

　法月さん、ハードボイルドのジャンルにいらっしゃい。僕と読み方が違うのかもしれないけれど、ＪＩＣＣの九三年版『このミステリーがすごい！』を見て、びっくりしましたよ。法月さんが選出されたベスト6を見て、一瞬、あれ、僕のリストかなと思ったほど。選出された六冊のうち何と四冊もダブっている。しかもともに一位は『墓場への切符』（ローレンス・ブロック）で、三位は、『のぞき屋のトマス』（ロバート・リーヴズ）。少し地味な女性探偵物の『追憶のファイル』も入っていて、ああ、やはり法月さんはロス・マクファンなんだなと嬉しくなってしまった。僕は四位にしたけれど、『偽りの街』（フィリップ・カー）を二位にするあたりも、完璧にハードボイルドファンのノリ。六位にヴォネガットの『ホーカス・ポーカス』が入っているけれど（僕もヴォネガットが好きだけど未読なので選ばなかった）、この選出リストは、ほとんどハードボイルド狂のそれですね。法月さんはひそかに、本格的なハードボイルド／私立探偵小説を書きたがっているのではないかと思いました（実際、そうじゃないですか？）。

松浦さんからお聞きおよびのことと思いますが、僕は、山形に住んでいます。山形の高校を卒業して東京の大学に入り、八年間、東京に住んでいました。世田谷区北烏山の団地に住んでいたのですが、最寄りの駅は、井の頭線の久我山でした。そう、『一の悲劇』の舞台ですね。法月さんの先輩の編集者と出会い、その編集者に勧められて『頼子』を読み、『一の悲劇』を読んだら、舞台は、久我山。あれ、ひょっとしたら、法月さんとは縁があるのかなと、前世とか霊魂といった話の好きな僕は単純に考えています。

どうして小説の舞台に久我山を選んだのか、そのうち何かのおりにでも教えてください。もちろん、東北旅行で山形、あるいは仙台（山形市から車で一時間の距離です）においでのときはご一報ください。車で観光案内してあげますよ。

だらだら長々と書いてしまいました（お時間をとらせて申し訳ありません）。

この辺でペンを擱きたいと思いますが、最後に、もう一度繰り返します。——法月さん、本格的なハードボイルド小説を書いてください。あなたなら、書けるはずです。『頼子のために』が文庫に入れば、新本格ファン以外の、多くのミステリファンがつくでしょう。そして、僕と同じような感想を抱くと思うのです。その人たちの願望をかなえてください。どうか、よろしく。

（一九九三年四月）

追伸　法月綸太郎様

池上冬樹（文芸評論家）

解説（前掲「拝啓　法月綸太郎様」）を担当してから、なんと二十四年もたつのですね。お元気でしょうか。

二十四年の間、業界のパーティーで一度か二度、ほんの短くご挨拶した程度でしょうか。僕は相変わらず山形に住んでいて、ほとんどパーティーには出席しないこともあり、もっぱら小説だけの付き合いとなりますが、解説を担当してからの長い年月、法月綸太郎の小説は毎回とても面白く読んできています。『頼子のために』の解説ではハードボイルドのジャンルへの呼びかけをしましたが、ずいぶんミステリのジャンルも様変わりしました。どちらかといえば毀誉褒貶《きよほうへん》が激しかった新本格派が堂々たる地位を築き、また作品も海外に翻訳され、とりわけアジア各国、なかでも中国語圏で人気を博している。華文ミステリの新人作家に多大な影響を与えて、ついに日本のミステリ・ベストテンを賑わせる『13・67』（陳浩基著・文藝春秋）のような本格ミステリと社会派ミステリを合体させ、なおかつ逆年代記で物語るというトリッキーな傑作も生まれるようになりました。これは今年三十周年を飾る新本格派の大いなる影響、底知れない強さだと思う。それに比べるとハードボイルドの影は薄くなりました。北方謙三、大沢在昌、逢坂剛ほかの各氏が独自の深化をとげているのですが、有為の新人が出にくくなっている。翻訳もまた。

法月さんは覚えていないでしょうが、文庫版『頼子のために』が出るおよそ半年前の一九九三年版「このミステリーがすごい！」で、法月さんは、1ローレンス・ブロック『墓場への切符』、2フィリップ・カー『偽りの街』、3ロバート・リーヴズ『のぞき屋のトマス』、4ジャネット・ドーソン『追憶のファイル』、5マイケル・ナーヴア『このささやかな眠り』、6カート・ヴォネガット『ホーカス・ポーカス』の六作を選んでいます。ヴォネガット以外、みなハードボイルド。〝2、4、5は新人のデビュー作で、二作目以降も追いかけたいと思った〟とある。九〇年代なかごろまでは、まだまだハードボイルドの新作が数多く翻訳され、実際にファンもついていた。ミステリのなかでも大いに盛り上がっていたし、それが不動の人気を誇ると思っていたのですが、いまその勢いはありません。翻訳と評論で引っ張ってきた小鷹信光さん（松田優作主演の『探偵物語』の原作者でもある）が亡くなって、牽引する人がいなくなったこともあります。

しかし一方で、村上春樹の翻訳によるレイモンド・チャンドラーの作品が出版されて、文学者チャンドラーが注目を集めているのも事実です。僕などは清水俊二さんの翻訳のほうがリズミカルで、ハードボイルドの文体を考える上で参考になりますが、逐語訳に徹した村上春樹訳に触れればチャンドラーの華麗な文体があらためて明らかになります。ミステリのなかのハードボイルドは活発ではありませんが、村上チャンドラーが次々に出ていて、再評価の声が高い。そんなチャンドラーの人気は海外でもそうで、『ロング・グッドバイ』の公認続篇が、ベンジャミン・ブラックの『黒い瞳のブロンド』です。ブラックは、検死官クワーク・シリーズを出していますが（たとえば『ダブリンで死んだ娘』。これも法月さんはこのミスの投票であげていました）、巧緻なプロットと変身をテーマにしていて、文体は静謐《せいひつ》で、実にロス・マクドナルド的ですね。

いうまでもなく、このブラックは、英国最高峰の文学賞ブッカー賞に輝くアイルランド作家のジョン・バンヴィル（『海に帰る日』）の別名義です。ジョイス・キャロル・オーツをあげるまでもなく、純文学作家がミステリを書くというのは海外では珍しいことではなく、『終わりの感覚』でブッカー賞を受賞した純文学作家ジュリアン・バーンズもダン・キャヴァナー名義でハードボイルド・ミステリ（『顔役を撃て』）を書いていた。

バーンズの場合は若い頃であるけれど、ジョン・バンヴィルは現在も純文学と並行してミステリを書き続けている。『黒い瞳のブロンド』の翻訳は亡くなる前の小鷹信光さん。村上春樹が会話の中でｂａｂｙを〝嬰児（みどりご）〟と訳したように、小鷹さんもあえて古い言葉を使い、雅び風に整えている。会話は口語的というよりも文語的で、村上春樹訳に挑戦しているとしか思えない。

この翻訳の問題は、何が現代的なのかにつながりますね。村上チャンドラーでハードボイルドの復興が期待されたのですが、村上春樹は『ロング・グッドバイ』の解説で一度もハードボイルドといわず、「準古典小説」という表現をした。社会や犯罪を徹底したリアリズムで描くのがハードボイルドであり、だからこそ口語的で、読みやすく親しみやすい言葉で翻訳されるべきなのに、村上春樹はそうしなかった。口語的な文体の作品は「ハードボイルド」で、いまや新鮮味がない。文語的な、少し古い言葉を使った文体の作品こそ「文学」であり、きちんと襟《えり》を正して読むべき〝新しさ〟なのかもしれない。小鷹さんのような大ベテランの翻訳家があえて村上春樹的に訳すのは、そんな皮肉がこめられている。揶揄《やゆ》的なお遊びであるけれど、そこにはハードボイルドを外側から眺める批評精神もあり、それが根っからのファンには自虐的ですが、面白いものに映りました。

話が長くなりました。そんな過去を振り返るのは、ジャンル横断的に複雑化・多様化しているということです。それは法月綸太郎がいちばん顕著です。本格とSFを融合した中篇集『ノックス・マシン』がいい例ですが、タイムトラベルと黄金時代の本格ミステリが実にうまくドッキングしていてわくわくする。ロナルド・ノックスの「ノックスの十戒」の第五項（「探偵小説には、中国人を登場させてはならない」）の謎を解く表題作も最高ですし、エラリー・クイーンの『シャム双子の謎』には何故「読者への挑戦」がないのかをめぐる考察と時間飛行を捉《とら》える「論理蒸発――ノックス・マシン2」も面白い。本当にどうしてこんなことを考えつくのかとほとほと感心してしまいます。

でも、個人的にもっとも愉《たの》しんだのは、名探偵の脇役たちが会議をもつ「引き立て役倶楽部の陰謀」でした。引き立て役を使わないアガサ・クリスティーの最新作『テン・リトル・ニガーズ』に引き立て役倶楽部の急進派が緊急理事会の招集をはかる。クリスティーの姿勢を糾弾しようとするのだけれど、そこにエルキュール・ポワロ警部の助手であるアーサー・ヘイスティングズ大尉が招かれて反論することになるという、いやあ最高のおかしさですね。『アクロイド殺し』あたりからフェアであるかどうかの議論があったが、ついに新作の小説方法にも、また助手を使わない姿勢にも我慢がならず、前回のようにクリスティーをつるし上げようと画策するのも笑える。ヘイスティングズ大尉が反対にまわり、探偵小説はいかにあるべきでをあるかを、探偵小説の情況分析をしながら進めていくあたり、たまらなくスリリングでもある。

ここにあるのは、諧謔《かいぎゃく》精神ですね。それが何とも生き生きしている。助手たちが自分たちの役割を作家に教えたり、文学史的な立ち位置から探偵小説が自らの書き方を問いかけ、助手の存在の重要性を説くというのもいい。ついつい評論家はメタフィクションという言葉で表現してしまうけれど、そんな言葉が野暮に聞こえるほど内実のともなう喜劇小説になっている。

この内実のともなう喜劇（もしくは悲劇。これこそ初期の名作である本書『頼子のために』の魅力でもある）は、確固たる批評的視点をもっているからですね。〝いつまでもアンチなりカウンターなりの姿勢でやってきたつもりが、逃げ場を断たれた気がしました〟と、二〇〇五年版「このミステリーがすごい！」で国内ベストテンの第一位に『生首に聞いてみろ』が輝いた時を振り返って述べていますが（別冊宝島『もっとすごい!!「このミステリーがすごい！」』）、〝アンチなりカウンターなりの姿勢〟というのはたえず批評的に作品を捉え、作り上げているということ。クイーンとロス・マクドナルドの幸福な接合である『生首に聞いてみろ』、泥棒ミステリへのオマージュ『怪盗グリフィン、絶体絶命』、古典的な交換殺人の物語をいちだんと複雑にしたパズラー『キングを探せ』、そして中篇集ですが『ノックス・マシン』などが代表的でしょう。ここで明らかなのは、過去の文学的遺産をどのように組み合せるのかという視点ですね。法月綸太郎がすごいのは、ひとつのジャンルの中でそれをやるのではなく、ほかのジャンルと融合させるところにある。

ここで少し脱線しますが、先行する文学作品をいかに利用して再構築するのかは、何もミステリや純文学のみならず、すでに二十四年前の時代小説でも行われていた。前回の解説でふれられなかったが、一九七一年にデビューした時代小説の藤沢周平です。〝わが憩いのひとときは、仕事に煩《わずら》わされず推理小説を読むことで〟〝仕事の合間にこれを読むと、いつの間にか仕事の時間まで喰《く》われてしまう〟（『ふるさとへ廻る六部は』所収「推理小説が一番」）と告白しているほど無類のミステリファンで、とくに海外ミステリを贔屓《ひいき》にしていた。作品の影響や関連は告白されていませんが、私見では『闇の歯車』（一九七七年）がリチャード・スタークの悪党パーカーものが作り上げた強奪小説（ケイパー）、彫師伊之助捕物覚えシリーズの『消えた女』（七九年）がチャンドラーやロス・マクドナルドの私立探偵小説、『霧の果て　神谷玄次郎捕物控』（八〇年）がローレンス・サンダーズ『魔性の殺人』に代表される警察小説＆サイコスリラーに強く影響を受けているのは、海外ミステリを読み込んでいる者にはわかる。藤沢周平はまことに巧妙に、実に洗練された形で、海外ミステリの遺産を使いこなしている。

巧妙に、洗練された形でというと、冒頭で紹介した法月さんの九三年のアンケートの一冊、ロバート・リーヴズ『のぞき屋のトマス』を思い出します。法月さんは〝ごひいきの作家〟というけれど、僕も前作の『疑り屋のトマス』からとても気に入っている。酒好き、女好き、馬好きの大学教授トマスが〝性の神秘に挑む〟話ですが、余裕にあふれた滑稽趣味、シニカルで苦いユーモア、ペダントリーに流れない文学趣味の良さが光る。何よりも語り口の楽しさは、ローレンス・ブロックの泥棒バーニイ・ローデンバーものを想起させるのだが、そう、これは法月さんの『怪盗グリフィン』ものと通じますね。

そう、一言でいうなら、藤沢周平のように、過去の文学的記憶を洗練された形で、新たな世界へと昇華させているといえます。法月綸太郎はミステリ作家ですが、ＳＦの積極的な採用と融合を押し進めていて、純文学の分野の奥泉光を思い出す。法月綸太郎はもっとエンターテインメント的で巧緻な作品になっていますが。

二十四年前、ハードボイルドにいらっしゃいといったけれど、僕もそうだが、読むものは多岐にわたり、ひとつのジャンルにこだわらなくなった。長年親しんできたジャンルへの愛は深いし、現代的な作品を読みたい気持ちはするけれど、でも、小説としての豊かさを求めるようになった。その意味で、法月綸太郎の近年の小説は、ジャンルを超えて鮮やかですね。設定はトリッキーで、ロジックは緻密、プロットは極めて巧緻で、さらに限りない方法意識と卓越した技巧と奥深い主題がある。しかも毎回クスリとさせるような笑いがある。法月綸太郎の小説には、たくまざるユーモアがあり（たとえそれがブラックであれ）、それが文学としての面白さ・深さ・豊かさになっていると思う。

またまた、長くなりました。これからもますます誰にも書けないミステリを書いてください。期待しています。

（二〇一七年十一月）

法月綸太郎著作リスト（二〇一七年一〇月現在）

1 『密閉教室』 講談社ノベルス 一九八八年一〇月
講談社文庫 一九九一年九月
講談社文庫（新装版） 二〇〇八年四月
2 『雪密室』 講談社ノベルス 一九八九年四月
講談社文庫 一九九二年三月
3 『誰彼（たそがれ）』 講談社ノベルス 一九八九年一〇月
講談社文庫 一九九二年九月
4 『頼子のために』 講談社ノベルス 一九九〇年六月
講談社文庫 一九九三年五月
5 『一の悲劇』 祥伝社ノン・ノベル 一九九一年四月
祥伝社ノン・ポシェット 一九九六年七月
6 『ふたたび赤い悪夢』 講談社ノベルス 一九九二年四月
講談社文庫 一九九五年六月
7 『法月綸太郎の冒険』（短編集） 講談社ノベルス 一九九二年一一月

8 『二の悲劇』 講談社文庫 一九九五年一一月
祥伝社ノン・ノベル 一九九四年七月
祥伝社ノン・ポシェット 一九九七年七月
9 『パズル崩壊』（短編集） 集英社 一九九六年六月
講談社ノベルス 一九九八年八月
集英社文庫 一九九九年九月
角川文庫 二〇一五年一二月
10 『謎解きが終ったら』（評論集） 講談社 一九九八年九月
講談社文庫（増補版） 二〇〇二年二月
11 『法月綸太郎の新冒険』（短編集） 講談社ノベルス 一九九九年五月
講談社文庫 二〇〇二年七月
12 『法月綸太郎の功績』（短編集） 講談社ノベルス 二〇〇二年六月
講談社文庫 二〇〇五年六月
13 『ノーカット版　密閉教室』 講談社 二〇〇二年一一月
講談社BOX 二〇〇七年二月
14 『生首に聞いてみろ』 角川書店 二〇〇四年九月

15 『怪盗グリフィン、絶体絶命』
角川文庫 二〇〇七年一〇月
講談社ミステリーランド 二〇〇六年三月
講談社ノベルス 二〇一二年八月
講談社文庫 二〇一四年九月

16 『法月綸太郎ミステリー塾 日本編 名探偵はなぜ時代から逃れられないのか』(評論集)
講談社 二〇〇七年一月

17 『法月綸太郎ミステリー塾 海外編 複雑な殺人芸術』(評論集)
講談社 二〇〇七年一月

18 『犯罪ホロスコープI 六人の女王の問題』(短編集)
光文社カッパ・ノベルス 二〇〇八年一月
光文社文庫 二〇一〇年七月

19 『しらみつぶしの時計』(短編集)
祥伝社 二〇〇八年七月
祥伝社ノン・ノベル 二〇一一年二月
祥伝社文庫 二〇一三年二月

20 『キングを探せ』
講談社 二〇一一年一二月
講談社ノベルス 二〇一三年一二月

21　『犯罪ホロスコープII　三人の女神の問題』（短編集）
講談社文庫　二〇一五年九月
光文社カッパ・ノベルス　二〇一二年一二月
光文社文庫　二〇一五年一月

22　『ノックス・マシン』（短編集）
角川書店　二〇一三年三月
角川文庫　二〇一五年一一月

23　『法月綸太郎ミステリー塾　疾風編　盤面の敵はどこへ行ったか』（評論集）
講談社　二〇一三年一二月

24　『怪盗グリフィン対ラトウィッジ機関』
講談社　二〇一五年七月
講談社文庫　二〇一七年九月

25　『挑戦者たち』
新潮社　二〇一六年八月

〈編共著〉

＊笠井潔＝編『本格ミステリの現在』

国書刊行会　一九九七年九月
双葉文庫　二〇一四年六月
＊探偵小説研究会＝編『本格ミステリ・ベスト100　1975―1994』
東京創元社　一九九七年九月
＊小説トリッパー＝編『この文庫が好き！　ジャンル別1300冊』
朝日文芸文庫　一九九八年六月
＊『不条理な殺人』　祥伝社文庫　一九九八年七月
＊『不透明な殺人』　祥伝社文庫　一九九九年二月
＊『「Y」の悲劇』（書き下ろしアンソロジー）
講談社文庫　二〇〇〇年七月
＊『「ABC」殺人事件』（書き下ろしアンソロジー）
講談社文庫　二〇〇一年一一月
＊『大密室』　新潮文庫　二〇〇二年二月
＊『あなたが名探偵』　東京創元社　二〇〇五年八月
創元推理文庫　二〇〇九年四月
＊『法月綸太郎の本格ミステリ・アンソロジー』

＊『気分は名探偵』　角川文庫　二〇〇五年一〇月
＊『物しか書けなかった物書き』　徳間書店　二〇〇六年五月
　徳間文庫　二〇〇八年九月
＊『犯人たちの部屋　ミステリー傑作選』　河出書房新社　二〇〇七年二月
＊『吹雪の山荘――赤い死の影の下に』（合作リレー長編）　講談社文庫　二〇〇七年一一月
　東京創元社　二〇〇八年一月
　創元推理文庫　二〇一四年一一月
＊『9の扉』（リレー短編集）　マガジンハウス　二〇〇九年七月
　角川文庫　二〇一三年一一月
＊『0番目の事件簿』　講談社　二〇一二年一一月
＊アミの会（仮）＝編『惑　まどう』　新潮社　二〇一七年七月
＊『名探偵傑作短篇集　法月綸太郎篇』　講談社文庫　二〇一七年八月

本書は、一九九三年五月に講談社文庫より刊行された『頼子のために』を改訂し文字を大きくしたものです。

【288ページ引用楽曲】
THE END
Words by John Paul Densmore, Robert A Krieger, Raymond Manzarek & Jim Morrison
Music by John Paul Densmore, Robert A Krieger, Raymond Manzarek & Jim Morrison

新装版《しんそうばん》　頼子《よりこ》のために

法月綸太郎《のりづきりんたろう》

2017年12月15日第1刷発行
2023年1月20日第3刷発行

発行者――鈴木章一
発行所――株式会社　講談社
東京都文京区音羽2-12-21　〒112-8001
電話　出版　(03)　5395-3510
　　　販売　(03)　5395-5817
　　　業務　(03)　5395-3615

Printed in Japan

講談社文庫
定価はカバーに
表示してあります

KODANSHA

デザイン―菊地信義
本文データ制作―講談社デジタル製作
印刷―――株式会社KPSプロダクツ
製本―――株式会社国宝社

ISBN978-4-06-293811-2

講談社文庫刊行の辞

二十一世紀の到来を目睫に望みながら、われわれはいま、人類史上かつて例を見ない巨大な転換期をむかえようとしている。

世界も、日本も、激動の予兆に対する期待とおののきを内に蔵して、未知の時代に歩み入ろうとしている。このときにあたり、創業の人野間清治の「ナショナル・エデュケイター」への志を現代に甦らせようと意図して、われわれはここに古今の文芸作品はいうまでもなく、ひろく人文・社会・自然の諸科学から東西の名著を網羅する、新しい綜合文庫の発刊を決意した。

激動の転換期はまた断絶の時代である。われわれは戦後二十五年間の出版文化のありかたへの深い反省をこめて、この断絶の時代にあえて人間的な持続を求めようとする。いたずらに浮薄な商業主義のあだ花を追い求めることなく、長期にわたって良書に生命をあたえようとつとめるところにしか、今後の出版文化の真の繁栄はあり得ないと信じるからである。

同時にわれわれはこの綜合文庫の刊行を通じて、人文・社会・自然の諸科学が、結局人間の学にほかならないことを立証しようと願っている。かつて知識とは、「汝自身を知る」ことにつきていた。現代社会の瑣末な情報の氾濫のなかから、力強い知識の源泉を掘り起し、技術文明のただなかに、生きた人間の姿を復活させること。それこそわれわれの切なる希求である。

われわれは権威に盲従せず、俗流に媚びることなく、渾然一体となって日本の「草の根」をかたちづくる若く新しい世代の人々に、心をこめてこの新しい綜合文庫をおくり届けたい。それは知識の泉であるとともに感受性のふるさとであり、もっとも有機的に組織され、社会に開かれた万人のための大学をめざしている。大方の支援と協力を衷心より切望してやまない。

一九七一年七月

野間省一

講談社文庫　目録

西尾維新　零崎人識の人間関係　無桐伊織との関係
西尾維新　零崎人識の人間関係　零崎双識との関係
西尾維新　零崎人識の人間関係　戯言遣いとの関係
西尾維新　xxxHOLiC アナザーホリック　ランドルト環《かん》エアロゾル
西尾維新　難民探偵
西尾維新　少女不十分
西尾維新　本題〈西尾維新対談集〉
西尾維新　掟上今日子《おきてがみきょうこ》の備忘録
西尾維新　掟上今日子の推薦文
西尾維新　掟上今日子の挑戦状
西尾維新　掟上今日子の遺言書
西尾維新　掟上今日子の退職願
西尾維新　掟上今日子の婚姻届
西尾維新　掟上今日子の家計簿
西尾維新　新本格魔法少女りすか
西尾維新　新本格魔法少女りすか2
西尾維新　新本格魔法少女りすか3
西尾維新　新本格魔法少女りすか4
西尾維新　人類最強の初恋

西尾維新　人類最強の純愛
西尾維新　人類最強のときめき
西尾維新　人類最強の sweetheart
西尾維新　りぽぐら！
西尾維新　悲鳴伝
西尾維新　悲痛伝
西村賢太　どうで死ぬ身の一踊り
西村賢太　夢魔去りぬ
西村賢太　藤澤清造追影
西村賢太　瓦礫の死角
西川善文　ザ・ラストバンカー〈西川善文回顧録〉
西川司　向日葵《ひまわり》のかっちゃん
西加奈子　舞台
丹羽宇一郎　民主化する中国〈習近平がいま本当に考えていること〉
貫井徳郎　新装版 修羅の終わり(上)(下)
貫井徳郎　妖奇切断譜
額賀澪　完パケ！
A・ネルソン　「ネルソンさん、あなたは人を殺しましたか？」
法月綸太郎　雪密室

法月綸太郎　法月綸太郎の冒険
法月綸太郎　新装版 密閉教室
法月綸太郎　怪盗グリフィン、絶体絶命
法月綸太郎　怪盗グリフィン対ラトウィッジ機関
法月綸太郎　キングを探せ
法月綸太郎　名探偵傑作短篇集　法月綸太郎篇
法月綸太郎　新装版 頼子のために
法月綸太郎　誰《たそ》彼《がれ》〈新装版〉
法月綸太郎　法月綸太郎の消息
乃南アサ　不発弾
乃南アサ　地のはてから(上)(下)
乃南アサ　チーム・オベリベリ(上)(下)
野沢尚　破線のマリス
野沢尚　深紅
野村克也・宮本慎也　師弟
乗代《のりしろ》雄介《ゆうすけ》　十《じゅう》七《しち》八《はち》より
乗代雄介　本物の読書家
乗代雄介　最高の任務
橋本治　九十八歳になった私

講談社文庫　目録

2022年12月15日現在